U0141108

高等院校就业指导与职业规划辅导教材

大学生生涯辅导教程

Daxuesheng Shengya Fudao Jiaocheng

主　编　陈　曦　谢　辉

副主编　韩　经　尹兆华

高等教育出版社·北京

HIGHER EDUCATION PRESS　BEIJING

内容提要

　　本书是大学生职业生涯规划教育的教学用书,是北京科技大学就业一线的老师们经过多年的积累和实践,在大学生就业指导及职业生涯规划教育方面进行理论研究和实践积累的一次总结和升华。全书共分为四个章节,每一章节的内容都与大学四年中每一年同学们职业生涯规划重点及成长需求紧密结合,充分整合了大学生入学教育、学业规划教育、求职择业技巧、职后发展教育等内容,能够有效帮助大学生积极探索自我、全面认识社会、科学规划学业、设立职业目标、提高求职技巧和了解国家政策。

　　本书可以作为各大学职业指导教师和学生的教学、学习用书,也可作为毕业生求职择业和科学规划职业发展的参考书。

图书在版编目(CIP)数据

大学生生涯辅导教程/陈曦,谢辉主编. —北京:高等教育出版社,2011.6
ISBN 978 -7 -04 -032398 -6

Ⅰ.①大… Ⅱ.①陈…②谢… Ⅲ.①大学生 -职业 -选择 -高等学校 -教材 Ⅳ.①G647.38

中国版本图书馆 CIP 数据核字(2011)第 093677 号

| 策划编辑 | 杨 琨 | 责任编辑 | 杨 琨 | 封面设计 | 张雨微 |
| 版式设计 | 王 莹 | 责任校对 | 金 辉 | 责任印制 | 张福涛 |

出版发行	高等教育出版社	咨询电话	400 -810 -0598
社　　址	北京市西城区德外大街4号	网　　址	http://www.hep.edu.cn
邮政编码	100120		http://www.hep.com.cn
印　　刷	北京市白帆印务有限公司	网上订购	http://www.landraco.com
开　　本	787 ×960　1/16		http://www.landraco.com.cn
印　　张	16		
字　　数	270 000	版　　次	2011 年 6 月第 1 版
插　　页	5	印　　次	2011 年 6 月第 1 次印刷
购书热线	010 -58581118	定　　价	26.60 元

本书如有缺页、倒页、脱页等质量问题,请到所购图书销售部门联系调换
版权所有　侵权必究
物 料 号　32398 -00

参　编 （按姓氏笔画为序）

王　捷　　王丽红　　王玺宁　　牛　犁　　尹兆华

邓　波　　刘　彦　　刘志韬　　刘金辉　　刘晓杰

刘斌斌　　孙长林　　苏　栋　　李晓光　　吴长旻

张　静　　张晓媛　　陈　曦　　倪　宇　　康军艳

韩　经　　谢　辉

序

　　党中央、国务院高度重视高校毕业生就业工作。党的十七届五中全会提出，要把促进就业放在经济社会发展优先位置，把解决高校毕业生就业问题作为工作重点。胡锦涛总书记在全国教育工作会议上明确要求"建立和完善高校毕业生就业服务体系"，《国家中长期教育改革和发展规划纲要（2010—2020年）》也强调"加强就业创业教育和就业指导服务"。"教育是国计，也是民生"，做好高校毕业生就业工作是建设人力资源强国的必然要求，是保障和改善民生的重要内容，是推动高等教育事业持续健康发展的迫切需要。建立和完善高校毕业生就业服务体系，需要我们下大力气积极构建就业指导服务体系。

　　随着社会的发展，越来越多的大学毕业生不再满足于找到一份工作，而更多地从服务社会和事业发展的角度关注自己未来的成长、追求自我价值的实现。而了解自己、确定自己最适合的职业、规划自己最佳的职业发展路径，却并非易事，需要专业的知识和指导。目前，国内生涯规划方面的研究方兴未艾，就业指导方面的课程也蓬勃发展。通过课程的方式对大学生进行系统、科学的职业辅导并辅助其制订职业规划，对大学生顺利就业以及未来的事业发展都有非常重要的意义。然而，怎样才能上好这门课，却是从教者们一直在思考和探讨的问题。生涯辅导课的实践性很强，与社会的联系也很密切，还会因专业、职业不同而涉及不同的内容，怎样才能让课程既不局限于书本的理论学习，又不局限于工具式的测试，真正帮助大学生解决就业与成才的现实问题？这是目前职业发展辅导类课程共同的探索方向。

　　北京科技大学基于大学生成长特点，整合大学各阶段的入学适应教育、专业教育、学业规划、就业指导、职后发展教育等内容，将就业指导与生涯发展相结合，为全校本科生开设了必修课《大学生职业发展与就业指导》，并撰写了教材《大学生生涯辅导教程》。该书根据学生在学业和职业生涯领域将会面临的成长和发展问题，分为认识自己、认识社会、成功就业、职后成长四部分，旨在帮助大学生从职业发展角度探索自我、挖掘自我，树立个人发展目标、进而获得学习和发展的动力。

　　本教材有以下三个突出的特点：

一是注重帮助大学生树立正确的就业观、成才观。中国的学生从小到大，习惯了知识的考试，但一些学生却往往忽视了对社会以及自身生涯的思考。比如，社会需要什么样的人，怎样才能成为一个既承担社会责任、又实现自我价值的人。本书努力引导大学生思考这些问题，帮助学生在认识自我的基础上，树立职业生涯发展的自主意识，引导学生找寻到把个人发展与国家需要、社会发展相结合的成才之路。

二是立足帮助大学生学到学业、就业、职业、事业的相关知识。一些学生在学校接触社会不足，毕业后，突然要面对就业、面对工作、面对社会竞争时，难免会一时难以适应。本书详细解读了大学生从校园向工作岗位衔接中会遇到的问题，帮助学生了解职业发展的阶段特点，熟悉就业形势与政策法规，掌握基本的劳动力市场信息、相关的职业分类知识以及创业的基本知识。这些知识，可以帮助学生们克服和消除就业过程中的困难和职后成长的困惑。

三是着力帮助大学生有意识地提高核心就业技能。大学生能通过本书，掌握自我探索、搜索求职信息以及生涯决策等技能，并进一步探索学习促进人的全面发展的通用技能，比如语言表达、人际沟通、自我管理和人际交往等技能。

大学生关系到国家的未来和希望，他们面临的挑战不仅是找到一份适合的工作，更重要的是积极为社会作出贡献。由衷地希望本书能够成为广大青年学生成长道路上的良师益友，帮助他们应对职业生涯发展上的各种挑战，收获人生拼搏的精彩。也祝愿耕耘在教书育人一线的就业指导教师们能在生涯辅导与就业指导的道路上，继续沿着"全程化、全员化、信息化、专业化"的方向，步子更大，效果更实，成果更丰！

教育部部长助理、党组成员　林蕙青

2011 年 3 月 7 日

目　　录

导　论

学习目标

通过本章的学习,你将能够:

一、认识生涯以及工作、职业、事业

二、认识生涯规划

三、知道生涯辅导对你的人生发展可以提供哪些帮助

四、了解在大学接触生涯辅导的意义和作用

引言：人生没有回头路

有一个教授给他的学生上哲学课。

教授领学生们来到一个苹果园,说:我请你们穿越这个果园,摘一个最大最红的苹果回来。有个规则,任何一个人不能走回头路,只能摘一次。

学生们去做了。许久之后,有的学生却空着手回来。

教授问:怎么空手回来了?

一个学生说:当我走在果园里,曾看到过几个特别大特别红的苹果,可是,我总想着前面也许会有更大更好的,于是就没有摘。但是,当我继续往前走的时候,看到的苹果,又总觉得还不如先前看到的好,所以……老师,我已经知道什么样的苹果是最大最红的,我可不可以重新回去走一次?

教授说:孩子,这个过程就是人生的道路。任何一个人的人生路没有机会重新去走。

一、认识生涯

小时候,我们都会被问一个问题:"你长大后想干什么?"上大学选择专业时,我们都会思考一个问题:"大学毕业以后想要干什么,什么专业的毕业生好找工作呢?"大学毕业时,每个人都要作出一个重要决定:"我要干什么,以什么方式来谋生?"工作的过程中,特别是在各种机会和选择的十字路口,又经常会思考:"我要成为什么样的人,这到底是不是我想要的人生,我要坚守原来的岗位还是要跳槽?"甚至到退休了,都还会不时怀疑自己:"我这辈子的价值和意义是什么,退休以后的日子要做点什么让我的人生更有意义?"所有这些都是一个人的生涯困惑。

提到生涯,大家比较熟悉的词是"职业生涯"。但是按照一般的理解,"生涯"是比"职业生涯"更宽泛的概念,"职业生涯"是"生涯"最为核心的部分。实际上,在很多论著中关于"职业生涯"和"生涯"的概念也是通用的。其实,英文 Career(生涯)本身就包含了"职业"的意思,生涯一般就是指"职业生涯"。但是,值得提醒的是,我们在这里特意用"生涯",原因是针对大学生而言,生涯包含了"学业生涯"和"职业生涯"两个紧密相关相联的部分,生涯规划和生涯辅导的过程,除了职业规划和辅导,还包含了学业规划和学业辅导两个重要的部分。

1. 生涯

生涯,原谓"生命有边际、限度"。语本《庄子·养生主》:"吾生也有涯,而知也无涯。"后指"生命、人生"。简单说就是指"人的一生"。英文 Career,意为道路,引申为"人生的道路或发展途径"。

国内外专家对生涯的理解还没有形成一个统一的观点。根据美国国家生涯发展协会的定义,生涯是指个人通过从事工作所创造出的一个有目的、延续一定时间的生活模式。

随着大家对生涯辅导理论的理解和完善,迄今都普遍比较认可的生涯的概念来自美国生涯理论专家舒伯(Super),他认为,生涯是指个人一生中所经历的一系列职业与角色的总称,即个人终身发展的历程。也就是说,除了"职业"因素之外,舒伯提出加入"角色"的概念。根据舒伯的看法,除了职业之外,生涯还包括任何与工作有关的角色,如学生、退休者,甚至包含了家庭和公民的角色。他认为,人在其有生之年的不同时期担当着一个或多个角色,而且每一种生活角色的强度随时间而发生变化,各种生活角色的结合和强度是一个人生涯的基础。也就是说，生涯的内涵不仅包括一个人选择什么样的工作，在哪里工作，工作取得了什么成就，更包括除了"工作者"之外的所有"角色"。举例说，一个女孩，她在考大学的时候，除了学习成绩的因素外，自己要决定"去哪里读书，读什么专业"。那么，在作出这个决定的时候，她不仅要考虑自己的兴趣："我喜欢什么，将来想从事什么样的工作？"还要考虑自己作为"女儿"的角色："我要离开父母远一点还是近一点？"当她大学毕业，要择业的时候，如果她已经交了男朋友，她在选择工作地点的时候，就不仅要考虑自己作为"女儿"的角色："是不是需要和父母在一个城市生活？"还要考虑作为"女朋友"的角色："我们两个以后要不要结婚，是不是要追随他的工作地点？"同理，等她做了妻子，做了母亲，她在职业发展过程中也同样要受到这些角色的影响。同时，她在每一种角色中承担的强度随时间而发生变化：比如孩子小的时候，她作为"母亲"的角色强度要大于孩子长大成人以后；父母年纪大的时候，她作为"女儿"的角色强度要大于父母年轻的时候。如此，她的整个生涯发展历程就是她作为女儿、学生、工作者、朋友、同事、妻子、母亲、休闲者等各种角色在不同时期交互影响的过程和结果。显然，生涯不仅仅是一个大学、一份职业或一个工作地点，它包括彻底分析我们自身和我们在生活中扮演的所有角色。

舒伯将生涯发展阶段与角色彼此间交互影响的状况，描绘成一个多重角色生涯发展的综合图形。这个包括生活广度、生活空间的生涯发展图形，舒伯将它命名为"生涯彩虹图"（Life-career rainbow）（如图Ⅰ所示），形象地展现了生涯发展的时空关系，更好地诠释了生涯的定义。

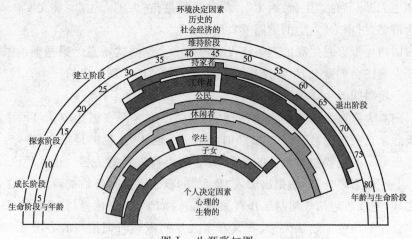

图Ⅰ　生涯彩虹图

在生涯彩虹图中,纵向层面代表的是纵观上下的生活空间,由一组职位和角色组成:子女、学生、休闲者、公民、工作者、持家者六个不同的角色,它们交互影响,交织出个人独特的生涯类型。舒伯认为,在发展历程中,个人随年龄的增长而扮演不同的角色。图的外圈为主要发展阶段,内圈阴暗部分的范围长短不一,表示在该年龄阶段各种角色的分量;在同一年龄阶段可能同时扮演数种角色,因此彼此会有所重叠,但其所占比例分量则有所不同。

(资料来源:林幸台等:《生涯规划》,台北:三民书局2001年版。)

2. 几个相关概念

有几个经常用到的相关概念需要特别说明和澄清:

工作(job):是在一个特定的组织中,由一个或多个具有相似特征的人所从事的带薪职位。[①] 包括为维持机构运作所必须执行的任务。比如中学教师、外科大夫。

职业(occupation):从汉语词义学讲,"职"字包含着责任、工作中所承担的任务等意思,"业"则含有行业、专业、业务等意思。职业是指在不同专业领域中存在的一系列相似性的服务,或者说是不同行业、组织中存在的一组相类似的职位。比如教师、医生。

事业(enterprise):在华人社会文化中,指值得个人投注一生心力,以获得最大实现可能性的生涯目标。我们经常说的把自己的工作当做一项"事业"去经营,有"事业心",某某"事业有成"等,都能折射出"事业"一词与工作、职业的最大不同就是包含了个人的努力和愿景。

通过对生涯以及以上几个相关概念的分析,可以得出一点认识,即:人生每一个阶段的求学、工作、身体健康、家庭角色、社会环境等都是其生涯发展中的重要元素,直接决定和影响着一个人的工作、职业状况。所以,"生涯"不能简单地等于"工作",接下来我们要认识的"生涯规划"也不简单等于"找工作"。

二、生涯规划

一个工作,一项职业,一份事业,对我们每个人来说究竟意味着什么呢?是一份养家糊口、维持生活的薪水,还是获得社会的认可和尊重,进而实现

---

① [美]罗伯特·C. 里尔登等:《职业生涯发展与规划》,侯志瑾等译,高等教育出版社2005年版。

自我价值的渠道呢？而这两者的区别正是两种截然不同的生涯状态。当今社会，尽管有很多人在推崇"车到山前必有路"，但是在我们身边，仍然经常会听到这样的感慨："假如大学可以重新走过……"，"假如我可以重新选择……"，可是人生没有回头路。近年来，"生涯需要规划"的概念已经越来越被大家接受，"一个人若是看不到未来，就掌握不住现在；一个人若是掌握不住现在，就看不到未来"。我们从上幼儿园到大学毕业，在这个过程中所有刻苦的努力以及任何方向性的选择（比如挑选专业）等，都是在为自己的职业生涯做准备。

1. 生涯规划的内涵和意义

美国著名管理专家罗斯威尔（William J. Rothwell）将职业生涯规划界定为：个人结合自身的基本情况以及眼前的相关制约因素，为实现自己的职业目标而确定行动方向、行动时间和行动方案，从而避免就业的盲目性，降低从业失败的可能性，为走向职业成功描绘最有效率的路径——关注个体，一种以人为核心的人本主义管理方法。

透过以上的内涵界定，可以看出，对于一个人来说，生涯规划的任务是首先为自己确定职业目标，然后在对自己主客观条件进行分析的基础上，为实现这一目标做出行之有效的计划和安排。

在这个变化的世界，虽然每个人都无法预知自己的未来，甚至明天会有什么样的变化都无法预计，但是古语说得好，"预则立，不预则废"。而生涯规划就像我们读书时预习功课一样，可以让我们提前确定学习目标、预知可能遇到的困难，提前为克服困难做一些准备。所以，我们可以把规划理解成一个过程，规划的意义在于为生涯设定目标，并找出达成目标所需采取的步骤。

2. 生涯规划的理念和方法

有一个人第一次来北京，打电话问我："我已经到北京了，请问到北京科技大学怎么走？"这时，我一定会反问："你现在在哪里？"

"你现在在哪里？"就是对我们现在的位置进行一个基本定位。也就是说每个人在思考自己的职业生涯问题时，首先要思考的问题应该是：我是谁？我现在在哪里？

接下来要考虑的问题是"我要去什么地方？"对自己理想的职业目标有一个定位。有哪些地方是我可以选择去的？我最想去的那个地方是什么样子的？

明确自己的目标之后，最后要思考的问题才是"我应该如何去那里？"

"为了达到去那里的目标我要选择一条什么样的道路?""要付出什么样的行动?"

　　简言之,生涯规划的理念和方法就是在"了解内在世界"的基础上"了解外部世界",然后再付诸行动:"把自己放在最恰当的位置"。可以用一幅图来表示(如图Ⅱ所示):

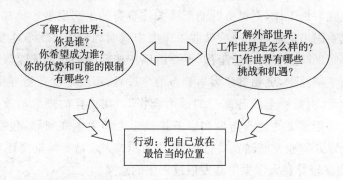

图Ⅱ　生涯规划的理念和方法图

　　所以,大学生在制订职业规划时,首先是自我定位:对自身要有一个客观、全面的了解,清楚自己的优势与特长、劣势与不足,知道自己适合做什么,只有这样才能赢得竞争优势。其次是职业目标的确定:我要选择一个怎样的工作环境,有哪些行业和领域是我可以选择的,有哪些岗位是我可以胜任的,不能盲目攀高,也不能对可能的选择一点都不了解。最后,才是决定去竞聘,为了达到自己理想的职业目标去努力。

　　值得一提的是,在认识生涯的部分,我们已经意识到:工作不是生活的全部,"生涯"不能简单地等于"工作"。所以,我们在做生涯规划时不仅要考虑工作,同时还要考虑生活中自己的其他角色的责任承担和相互的影响,追求工作和生活的平衡。

三、生涯辅导

1. 生涯辅导的含义

　　生涯辅导又称职业发展辅导、职业生涯辅导、职业生涯规划指导。根据《世界百科全书》的解释:职业生涯指导是一项广泛的活动,此项活动的倾向在于帮助一个人择业、就业、敬业与乐业。

　　在内地高校,生涯规划和生涯辅导还是比较新的概念。目前,关于大学生生涯辅导最常用的词是"大学生职业规划和就业指导",核心工作是帮助大学生获得在求职、择业过程中必需的知识,并根据就业形势及市场的需求情况来调整个人的就业观念,帮助大学生顺利就业。工作内容主要包括:为毕业生提供求职信息、提供就业及职业咨询、引导学生树立合理的就业观念等。

在实际就业工作中,大多数高校已经认识到:生涯辅导不仅是简单地帮助学生找到一份工作,更要协助他正确关注自身的未来发展。比如,北京科技大学党委副书记陈曦在一次就业工作会中就明确指出,"大学生就业工作不仅是要帮助学生找到一份工作,更要着眼于毕业生的长期未来发展;不仅要针对大学毕业生,更要贯穿大学学习的全过程;不仅是就业指导中心一个部门的职责,更需要全校各部门的通力合作"。在这样的理念的支撑下,北京科技大学把学生的就业指导和服务扩展为大学生生涯辅导,包括学业规划与辅导以及职业发展辅导,并且把它作为学校人才培养的重要环节。

2. 生涯辅导在大学生生涯发展过程中的意义

米凯罗齐(Michelozzi)指出:生涯规划有"突破障碍、开发潜能和自我实现"等三个积极目的。有一句话说:"人生需要规划才能事半功倍,生涯需要规划才能有备而战。"通过生涯辅导,帮助大学生认识到生涯规划的意义,掌握生涯规划的方法,特别是突破生涯发展过程中的困惑;合理确定大学学业和职业目标,激发大学生利用大学校园资源不断提升自身的综合竞争力。

也有一种观点反对过早与大学生谈生涯规划及生涯辅导。持此论者认为:"跟大学生谈职业规划,这不是给刚刚摆脱高考压力的孩子制造心理压力吗?"他们认为,谈职业生涯规划的确可以帮助大学生增加学习动力,但是这种动力远远小于给同学们成长过程中带来的心理压力。

在西方,很多国家比较重视生命质量和生活教育,引导学生从小了解自己和社会,及早确定发展方向。在美国,联邦教育总署将生涯教育界定为:"一种综合性的教育计划。其重点放在人的全部生涯,即从幼儿园到成年,按照生涯认知、生涯准备、生涯熟练等步骤,逐一实施,使学生获得谋生技能,并建立个人的生活形态。"在加拿大,老师会问一个五岁的小男孩:"你喜欢干什么?"小男孩说:"我喜欢玩玩具车,我要做驾驶员。"老师引导他说:"你知道做一个驾驶员,要具备哪些能力吗?"小孩说:"我要学写字,我要学画图。"于是,他就很有兴趣地去学写字、画图。读小学的时候,了解的信息多了,孩子就说:"我不要做驾驶员了,做驾驶员是开别人造好的车。我要做工程师,自己设计车。"老师说:"工程师和驾驶员不一样,需要学的东西也不一样。"老师告诉他要学习哪些知识,如数学、物理等。读高中的时候,男孩说:"我将来要做 CEO,当通用汽车的老总。"老师又告诉他需要做哪些准备。就是在这样不断地树立目标、潜能开发、兴趣挖掘的过程中,学生不断地探索自己,有兴趣地学习。

我们认为,关于职业发展的教育,不是要给孩子讲透职业是怎么回事,也不是让同学们有压力,更多的是要帮助学生树立目标,培养兴趣。相比较而言,国内的孩子们在成长道路上受到的这种引导就太少了。学习是为了考试,学习好是为了上大学,很多孩子上了大学就失去了奋斗目标和动力。至于是做工程师还是 CEO,估计没有几个学生敢想。曾任浙江大学校长的竺可桢先生在新生入学典礼上发表演讲时提出了两个著名的问题,即"诸位在校,有两个问题应该自己问问,第一,到浙大来做什么? 第二,将来毕业后要做什么样的人?"他告诫新生:"诸君到大学里来,万勿存心只要懂了一点专门技术,以为日后谋生的地步,就算满足,而是要为拯救中华做社会的砥柱。"他要求学生"致力学问"、"以身许国","每个人学成以后将来能在社会服务,做各界的领袖分子,使我国家能建设起来成为世界第一等强国。"这样的勉励在今天看来同样醍醐灌顶,同样能够调动和激发同学们内心深处的意识能量,使模糊的变得清晰,朦胧的变得明确,动摇的变得坚定,朴素的变得高尚。

通过生涯辅导,可以帮助同学们思考未来的职业目标,并充分利用周围的资源提升自我核心竞争力,进而引导大学生合理经营自己未来的事业,在未来的职业发展过程中找到职业幸福感,时刻关注并调整自己的职业状态,追求工作与生活的平衡。

四、我国大学生生涯规划及生涯辅导的探索

1. 大学生常见的生涯问题和障碍

今天的"80 后"、"90 后"大学生是"备受争议"的一代。之所以"备受争议"是因为"备受关注"。有一句话说得好:"每一代人都在担心和指责下一代人,但事实是每一代人都承担了本应承担的历史和时代责任。"客观评价今天的大学生,他们的大学生活中确实存在很多生涯困惑及障碍,主要表现在生涯目标缺失、学习动力不足、主动性差等方面。这其中最核心的问题是生涯目标缺失。

大学生生涯目标是指大学生根据社会期望和自身发展的需要确立的自我奋斗目标和发展方向。生涯目标不仅可以为大学生的自我发展提供导

向,也有利于调动大学生的积极性、主动性和创造性,它既是大学生自我发展的出发点和归宿,也是大学生自我发展中的核心问题。今天的学习是为了什么?大学毕业以后要选择一份什么样的职业?为了达到自己的职业目标大学期间要做怎样的准备?未来的自己要成为什么样的人?

相当一部分大学生对诸如此类的问题都没有认真思考过,甚至没有想过。大学学习的过程中,很多学生表现出学习动力不足和缺少抗压能力。在高中阶段,学生以考上大学为唯一的学习目标,但是一旦进入大学,进入了"动力真空带",就容易出现厌学情绪,对学习逐渐失去兴趣。在学习过程中发现大学的学习仍然很紧张、遇到压力和困难时容易放弃。一些重点大学的学生的抗压能力很差,一次考试成绩落后就会一蹶不振。能够考上重点大学说明该生的学习能力很强,从小到大在学习的过程中很少遇到强有力的对手。而面对大学里的强手如云,突然面对"挂科"现象时,不是下定决心"亡羊补牢",而是选择"破罐子破摔",直至不能顺利完成学业。也有的学生看似学习生活充实,其实是在盲目地浪费时间和精力去做那些无谓的事情。比如今天觉得掌握一门第二外语容易找工作,就去报名学第二外语;明天觉得别人有很多特长,自己没有就也去报名学音乐、书法等;后天又觉得考研是一条出路,就又去买书考研,如此不断反复,最后一事无成。

到了毕业求职的阶段,大学生又表现出不知如何选择的迷茫。有相当一部分同学把在大学期间的成绩不理想归于"我的专业是调剂的,是父母帮我决定的,不是我自己选择的,所以我不喜欢"。但是到了大学毕业择业的阶段,需要他自己做出职业选择时,又开始退缩,不知道自己能做什么、适合做什么。面对两个工作岗位,毕业生不知道该如何选择,不知道自己最想要一份什么样的生活;因此在作出职业选择时,完全不考虑自己的职业目标,不考虑自身的基础知识和职业技能,不认真根据自身和职业情况进行匹配,只注重职业的社会地位和职业薪酬,甚至随波逐流:看到大家考公务员,自己不思考是不是适合机关的工作也去报考公务员;看到大家都选择大城市,自己宁愿做"蚁族"在大城市漂着,也不愿选择更能发挥自己专业特长的中小城市。

2. 高校大学生生涯辅导的探索

在我国计划经济时代,高校大学生就业采取分配制度,那时候高校就业工作的基本原则是根据国家的需要首先考虑学生"生源地",比如,鞍钢需要10名钢铁冶金专业的大学生,那么生源地离鞍钢最近的10名钢铁冶金专业的毕业生要被分配去鞍钢。那时候,高校的就业工作谈不上就业指导,更不会考虑人职匹配。

国家确立了"自主择业"的大学生就业制度以后,国内高等学校陆续成立了大学生就业指导中心,对学生的就业指导和服务成为高校学生工作的一项重要内容。特别是近年来,随着高校毕业生人数的增加以及大学生就业环境的变化,就业的压力成为在校大学生面临的主要压力,针对大学生的就业指导、职业指导越来越受到大学生的欢迎。21世纪初,教育部明确提出要逐步实现大学生就业指导和服务工作的"信息化、职业化、专业化"。高校就业工作从管理职能逐渐转化为指导、教育和服务职能,更多地关注学生本身的成长成才需要。对大学生的就业指导和服务工作也已经逐渐由简单的就业政策解释、择业技巧指导等发展为系统的职业规划教育。

在香港各大学,职业生涯辅导已经形成比较完备的体系,并体现出高度的人性化。甚至他们不仅关注毕业生的第一次就业选择,更延伸到工作后职业发展的不同阶段,比如工作后的人际关系、转行转岗等。他们生涯辅导的主要内容也不仅是帮助学生找到一份工作,还包括:如何学会一技之长应对谋生;如何学会学习以应对社会的不断发展对人的要求;如何学会做人以建立良好的人际关系,做一个对社会有用的人。当前内地各高校也都非常重视对大学生的职业规划辅导和教育,很多高校都已经把大学生职业规划教育作为人才培养的重要内容,开展了包括职业测评、职业规划课程、就业指导讲座以及职业咨询等在内的很多工作。2007年底,教育部、原人事部等联合发文,要求"把大学生职业发展和就业指导课作为必修课列入教学计划",明确把大学生就业能力和职业发展能力培养列入高校人才培养的重要内容,极大推动了大学生就业指导工作"专业化"的进程。很多学校也以此为契机,把就业指导课列入教学计划,并且把课程内容在过去零散讲座的基础上进行了系统的整合和优化。比如,北京科技大学就明确发文规定:自2008年本科生起,"大学生职业发展与就业指导"课作为必修课列入教学计划,共4个学分,38个学时。课程分布在大学四个年级的1、3、5、7学期上课,每个年级的课程内容根据学生所在的年级特点和成长需求设计。大学一年级的课程注重引导大学生解读大学、认识生涯规划、认识自我;大学二年级的课程注重引导学生认识工作世界,树立职业目标;大学三年级的课程教会学生选择的方法,并且要为大学毕业后的选择做准备;大学四年级要关注学生的择业和就业,并且关注学生的职后成长。同时,为了保证课程质量,学校加大投入确保师资力量:每个学院设1名就业指导专任教师岗位,并且加强师资力量的培训。

同时,也有一些社会资源意识到,随着社会的发展和进步,越来越多的人更关注自我价值的实现,关注自己的生涯状态;生涯辅导已经成为相当一部分人的需要。于是,一些专业从事职业指导和培训的公司和机构应运而生,他们的客户不仅面向社会各界人士,也面向高校大学生,比如,北森测评技术有限公司经过多年发展,已经成为"中国目前最具影响力的人才测评解决方案提供商",时代英杰国际教育科技有限公司致力于"为中国大学生提供专业的就业教育与指导的整体解决方案"。这些企业作为从事教育和培训事业的社会资源,成为高校开展广泛深入职业教育的有益补充。

 案 例

北京科技大学学生生涯辅导体系

近年来,北京科技大学大力加强学生生涯辅导体系建设,精心打造以满足学生生涯辅导共性和个性化需要为目标,"中心—学院—学生"三方有序有效互动,第一课堂和第二课堂紧密衔接,专业教师指导引领与学生主体性发挥合一为创新驱动力的生涯辅导体系,逐步形成"一门生涯辅导必修课＋一个月集中生涯辅导活动＋一间生涯辅导工作坊＋一个学生自我管理社团＋一本学生自编自发杂志"为核心的"五个一"生涯辅导教育与实践平台,充分体现出始终以学生为本的全程化、全员化、全覆盖的生涯辅导体系建设特色。

以"两个转变"为契机,夯实生涯辅导体系的"学科基础"。2008 年以来,北京科技大学立足实际、着眼长远,主动顺应大学生就业形势变化对高等教育提出的新要求,实现了就业指导教师由"兼职为主"到"专职为主",就业指导课程由"选修"到"必修"的"两个转变",学校就业工作体系发生深刻变化。学校一方面加大投入,先后引进 TTT、GCDF 等生涯辅导课程,对专业教师进行专业化培训;另一方面学校精心编制生涯辅导课程教学大纲,构建贯穿大学四年,以满足学生阶段性成长发展需要。大一到大四各具特色的职业生涯辅导课程体系,融现代职业生涯发展理论、职业发展测评工具、自我与社会发展、政策与就业技能等,这些都为生涯辅导体系提供了坚实的"学科基础"支撑。

以"两大活动"为载体,发挥生涯辅导体系的"品牌效应"。多年来,北京科技大学坚持开展大学生职业生涯辅导与规划辅导月、生涯辅导工作坊等

活动,生涯辅导月注重宏观层面,侧重于在全校营造关心、关注生涯发展的氛围,扩大生涯辅导活动的覆盖面与参与面;而生涯辅导工作坊注重微观细节,侧重于根据学生不同特点开展针对性、个性化的指导。近两年来,依托两大活动载体,学校举办了各类专题讲座、主题论坛、咨询交流、模拟实训、参观考察等生涯辅导活动,涉及专业学习、实习实践、就业创业以及职业发展观、求职技巧、心理健康等内容,取得了很好的教育引导效果。特别是生涯辅导工作坊以"星期二茶吧"的形式组织开展,为学生提供温馨的互动交流空间,成为生涯辅导体系中的一大亮点活动。目前,以生涯辅导月和工作坊为代表的生涯辅导活动正在发挥着"品牌效应",吸引着越来越多在校生关注、参与到生涯辅导活动中,推动学校生涯辅导体系扎实、细致、深入地发展。

　　以"两支队伍"为抓手,突出生涯辅导体系的"育才功能"。北京科技大学生涯辅导体系的一大特色是始终以学生为本,充分发挥学生在生涯辅导体系中的主体和中坚力量,紧紧依靠学生,从学生自己的视角去开发壮大生涯辅导体系。目前,学校在生涯辅导体系中形成了"学生职业发展协会"和"就业事务学生助理团"为主的两支学生队伍。北京科技大学就业指导中心依据两支队伍特点,科学分工,合理配置,充分发挥学生在生涯辅导体系中的主力军作用。具体来说,职业发展协会立足社团特色,结合广大同学关注的兴趣和热点,积极开展学生职业素养和技能养成等活动,诸如"过来人"生涯发展讲座、公务员应试培训、求职社交礼仪、简历大赛等活动,都受到广泛的好评。就业事务学生助理团除了协助中心开展有关就业工作任务外,还承担着《贝壳生涯》杂志的采编策划等全程工作。《贝壳生涯》杂志是第一本北科大学生自己的生涯辅导杂志,讲述北科大学子自己的生涯故事,记录北科大学子成长的生涯足迹。2010年5月创刊以来,《贝壳生涯》受到了师生们的极大关注,徐金梧校长在创刊致辞中所说的"认识生涯规划,关注职业发展,这是一本北科大学子自己的生涯辅导杂志,记录北科大学子学习、探索、奋斗、成长的足迹,愿它能成为同学们前进路上的引航的明灯,成为同学们成长路上的好伙伴……"是对这本杂志性质、宗旨和作用的准确定位和高度概括。通过充分发挥两支学生队伍的积极性和创造力,确保了学校生涯辅导体系能够贴近学生,真正以学生的需要为一切工作根本出发点。在此过程中,学校不仅通过学生的自我教育、管理和服务带动生涯辅导工作体系在全体学生中的影响与示范,还在具体工作中培养、锻炼了一批能力强、负责任、有潜力的学生骨干,突出生涯辅导体系的"育才功能",实现多层次育人目的。

 作业

1. 撰写一份你自己的职业生涯规划书。
2. 欣赏电影《斗爱》，体会什么是工作与生活的平衡。

第一章
解读大学 认识自我

1

学习目标

通过本章的学习,你将能够:

一、了解什么是大学

二、了解如何度过大学生活

三、认识自我

四、认识自我与生涯发展的关系

引言: 大学新生要思考的三个问题

"我是谁?"这是一个角色定位和角色认同问题。如果对"大学生"这一角色的认识模糊不清,就会出现角色错乱,大一、大二就会变成高四、高五;或者是,"University"则成为"由你玩四年",大学人生有可能成为"大混人生"。

"我来大学学什么?""该怎么学?"这是个主题定位和态度问题。大学的主题是什么? 是单纯求学,两耳不闻窗外事,还是修身求学,一心追求真善美? 是做单一型人才还是当复合型人才? 是被动求学还是主动奋斗? 选择不同,最后文凭的含金量截然不同。

"我要到哪里去?"这是个目标问题。进入大学,前途选择并没有结束,将来是毕业后直接工作,还是考研究生继续深造? 不管怎样选择,改变命运的钥匙掌握在自己手里,成功的机遇总是偏爱有准备的人。

第一节 解读大学

大学之道，在明明德，在亲民，在止于至善。

——《大学》

一、印象大学

大学新生迈入校门之前，一定对大学有各种各样的憧憬和想象，令人向往的象牙塔、60分万岁、轻松的学习生活、美丽的校园等。但进入大学后，我们就会发现，理想和现实之间存在着差距，那么大学究竟是什么样的呢？

北京科技大学就业指导中心的苏栋老师写下了下面一首小诗，表达他心目中的大学：

印象大学

大学是院士、是专家，

大学是知识创新，引领科学发展的方向；

大学是博导、是教授，

大学是知识传承，培养人才成长的地方；

大学是科研中心、是重点实验室、是新兴专业，

大学是技术革新，为社会前进导航；

大学是鲁迅、是余秋雨、是莎士比亚，

大学是文化争鸣的殿堂；

大学是教学楼、是报告厅、是图书馆，

大学是知识的海洋；

大学是参天的大树、是宽阔的绿地，

大学是书声琅琅；

大学是自习室、是活动中心、是体育场，

大学中我们百炼成钢；

大学是勤思善学、探索未知，

不是网络游戏、棋牌麻将；

大学是纯洁爱情、相互鼓励；

不是风花雪月、儿女情长；

大学是纯真友情、齐头并进，

不是醉生梦死、逃课赖床；

大学是重设目标、刷新梦想，

不是理想缺乏、迷失方向；

大学是我们的青春，

大学是我们的战场，

我们将是国家未来的建设者和接班人，

大学是我们放飞希望的地方。

（一）大家眼中的大学

由于文化背景、所处立场、人生经历的不同，每个人对于大学的印象都是不一样的，让我们来听听不同的人都是如何定义大学的。

教育学家对大学的定义

大学为纯粹研究学问之机关，不可视为养成资格之所，亦不可视为贩卖知识之所。学者当有研究学问之兴趣，尤当养成学问家之人格。

——蔡元培（原北京大学校长）

他日校友重返故园时，勿徒注视大树又高几许，大楼又添几座，应致其仰慕于吾校大师又添几人，此大学之所以为大学，而吾清华最应致力者也。

——梅贻琦（原清华大学校长）

大学之所以称为大学，关键在于它的文化存在和精神存在。大学的文化是追求真理的文化，是严谨求实的文化，是追求理想和人生抱负的文化，是崇尚学术自由的文化，是提倡理论联系实际的文化，是崇尚道德的文化，是大度包容的文化，是具有强烈批判精神的文化。

——杨福家（复旦大学前校长，英国诺丁汉大学校长）

大学教人的道理，在于使人们净化个人的心灵，陶冶个人的情操，培养个人的善良美德，在于团结群众，教育群众，弃旧扬新，从而使人们达到真善美的最高境界。我们的大学培养人，不仅仅要适应目前的市场经济和经济建设的需要，而且更应该站在市场经济的前面，站在社会发展的前面，去引导市场经济，引导社会发展。大学培养的不是今天的人才，而是明天、后天、21 世纪的人才。

——杨叔子（中国科学院院士，原华中理工大学校长）

随着伦理、道德、信仰、哲学、科学的深刻变化，人类开始意识到，未来将不再是过去的重演。这种时代趋势给教育带来深刻的影响。从此,教育的指向不再是重复僵硬的知识或真理,而是创新。而大学最重要的品质也不再是守旧的稳定,而是迎着风险追求进步。

　　　　　　——李开复(创新工场董事长、CEO,原 Google、微软全球副总裁)

大学生对于大学的定义

　　大学是使我成长成熟的地方,在大学,我明白了如何待人接物,学会了可以立足于社会的本领,结交了一群好朋友;在大学,我明白了肩上担负的责任,理解了父母对于我的期望;在大学,我树立了人生理想,找到了奋斗目标。

　　　　　　——小曹(北京科技大学毕业生、保送攻读本校研究生)

　　学习是大学生活最重要的组成部分,尽管身边没有人督促你去上自习,没有人考核你是否认真听讲,甚至你的考试成绩也不会公布于众,但是你需要管理好自己的学习。通过学习,你可以获得奖学金,获得免试保送研究生资格,获得出国留学的机会,你可以通过学习改变自己甚至是家庭的命运。

　　　　　　——小李(北京科技大学特等奖学金获得者)

　　大学生活是丰富多彩的。运动会上我们挥洒汗水,文艺表演我们施展才艺,演讲比赛我们锻炼口才,科技竞赛我们努力创新,名家讲座我们开阔视野,明星演出我们释放激情,社会实践我们认识社会,志愿服务我们传递爱心。这些我们都有机会参与其中,我们将在大学体验不一样的人生。

　　　　　　——小孙(北京科技大学三年级学生、学生会干部)

　　大学是一个竞争激烈的地方。你周围的同学是全国各地的人才和精英,你们既是朋友又是竞争对手,逆水行舟、不进则退,每年都有一些同学在竞争中被淘汰。你需要时刻反省,提醒自己不要松懈,要始终保持一种积极向上、奋勇拼搏的状态,全方位地提升自己的能力,为毕业后事业的腾飞打下坚实的基础。

　　　　　　——小刘(北京科技大学毕业生、毕业后进入世界 500 强之一的企业)

(二) 大学的使命

　　从大学出现的那天起,关于大学核心使命的争论就没有停止过。有人说创造知识、延续文明是大学的使命,有人说科学创新、技术研发是大学的使命,有人说为社会发展服务是大学的使命,还有人说大学的核心使命是培养引领行业发展、推动社会进步的人才。大学的使命究竟是什么呢?一般认为,大学有人才培养、科学研究和服务社会三种使命,其中人才培养是大学的核心使命(如图 1-1 所示)。

图 1-1　大学的使命

1. 人才培养是大学最核心的使命

目前,在社会上有很多机构采取各种评价体系对高校进行评价和排名。这些评价和排名有的看重学校的科研能力,究竟出了多少科研成果;有的看重学校的规模,在校生人数以及学校拥有名师的数量;有的重点关注学校所获国家奖项,获得了多少个国家科技进步奖;有的重点关注学科数量和质量,学校拥有的专业在全国学科排名的水平,有多少个博士点、硕士点;有的则把人才培养质量作为主要参考因素,统计学校一共培养出了多少社会精英,包括科学家、政治家、企业家等。在这里,笔者不去讨论这些排行榜的科学性,只是表明,对于大学的核心使命,社会上还存在着诸多争议。

21世纪国家之间的竞争,普遍被认为是人才之间的竞争。有社会学家评论说,对于人类社会,最大的威胁不是战争和瘟疫,而是人才缺失。有人曾问哈佛大学的校长,学校最值得自豪的是什么。校长回答:哈佛最引以为豪的不是培养了6位美国总统、36位诺贝尔奖获得者,最重要的是给予每个学生充分的选择机会和发展空间,让每一颗金子都闪闪发光。是的,人们记住的哈佛既是培养6位美国总统和36位诺贝尔奖获得者的地方,也是让每一个接受哈佛大学教育的人能够挖掘自身的潜能,实现人生梦想的地方。这是哈佛作为高等学校对人类、对社会最大的贡献。

2. 大学在个人生涯发展过程中的作用

在我们国家,很多孩子从小就在家长们的"威逼利诱"下一路摸爬滚打,一路跌跌撞撞,目标就是能考上大学,仿佛考上大学就是我们的人生目标。可是,当他们真正跨进大学,成为一名大学生时,剩下的又是什么呢?

经历高考这个"涅槃"的过程后,很多学子失去了奋斗的目标,茫然不知所措。有的甚至把大学当做了一个休养的场所,如同某些高中老师所说的那样"高中拼命,大学养病"。上了大学,面对比较宽松的环境,不少同学很高兴,觉得自由了,可以睡觉睡到自然醒,打球打到脚抽筋……然而,当"窄门"变"大道"、大学从精英教育变成大众化教育、大学学历再也不是"就业保证书"时,"University"还能是"由你玩四年"吗?

应该说大学是一个人学业生涯的一个阶段的终点,更是另一个阶段的起跑线。我们关于未来美好生活的一切梦想、关于自身未来发展的所有预期,都需要在大学阶段打下基础、找到一个支点。这个基础的厚度决定了我们未来的生活质量,支点的高度决定了我们人生发展的高度。所以,大学在我们的人生中,是一个承上启下的阶段。应该怎样充分利用这四年的大学时光是每个人要思考的问题。

进入大学,我们一生中第一次放下高考的重担,开始追逐自己的理想、兴趣;第一次真正离开家庭生活,独立参与团体和社会生活;第一次不再单纯地学习或背诵书本上的理论知识,而是有机会在学习理论的同时亲身实践;第一次不再由父母安排生活和学习中的一切,而是有足够的自由处置生活和学习中遇到的各类问题,支配所有属于自己的时间。

进入大学,这是最后一次接受系统性教育,建立属于自己的、可以为自己未来职业发展"埋单"的知识基础;最后一次有宽松的机会塑造自己个性、修正自我的成长历程;最后一次在宽容的环境中学习为人处世的道理。

进入大学,你才可以有机会客观地认识自我,冷静思考自己的未来。大学是一个加速器,它不仅提升了我们成长的速度,也加速扩大了不同人之间的差距。有的大学生毕业后获得了国外著名大学的邀请出国留学,有的保送攻读硕士、博士研究生,有的进入世界和中国 500 强企业工作、获得广阔发展空间;但同时还有相当比例的大学生没能修完学分、延期毕业,有的违反校规校纪被勒令退学,有的艰难毕业,有的甚至拿不到毕业证。这些同学以同样的起点开始大学生活,但却以不同的方式给自己的大学四年画上句号。

值得提醒大家的是,成功的大学绝对不等于高分。你可以举出若干的例子告诉我多少功成名就的人都没有读过大学,或者都有失败的大学经历,但是任何人都不可否认大学是一个人人生中最宝贵的阶段,是最年轻最有活力的阶段,是最难得的为自己未来职业发展储备能量、等待绽放的阶段。我们应该做的和能做的只有好好珍惜接受高等教育的机会,把握大学教育能够提供的各种机会,为成就自己的人生做准备。

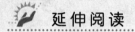

大学的使命

耶鲁大学,属于世界最顶尖大学之列,连续几年在美国大学排名中位居第三位,紧跟普林斯顿大学与哈佛大学之后。它成立于1701年,现有学生总数为11 483人。它的使命是什么呢?该校在创立的时候就有一个建校使命:为国家和世界培养领袖。耶鲁大学是老布什、小布什、克林顿等五六个美国总统的母校。至今为止,培养了530名美国国会议员,还为墨西哥和德国培养过总统,为韩国培养过总理,为日本培养过外交部长等,很多一流大学杰出的校长也毕业于耶鲁大学。

加州理工学院,作为一个单一的学院,它在交叉学科的氛围中,研究科学技术中最富有挑战性的基本问题,同时教育一批杰出的学生成为社会上富有创造性的成员。加州理工学院的使命是"通过教学与科研相结合,扩充人类知识与造福社会"。正是在这种文化内涵影响下,加州理工学院出现了32个诺贝尔奖、31位得主,为丰富人类知识宝库作出了巨大贡献。除了32个诺贝尔奖,还有一大批杰出校友,其中包括我国的物理学元老周培源(1928年在该校获博士学位)、中国原子核物理的奠基人赵忠尧(1930年在该校获博士学位)、中国遗传学的奠基人谈家桢(1936年在该校获博士学位)、我国著名科学家钱学森(1939年在该校获博士学位)。所有这些大师奠定了加州理工学院在世界上的地位。

(节选自:杨福家:《大学的使命与文化内涵》,
《学习时报》,2008年8月20日。)

二、大学之路

在大学阶段,我们需要不断充实自己,全方位提升自身能力,为将来激烈的社会竞争做好准备。那么我们都需要学习哪些内容?如何去学习呢?

(一) 大学学什么

在进入大学前,我们会听到很多关于大学学习的说法,有人说在大学应该多学点专业知识,成为专业人才;有人说应该学习怎么做人,学习为人处世的道理;有人说应该多参加各种活动,提升自己的综合能力;有人说大学最重要的是学会如何学习,等等。众说纷纭、莫衷一是,我们更加迷惑,在大学到底应该学什么呢?什么才是最重要的呢?首先专业知识无疑很重要,但是仅靠专业知识是不够的,每一个有过大学经历的人都应当学好八门"课程"(如图1-2所示)。

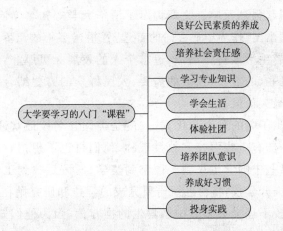

图1-2 大学要学习的八门"课程"

课程一:良好公民素质的养成

钱学森生于1911年,23岁时考取清华大学公费留学生赴美留学。由于在空气动力学和超音速飞行方面的卓越成就,36岁时他便已成为麻省理工学院最年轻的终身教授。其间,他曾随美国空军顾问团去考察纳粹德国的导弹技术,被美国空军授予上校军衔。钱学森在国外事业有成,生活优裕。然而,大洋彼岸祖国的风云变幻,却时时牵动着他的赤子之心。

新中国成立的消息传到了美国,钱学森夫妇就考虑着如何早日回国服务。但由于美国政府的阻挠,美国移民局通知他不得离境。美国一位海军次长甚至咆哮道:"钱学森无论在哪里,都抵得上5个师,我宁可把这家伙枪毙了,也不让他回到中国!"

1955年6月,钱学森摆脱特务的监视,在一封写在小香烟纸上寄给比利时亲戚的家书中夹带了一封给时任全国人大常委会副委员长陈叔通的信,恳切要求中国共产党和政府帮助他回国。信件很快转送到了周恩来总理的手上。1955年,中国方面以释放11名美国飞行员战俘的条件并亮出钱学森来信要求协助回国这一铁证,要求美国方面不再阻挠钱学森等中国留美人员回国。

由于钱学森的回国效力,中国导弹、原子弹的发射至少向前推进了20年,钱学森也因此被西方人誉为中国的"导弹之父"。

钱学森放弃了国外的高薪和优越的生活,冲破层层阻挠毅然回归祖国,为国家的发展贡献自己的力量,也成就了他的辉煌人生。爱国是一个人必须具备的最基本的品质。曾经有一篇文章"名牌大学毕业生前5名哪里去了"在社会上引起强烈反响。文章揭示了清华大学等知名学府培养的很多优秀大学生把"出国"作为毕业去向的首选,置祖国多年的培养于不顾,更倾心于国外的优越生活条件。当然,追求个人的发展无可厚非,但是,只有把个人的发展同国家的需要、社会的需要、人民群众的需要结合到一起,才可能实现人生的最大价值。

中国学生出了名的勤奋和优秀,一度是美国各名校最欢迎的留学生群体。而近几年,却有一些学校和教授声称,他们再也不想招收中国学生了。理由很简单,某些中国学生来到美国拿到奖学金,一旦找到工作机会,他们就会马上申请离开学校,将自己承诺要完成的学位和研究抛在一边。另外,美国有很多教授不理会大多数中国学生的推荐信,因为他们知道这些推荐信毫无诚信可言。

除了爱国、正直、诚信之外,大学生还需要提高爱护公共环境、包容周围的人、有爱心等基本的公民素质。在大学生活中,不要忽视一些小事情,给老师和同学一个温馨的问候,给陌生人一个善意的微笑,给失败者一个鼓励的眼神,给胜利者一个赞许的手势,这些不经意间的点点滴滴,都能够充分展现一个人的道德修养水平。

课程二:培养社会责任感

周恩来在沈阳读书的时候,只是个十二三岁的少年。他学习非常勤奋、刻苦,常常和老师同学一起讨论自己在阅读书报时思考的问题。当时他们讨论得最多的是怎样救国和宣传救亡的问题。有一天,东关模范高等学堂的魏校长把同学们召集起来,问大家:"读书为了什么?"有的同学说:"为了给自己将来找条出路。"有的同学说:"为了能发财致富。"还有个同学说:"为了帮助父母记账。"魏校长问周恩来:"你呢,为什么读书?"周恩来站起来,大声地说:"为中华之崛起而读书。"

少年周恩来一句"为中华崛起而读书"激发了一代代青年学生的爱国情怀。少年强则国强,青年肩负着国家发展、民族复兴的重任。著名学者朱光潜在写给青年的一封信中恳切地讨论过青年自身发展与国家民族的关系,他说:"国家民族如果没有出路,个人就决不会有出路;要替个人谋出路,必须先替国家民族谋出路。个人在社会中如果不能成为有力的分子,则个人无出路,国家民族也无出路。要个人在社会中成为有力的分子,必须有德有学有才,而德行学问都须经过艰苦的努力才可以得到。……我们忙着贪图个人生活的安定和舒适,不下工夫培养造福社会的能力……这是一条不能再走的死路……"①

在大学,大学生就要开始思考自己对祖国、对社会的责任是什么。比如目前有些大学生除了自己其余的事情都不关心、不过问;有的人尽管对美国的大片、薯片津津乐道,尽管对奥巴马入主白宫,对俄罗斯总统梅德韦杰夫和总理普京滑雪过年很有兴趣,但仅仅将其作为茶余饭后的消遣和调剂生活的谈资。一个有社会责任感的人,一定要放眼全球、胸怀祖国又脚踏实地。这对于大学生来说尤为重要。这种素质不是与生俱来的,需要不断地培养和强化。

课程三:学习专业知识

徐匡迪特别好学,每次课堂回答问题,他总是抢着发言,而他的书包更是比别人的要大上一倍,总装着一英一俄两本厚厚的外文词典。这是因为进入大学后,学生主要学习俄语,而在高中时徐匡迪学的是英语,为了更好地掌握新语言,同时又不丢掉过去所学的英语,徐匡迪不畏辛苦,索性将两本词典一起背在身上。

图书馆是徐匡迪最爱光顾的地方,直到留校任教后,他仍是图书馆的常客。一次,冶金领域泰斗、时任学校教务长的魏寿昆先生到图书馆查阅书籍,当他走到存放冶金书目的书架前时,不禁皱起眉头:有关钢铁冶金的最新期刊已被"搜刮一空"。询问了管理员后,他看到了正在专心致志学习的徐匡迪和他身旁一摞垒得高高的书籍。

五年的大学生活,徐匡迪学到了一身"真功夫",奠定了治学的根基。对此,他曾回忆说:"经过以后的工作经验,特别是20世纪80年代初去英国帝国理工学院做短期访问学者和在瑞典皇家工学院任客座教授时,深感到自己在大学本科所学的基础,不仅不比这些世界名校差,有些方面,如普通基础课,特别是数学、力学、热力学等,由于做过很多题目、作业,学得比那些名校的学生更加扎实。"②

如果说大学是一个人学习和进步的平台,那么这个平台的地基就是大

---

① 朱光潜:《谈修养》,广西师范大学出版社2004年版,第8页。
② 参见:共青团北京科技大学委员会编著:《走进匡迪学长》,高等教育出版社2008年版。

学学习的各种知识。在大学期间,同学们一定要学好数学、英语、计算机以及专业要求的基础知识等。数学是理工科学生必备的基础,绝大多数理工科专业的知识体系都建立在数学的基石之上。大家一定要用心把数学学好,不能敷衍了事,重要的是要知道自己为什么学习数学,要从学习数学的过程中掌握认知和思考的方法。英语是21世纪最重要的沟通工具。有些同学在大学里只为了考过四级、六级而学习英语,有的同学仅仅把英语当做一种求职必备的技能来学习。其实,学习英语的根本目的是为了掌握一种学习和沟通的工具。在未来的几十年里,世界上最全面的新闻内容,最先进的思想和最高深的技术,以及大多数知识分子间的相互交流都将用英语进行。如果不想被社会淘汰,学好英语就是必然选择。

信息时代已经到来,大学生在信息科学与信息技术方面的素养也已成为他们进入社会的必备基础之一。虽然不是每个大学生都需要懂得计算机原理和编程知识,但所有大学生都应能熟练地使用计算机、互联网、办公软件和搜索引擎,都应能熟练地在网上浏览信息和查找专业知识。在21世纪,使用计算机和网络就像使用纸和笔一样是人人必备的基本功。

最后,要学好相关专业基础知识。以计算机专业为例,许多大学生只热衷于学习最新的语言、技术、平台、标准和工具,因为很多公司在招聘时都会要求这些方面的基础或经验。这些新技术虽然应该学习,但计算机基础课程的学习更为重要,因为语言和平台的发展日新月异,但只要学好基础课程(如数据结构、算法、编译原理、计算机原理、数据库原理等)就可以万变不离其宗。

课程四:学会生活

何为生活?在上大学之前,生活相对简单——每天上课、吃饭、睡觉和忙里偷闲地玩;上了大学以后,生活好像突然变得丰富多彩起来,然而,哪些是需要我们在大学期间去学习、积累的呢?

热爱运动。大学四年,我们至少要培养对一种运动的兴趣,养成运动习惯。运动不仅可以锻炼身体,也是心理放松的方式,还可以磨炼人的意志、培养人的品格。1957年,清华大学校长蒋南翔总结提炼出"为祖国健康工作五十年"的目标和号召。每天下午四点半,师生们走出教室参加锻炼成为校园一景。五十多年来,这一脍炙人口的口号激励着一代又一代清华人及高校师生积极进行体育锻炼,用良好的身体状态为祖国努力工作。今天的大学生也应该养成喜欢运动、享受运动的好习惯,在青年时代打下良好的身体基础,为今后投身祖国建设,幸福生活创造条件。

学会恋爱。无论是甜蜜的恋爱、辛苦的追求、痛苦的失恋还是纠结的暗恋,爱情都为大学生活增添了色彩。我们在青春的大学,需要学会如何与异性相处,如何处理爱情与学业的关系,学会相互包容、相互理解,学会相互关心、相互尊重,学会共同努力达成目标。当然,不是每个人在大学阶段都会有一场轰轰烈烈的爱情经历,也不是每一对情侣都会牵手走进婚姻的殿堂,但我们要明白,大学的爱情应该是纯真无瑕的,不掺杂任何功利色彩;大学的爱情是充满激情的,但我们要有道德底线。

学会理财。大学生要形成正确的金钱观念,学习管理金钱,大家可以从管理自己的收支开始,例如,管理每月的生活费和做家教等打工所得,渐渐培养理财观念。建议大家可以从大一就开始学习定期追踪自己的消费支出,慢慢就会发现,自己在哪里花钱最多,哪些钱是不该花的。只要假以时日,就可以慢慢学会控制自己的支出,甚至可以找到省钱的方法。有些大学生会学着自己记账,这也是不错的理财习惯。

课程五:体验社团

大学里各类社团是微观的社会,参加社团是步入社会前最好的磨炼。一位毕业多年的校友讲,社团的经历给了他很大的帮助:"这些经历锻炼了我的综合能力,提高了我的综合素质,使我学会了怎么取得学习和社会工作的平衡。这对我现在同时从事管理和科研工作有很大的帮助。"社团可以培养大学生团队合作的能力和领导才能,也可以发挥自己的专业特长。社团活动为大家提供了一个广阔的平台,但是如何在这个舞台上展示自己,锻炼自己,就要依靠自己辛勤的付出。

当然,在大学里参加社团未必越多越好,相反,很多学生的例子表明,盲目地参加社团活动往往会对大学的学习生活造成不良影响。科学地参加社团活动应该坚持三个原则:一是以兴趣或特长来选择社团;二是严格控制自己参加社团的数量;三是当社团活动和学习冲突时,要平衡好学习和社团活动的关系,慎重选择社团活动。

课程六:培养团队意识

很多大学生入校时都是第一次离开父母,离开自己生长的环境。集体生活中,如何与同学、老师以及社团的同事相处就成为大学生学习内容的一部分。在集体生活中可以结交一生的好朋友。大学中的朋友与我们的一生息息相关,除了大家有各种可以互补的能力之外,在一起求学和寻求自身发展的道路上,这样的感情不掺杂功利色彩,这样的友谊弥足珍贵,很多大学时的朋友会成为一辈子的知己。

培养团队意识和团队精神应该做好以下三点：第一，以诚待人，以责人之心责己，以恕己之心恕人。对别人要抱着诚挚、宽容的胸襟，对自己要怀着自我批评、有过必改的态度。第二，从周围的人身上学习。在班级里、社团中，多观察周围的同学，特别是那些交往能力和沟通能力比较强的同学，找到自身差距。第三，提高自身修养和人格魅力。共同的兴趣和爱好是打开人际交往坚冰的有效途径。

课程七：养成好习惯

直面困难。 面对任何困难，不要丧失信心，要敢于面对。任何人的人生都不会是一帆风顺的，挫折和困难往往出现在我们预想不到的时刻，如何面对困难和挫折？是知难而退还是迎难而上？不同的选择决定了不同的结果。在大学阶段会遇到各种各样的困难，比如说不适应大学生活、考试发挥不理想、课题答辩不顺利、竞选学生干部失利甚至恋爱失败，等等。当这些挫折出现时，一味的垂头丧气不能解决任何问题，我们只有找到问题的原因，勇敢地面对它、解决它。

掌控时间。 大学生需要学会安排自己的时间，管理自己的事务。一位同学是这么描述大学生活的："大学和高中相比似乎没有什么太大的区别，每天依旧是学习，每次考试后依旧是担心考试成绩……不同的只是大学里上网和睡觉的时间多了很多，压力也小了很多。"这位同学并不明白，"时间多了很多"正是大学与高中之间巨大的差别。时间多了，就需要自己安排时间、管理时间。把时间多用在有价值的地方，一点一滴地积累，四年后就会大不相同。

脚踏实地。 有人说，"不想当将军的士兵不是优秀的士兵"，但是，如果一个士兵天天只想着做将军，那么这个士兵也一定不是好士兵。人生活于社会之中，均有自己的位置，我们应正确看待自己的位置，充分认识到自己位置的重要性，脚踏实地，干好自己的工作。很多大学生总是幻想将来能够兼并比尔·盖茨的微软、推翻爱因斯坦的相对论、成为首位华人美国总统、写出超过《红楼梦》的传世名著，这一切都有可能成为现实，但前提是我们必须为实现这些目标踏踏实实地走出第一步。扪心自问，我们是否尝试着自己编写一段小程序，是否明白了"$E=MC^2$"的含义，是否为将来的出国留学开始认真学习外语，是否动笔写过一篇故事或心得。上进心要有，切忌不着边际，好高骛远。飘浮到半空中，找不到地了，这样是要摔跟头的。只有脚踏实地，将来才能一步一步地成功。

自我思考。 我们身处纷繁复杂的世界，每天要给自己一个独处的时间。

古人云,"吾日三省吾身",就是提醒自己要时刻保持清醒的头脑,切勿忘乎所以、得意忘形。只有常常自省,才能更好地自重慎微、自励慎行。每天留一个时间与自己对话,不断地反省自己,改正身上的缺点,找到自己的优势,督促自己不断前进。

课程八:投身实践

有一句关于实践的谚语是这样说的:"我听到的会忘掉,我看到的能记住,我做过的才真正明白。"大学的学习绝对不能只满足于高高的分数,社会能力只有在社会实践中才能够培养和锻炼。目前,校园提供的平台可以很好地培养大家的社会实践能力,比如平时各种志愿服务活动、暑期社会实践、企业实习等。小李是北京科技大学冶金专业的学生,从大一开始就积极参与各项实习和实践活动,如暑期社会实践、计算机上机实践、金工实习、生产实习、课程设计等。在实践过程中,他往往带着问题和思考参与实践,把课堂上学到的理论用于指导实践,通过实践进一步理解理论。在毕业应聘一家世界500强央企时,小李顺利地通过了层层笔试、面试,成为当年该专业唯一进入该企业的毕业生。

(二) 大学怎么学

当我们怀着满腔的欣喜,走进梦寐以求的大学校园时,发现再也没有了父母的监督,没有了固定的教室、没有了唠唠叨叨盯着我们的班主任、没有了升学的压力,取而代之的是变换的课堂、丰富的课程、宽松的环境。看着复杂的教学计划、细致的课程安排,很多学生无所适从。在大学,我们究竟该如何学习呢?

1. 了解大学对学生的学习要求

初入大学,相信每一位同学都有很高的学习目标,有的希望毕业后出国留学,有的希望被免试保送攻读研究生,有的希望获得高额的奖学金,等等。这些目标激励着我们刻苦努力学习。大学学习的最基本要求是能够顺利完成学业,即在规定时间内修完相应的学分以获得毕业证和学位证。所以,我们需要先了解一下学校的相关学籍制度。

首先,让我们认识一下学分制。1894年,学分制诞生于美国,哈佛大学医学院在选课制的基础上创建了学分制。到了20世纪初,美国绝大多数高等学校都陆续推行了学分制。1918年,北京大学在国内率先实行"选课制",1978年,国内一些有条件的大学开始试行学分制,现在学分制改革已在国内高校全面推开。《中国大百科全书》对学分制的定义是:高校以学分来计算学生的学习分量,一般以每一个学期的授课时数、实验和实习时数以及课外指定的时数为学分的计算依据,根据各门课程不同要求给予不同的学分,并规定各专业课程不同的学分总数,作为学生毕业的总学分。相对学年制,学分制以"学分"作为学生学习分量的计算单位,而学年制是根据教学计划的规定,学生按学年计划学习各门课程;学分制注重目标管理,过程管理较为宽松,而在学年制下,教学计划统一、明确、细化,注重过程管理;学分制实行选课制,学习自主性强,而在学年制下,课程安排只有必修课,基本没有选修课;学分制是弹性化学制,学生可以根据自身情况自主决定学习进度,申请提前或延迟毕业,而在学年制下,本科学制一般为四年或五年。学分制体现以人为本、因材施教和个性培养的教育理念,对实施素质教育、改进教学方法、调动学生的主动性、扩大学生的知识面等诸多方面起到了积极的作用。①

其次是必修课和选修课。顾名思义,必修课即为大学生在校期间必须要学习的课程。一般来说,专业不同,必修课程也不相同。必修课是伴随着学分制的推行而诞生的,与之相对的是"选修课"。与必修课相比,选修课是为学生设立的可供选择的课程,主要分为专业选修课和公共选修课。专业选修课主要为某专业学生设立,主要介绍专业技术和科学成果,扩大学生专业知识面;公共选修课主要满足学生的兴趣爱好、开发学生的潜能或是讲授普适性知识。

目前,一些高校在学生的学习管理方面出台了许多新的规定和办法,为学生的多元化发展提供了机会和平台。比如,一些学生对自己所学的专业不感兴趣,希望有一个再次选择专业的机会,很多学校都为这些学生提供了转专业的机会;一些学生希望有机会到其他高校进行短期的学习交流,增长见识,很多学校与一些国内外院校建立了相关的"交换生"机制,学生可以申请到这些学校进行交流学习;还有一些诸如辅修专业、二学位、多校联合教学共同体等,都为同学们的大学学习提供了良好的机会和平台。

---

① 蒋谦、李天、李廷轩、刘涛:《学分制下教材管理信息系统的构建与实践》,《中国大学教育》2010年第4期,第90～92页。

延伸阅读

北京科技大学本科生学籍管理规定(修订)(节选)

二、学制、修业年限与分类管理

第七条 本科学制四年,按照学分制管理机制,实行弹性学习年限。本科生修业年限为 3~6 年(含休学),修业年限自取得学籍计起。

第八条 提前完成培养方案规定的所有培养计划内容和环节并取得规定的各类学分和总学分者,经批准允许提前毕业。拟提前毕业的学生应于第六学期开学第一周内以书面形式向学院提交"提前毕业申请"。

第九条 截止到第四学期,累计取得规定课程(包括必修课和选修课,不包括单独安排的实践环节)学分低于 60 学分者,或截止到第六学期,低于 120 学分者,行政班降到下一年级。

第十条 第七学期初进行进入毕业环节资格审核,累计取得规定课程学分在 120 学分以上者,可以选择进入毕业环节,也可以申请降到下一年级,分别以书面形式向学院提交"毕业申请"或"降级申请"。进入毕业环节的学生必须按期办理离校手续。

第十一条 学生根据学校的有关规定,可申请修读辅修专业或双学位、第二专业,按照《北京科技大学本科生修读双学位、第二专业或辅修专业的管理办法》等相关规定办理。

第十二条 经学校同意,学生可根据校际间协议跨校修读课程或跨校修读辅修专业等。在校际间修读的课程成绩(学分)按学校相关规定由教务处审核后予以承认。

五、学业警示与退学

第二十二条 一学期中取得规定课程(包括必修课和选修课,不包括单独安排的实践环节)学分不足 14 学分的,学校给予一次"学业警示"。

"学业警示"由学生所在学院主管院长签发,学生所在学院负责在签发后三个工作日内送交学生本人,并报教务处备案。

第二十三条 学生有下列情形之一,应予退学:

1. 连续两次或累计三次受到"学业警示"的。

2. 无论何种原因（含休学），在规定的修业年限内未完成学业的。

3. 休学期满，在学校规定期限内未提出复学申请或者申请复学经复查不合格的。

4. 经学校指定医院诊断，患有疾病或意外伤残无法继续在校学习的。

5. 未请假或请假未准离校连续十个工作日未参加学校规定的教学活动的。

6. 逾期十个工作日不注册（不可抗力原因除外）的。

7. 本人申请退学的。按本条款处理的学生，学生所在学院为其办理退学手续。

第二十四条　退学学生的处理，经学校主管校长签字批准后由学校出具退学决定书并由学生所在学院送交本人，无法送交的在校园内或校园网上公告，同时报省级教育行政部门备案。

第二十五条　从学校批准下达之日起，退学学生应当在十个工作日内办理离校手续并离校。档案、户口退回其家庭户籍所在地。学校发给其学习证明和肄业证书（在校学习至少满一年）。取消学籍、已退学的学生不得以任何形式申请复学。

七、毕业、结业与肄业

第三十条　学生结束学业时，学院从德、智、体等方面对其作全面鉴定。

第三十一条　具有学籍的学生，在修业年限内，修读完培养方案规定的所有教学计划内容和教学环节并取得规定的各类学分和总学分者，准予毕业，发给毕业证书。

第三十二条　具有学籍的学生，在修业年限内，修读完培养方案规定的所有教学计划内容和教学环节，但未取得规定的各类学分和总学分者，准予结业，发给结业证书。

第三十三条　结业离校者，自取得学籍计起的六年内，应在每学期开学第二周内向原所在学院提出旁听课程的书面申请，批准并交纳有关费用后可修读未取得学分的课程，参加该课程的考核。通过毕业资格审核后，可换发毕业证书。发证日期为通过资格审核当年的六月或十二月。

第三十四条　对获得毕业证书，且符合国家和学校学士学位授予条件者，授予学士学位，发给学士学位证书。发证日期为通过资格审核当年的一月（十二月）或七月（六月）。

第三十五条　在校学习一年以上，未修读完培养方案规定的所有教学计划内容和教学环节者,发给肄业证书。

第三十六条 遗失或损坏毕业(结业、肄业)证书或学位证书者,不再补发相应证书,学校可为其出具相应证明,其证明与原证书具有同等效力。

2. 带着明确的目标主动学习

一个人的大学生活想要没有遗憾,取得优异的学习成绩是必要条件。取得优异的学习成绩需要满足两个条件:一是设立明确的学习目标,二是学会自主学习。

学习是一项艰苦的事业,而明确的目标就是动力的源泉,只有带着明确的目标主动学习,才会有战胜困难的决心和勇气。1953年耶鲁大学的一个研究组进行了一项调查,内容是当年毕业的大学生有多少人把自己的生活目标写成了文字,结果发现只有3%的人这样做。20年以后的1973年,研究组对这些毕业生进行跟踪调查,发现把生活目标写成文字的3%的毕业生所拥有的财富,比其余97%的人加在一起的财富还要多得多。

大学生最容易出现的问题就是"不知道自己要做什么",容易人云亦云,随波逐流,看到别人做什么就去做什么,这样的结果就是缺乏自主性,很容易半途而废。这时,清晰的目标就显得尤为重要,无论是"今天我要做到什么"的短期目标,还是由若干个阶段性的短期目标组成的长远目标。为了实现这些目标,我们会主动地做点什么,或是上晚自习完成作业,或是去图书馆查资料,甚至是和同学进行一次讨论,这些都是主动学习的表现,都会让学习的成效更显著。

对于初入大学的新生来说,要有意识地为自己的大学生活制订学习目标。在制订目标之前,首先要了解大学学习的特点,了解本专业的教学计划、大纲和学习要求,深入了解自己的专业;接着要注意了解社会,了解自己,尽量调整自我,适应现实;随后要了解学校,根据自身情况参加相关活动;最后多请教本专业的老师和高年级同学。

在学习目标明确后,我们要尽快适应大学的学习特点,积极主动学习知识,研究学问,进而培养自己分析问题、解决问题的能力。通过积极主动的学习,一步一步、踏踏实实地前进,一定可以实现自己的目标。

案 例

当理想实现的时候，就是失去理想的时候

张松的家乡在贵州山区，走出大山是他孩童时就有的梦想，他不希望像他的父亲那样靠着巴掌大小的山田过活，不希望像他母亲采摘点山货换钱度日，这种祖祖辈辈继承下来的靠天吃饭的生活不是他想要的。走出大山到外面去，这颗梦想的种子深深地扎根于他内心深处。

高中的学习生活是十分艰苦的，每当觉得自己坚持不住的时候，张松脑海里总是回想起校长在高三开学时讲的话："同学们，接下来的一年，迎接你们的经常将是电闪雷鸣、荆棘丛生。那种生活，将是地狱。但你们要知道，一年的苦，将会换来一生的甜。同学们，想象一下大学的生活吧，那里没有考试的压力，那里没有升学的烦恼，身边是教授，同学们可以自由地畅谈理想，师生间可以平等地交流学问，那种生活，就是天堂。"这段话，深深地刻在了张松的脑海里，激励着他克服一个又一个困难。

张松终于如愿考上北京科技大学，儿时就深埋于他心底的理想，在踏入校门的那一刻，实现了。这个理想支持着他克服各种困难，努力学习。但当理想实现的时候，对他来说就是失去理想的时候。

由于出现了理想真空，进了大学的张松一下子失去了学习目标，提不起学习的兴趣，而周围的一些新鲜事物特别是网络游戏，对他产生了极强的吸引力。为了在网吧玩游戏，他经常逃课，不写作业，考试也不复习，结果到了期末考试，他有四门课程出现了"挂科"。

辅导员把相关情况向他的父母进行了通报，他母亲闻讯，特地从贵州老家来到北京，一边在北京打工一边盯着他学习。但由于大学一年级落下的课程太多，并且沉迷网络游戏太深，二年级的课程，张松还有好几门不及格。

大学四年很快过去了，张松并没有在规定的时间内修完学分，需要延期毕业。看着周围的同学一个个拿着学位证、穿着学位服，在校园各处毕业留影时，他心里深深地懊悔，自己曾经的理想哪里去了，大学四年又为了那个理想付出了什么呢？

态度决定命运，类似张松的经历在大学校园中并不鲜见，很多像张松一样的学生，在经过高考迈入大学后，不适应大学环境的相对宽松，虚度了大

好青春,到头来懊悔无比。目标的缺失、自我管理能力的不足以及无法适应以自我需求为主的学习生活,使得"张松"成了让人无比惋惜的一个真实的缩影。

第二节 认识自我

无论在什么时候,永远不要以为自己已知道了一切。

——巴甫洛夫

在我们的生涯路上,经常遇到的困惑是"我不知道自己想要去哪里","我不知道自己如何去那里"。要解决这样的问题,首先是要明白"我是谁,我是什么样的人,我现在在哪里"。职业生涯规划强调首先要了解自己。系统化的职业生涯规划是一个"从内而外"的过程,因此在职业生涯规划时,首先要认识自己:我有哪些人格特质? 我的兴趣是什么? 哪些东西是生命中不可缺少的? 哪些是我需要赖以为生的? 如果没有这方面的意识,很多人可能一辈子也不会真正了解自己。有这样一个例子:杰克逊是一名推销员,他曾经在47年的职业生涯中,为207个公司工作。想象一下,一个人一年换5次工作,平均两个月就被辞退或跳槽一次,这是多么滑稽的事情。我们在笑过之后,应该明确地认识到问题之所在,那就是,杰克逊根本不知道自己想要什么,想成为什么样的人——他一辈子都在寻找自己。

我们生活在一个复杂的社会,各式各样的干扰模糊了我们的视听,所以存在"认知"和"实际"上的差异,造成我们对自己内在真实的"我"的认知经常是既模糊又不正确的。对自己表面的认知,许多人都是很清楚的,如自己的身高、体重、美丑、结交了多少朋友、喜欢什么、讨厌什么等。而对自己更深层的认知,许多人可能就不太清楚了,如自己的能力、气质、性格、优缺点、对人对事的态度等。正确全面地认识自己,是身处当今竞争激烈的社会中我们必修的一门功课。

在心理学上,自我是一个"独特的、持久的、同一身份"的"我",主要包括作为认识对象的"我"和行为主宰的"我"。认识自我属于自我意识范畴,它包括自我察觉、自我认识、自我分析、自我评价等。简单地说,我们也可以从兴趣、性格、技能和价值观四个方面对自我进行探索,了解了自己在这四个方面的特质(见图1-3)。这样,我们基本上对自我就有了一个比较客观、全面的认识。

图 1-3　自我探索的主要方面

一、认识自我之兴趣探索

（一）兴趣认知概述

谈到兴趣，很多人会说"我的兴趣是看书"，"我的兴趣是听音乐"，"我的兴趣是体育运动"等。可见每个人都有自己喜欢干的事情，都有自己的兴趣。

一般认为，兴趣是指个体对特定的事物、活动及对象所产生的积极的和带有倾向性、选择性的态度和情绪。每个人都会对感兴趣的事物给予优先注意和积极探索，并表现出心驰神往。例如，有的人对篮球产生了强烈的兴趣，所以才会关注篮球，才会为篮球倾注热情、付出努力；有的人对美术感兴趣，他就会对各种油画、美展、摄影作品等认真观赏、评点，对好的作品进行收藏、模仿。

兴趣不只是对事物表面的关心，任何一种兴趣都是由于获得这方面的知识或参与这种活动而使人体验到情绪上的满足而产生的。例如，一个人对跳舞感兴趣，他就会主动地、积极寻找机会去参加，而且在跳舞时感到愉悦和放松，表现出积极而自觉自愿。兴趣可以使人的智力得到开放，知识得以丰富，眼界得到开阔，并会使人善于适应环境，对生活充满热情。兴趣对个性的形成和发展起巨大作用。

我国著名的心理学家林崇德说过："天才的秘密在于强烈的兴趣与爱好。"兴趣起源于人类寻求快乐的本能，它是一种无形的动力，是促使我们在某一领域追求成功的驱动力。"兴趣盎然"、"妙趣横生"、"兴趣是最好的老师"，这些成语和俗语告诉我们，凡是有兴趣的事情，就不会让人感到枯燥乏味，而会使人废寝忘食，锲而不舍，直到成功。

（二）兴趣与生涯发展的关系

兴趣是人们为了乐趣和享受而做的事情，职业发展专家很早就把兴趣当做职业选择的一个重要组成部分。兴趣是一种描述人格特质的方法，在职业选择中，兴趣是重要的参考因素，是匹配人与职业的依据。研究表明，一个人如果对一项工作有浓厚的兴趣，那么他可能发挥其全部才能的80％～90％，并且可以长时间地保持精力和体力的旺盛，不易疲倦，处在这样工作状态下的人更容易取得成功；一个人如果对他所从事的工作不感兴趣，那么他只可能发挥其全部才能的20％～30％，并且容易精疲力竭。这一结果在对多名科学家和成功人士的研究中，基本上得到了验证。

这说明，兴趣与工作满意度、职业稳定性和职业成就感之间都存在着明显的正向关联。"干一份自己喜欢的工作，职场就是天堂。"所以，我们要了解自己真正的职业兴趣，并在做职业选择时将其作为重要依据。如果我们对自己充分了解，兴趣能被快速有效地挖掘出来，就能够简化生涯规划的过程。

但是我们要明确的一点是：没有哪一种工作能够完全满足你的兴趣需要，关键在于工作和生活之间的协调与平衡，以及工作与个人爱好的适度统一。

（三）自我兴趣探索

约翰·霍兰德(John Holland)是美国约翰·霍普金斯大学的心理学教授，美国著名的职业指导专家。他于1959年提出了具有广泛社会影响的职业兴趣理论，认为人的人格类型、兴趣与职业密切相关，兴趣是人们活动的巨大动力；凡是具有职业兴趣的职业，都可以提高人们的积极性，促使人们积极地、愉快地从事该职业，并且职业兴趣与人格之间存在很高的相关性。

霍兰德认为，人格可分为实用型、研究型、艺术型、社会型、企业型和事务型六种类型，每个类型的人格都有各自的人格倾向，可用一个六角模型来体现，如图1-4所示，六角形上相邻的类型有较多的共同点，如企业型与社会型，而离得最远的类型有最少的共同点，如事务型与艺术型。

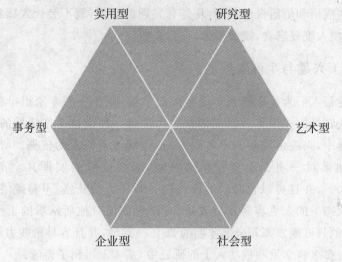

图 1-4 霍兰德六角模型

同样,职业环境也可以分成相应的六大类,每个类型的人格都有其擅长的职业环境。人格与职业环境的匹配是形成职业满意度、成就感的基础。一个人如果能够在与他的性格类型相符的职业环境中工作是容易成功的。性格类型与职业类型的匹配度决定了人与职业的适合程度,甚至一定程度上决定了人的事业能否成功。

霍兰德根据本人大量的职业咨询经验以及他所创立的"人格类型"理论编制了测评工具:霍兰德职业兴趣量表(Holland Career Interest Scale, HCIT)。作为职业选择的首选工具,霍兰德职业兴趣量表被国内外几乎所有的职业机构以及很多大学应用。同学们可以借助兴趣探索练习和标准化测试,使用霍兰德兴趣量表对自己的兴趣进行分类组织,确认自己的霍兰德代码,并通过使用《霍兰德职业索引》来找出与自己的霍兰德代码相对应的职业,了解自己真正的职业兴趣,并在职业选择时将其作为重要依据。

下面我们通过一个小游戏帮助大家对自己的兴趣进行初步的探索,加深对霍兰德理论的理解。(如图 1-5 所示)

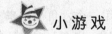 小游戏

现代鲁滨逊

恭喜你!你获得了一次免费度假游的机会,有机会去下列六个岛屿中

的一个,唯一的要求是你必须要在这个岛上待满至少半年的时间。请不要考虑其他因素,仅凭自己的兴趣按一、二、三的顺序挑出你最想前往的3个岛屿。

图1-5 小游戏:现代鲁滨逊

S岛:友善亲切的岛屿。居民个性温和、友善、乐于助人,社区均自成一个密切互动的服务网络,人们重视互助合作,重视教育,关怀他人,充满人文气息。

E岛:显赫富庶的岛屿。居民善于企业经营和贸易,能言善道。经济高度发展,处处是高级饭店、俱乐部、高尔夫球场。来往者多是企业家、经理人、政治家、律师等。

A岛:美丽浪漫的岛屿。充满了美术馆、音乐厅、街头雕塑和街边艺人,弥漫着浓厚的艺术文化气息。居民保留了传统的舞蹈、音乐与绘画,许多文艺界的朋友都喜欢来这里找寻灵感。

I岛:深思冥想的岛屿。有多处天文馆、科技博览馆及图书馆。居民喜好观察、学习,崇尚和追求真知,常有机会和来自各地的哲学家、科学家、心理学家交流。

C岛:现代、井然的岛屿。岛上建筑十分现代化,是进步的都市形态,以完善的户政管理、地政管理、金融·管理见长。岛民个性冷静保守,处事有条不紊,善于组织规划,细心。

R岛:自然原始的岛屿。岛上自然生态保持得很好,有各种野生动物。居民以手工见长,自己种植花果蔬菜、修缮房屋、打造器物、制作工具,喜欢户外运动。

　　请根据你选择的岛屿的顺序写下对应的岛屿代码：＿＿＿＿＿＿＿＿＿

　　（代码对应职业请参考《霍兰德职业索引》）

游戏解析：

　　通过兴趣岛游戏，大家可以得到一个由三个字母组成的代码，此代码名为霍兰德代码，代表了你的兴趣类型。在学习霍兰德代码之前，首先了解一下六个岛屿所代表的不同兴趣类型。

　　社会型（S）

　　共同特征：喜欢与人交往，不断结交新的朋友，善言谈，愿意教导别人。关心社会问题，渴望发挥自己的社会作用。寻求广泛的人际关系，比较看重社会义务和社会道德。

　　典型职业：喜欢与人打交道的工作，能够不断结交新的朋友，从事提供信息、启迪、帮助、培训、开发或治疗等事务，并具备相应能力。如教育工作者（教师、教育行政人员），社会工作者（咨询人员、公关人员）。

　　企业型（E）

　　共同特征：追求权力、权威和物质财富，具有领导才能。喜欢竞争，敢冒风险，有野心，有抱负。为人务实，习惯以利益得失、权力、地位、金钱等来衡量做事的价值，做事有较强的目的性。

　　典型职业：喜欢具备经营、管理、劝服、监督和领导才能，以实现机构、政治、社会及经济目标的工作，并具备相应的能力。如项目经理、销售人员、营销管理人员、政府官员、企业领导、法官、律师。

　　事务型（C）

　　共同特点：尊重权威和规章制度，喜欢按计划办事，细心、有条理，习惯接受他人的指挥和领导，自己不谋求领导职务。喜欢关注实际和细节情况，通常较为谨慎和保守，缺乏创造性，不喜欢冒险和竞争，富有自我牺牲精神。

　　典型职业：喜欢注意细节、精确度，有系统有条理，以记录、归档、程序组织和文字信息为内容的职业，并具备相应能力。如秘书、办公室人员、记事员、会计、行政助理、图书馆管理员、出纳员、打字员、投资分析员。

　　实用型（R）

　　共同特点：愿意使用工具从事操作性工作，动手能力强，做事手脚灵活，动作协调。偏好于具体任务，不善言辞，做事保守，较为谦虚。缺乏社交能力，通常喜欢独立做事。

典型职业:喜欢使用工具、机器,需要基本操作技能的工作。对要求具备机械方面才能、体力或从事与物件、机器、工具、运动器材、植物、动物相关的职业有兴趣,并具备相应能力。如技术性职业(计算机硬件人员、摄影师、制图员、机械装配工),技能性职业(木匠、厨师、技工、修理工、农民、一般劳动)。

研究型(I)

共同特点:思想家而非实干家,抽象思维能力强,求知欲强,肯动脑,善思考,不愿动手。喜欢独立的和富有创造性的工作。知识渊博,有学识才能,不善于领导他人。考虑问题理性,做事喜欢精确,喜欢逻辑分析和推理,不断探讨未知的领域。

典型职业:喜欢智力的、抽象的、分析的、独立的定向任务,要求具备智力或分析才能,并将其用于观察、估测、衡量、形成理论、最终解决问题的工作,并具备相应的能力。如科学研究人员、教师、工程师、电脑编程人员、医生、系统分析员。

艺术型(A)

共同特点:有创造力,乐于创造新颖、与众不同的成果,渴望表现自己的个性,实现自身的价值。做事理想化,追求完美,不重实际。具有一定的艺术才能和个性。善于表达、怀旧,心态较为复杂。

典型职业:喜欢的工作要求具备艺术修养、创造力、表达能力和直觉,并将其用于语言、行为、声音、颜色和形式的审美、思索和感受,具备相应的能力。不善于事务性工作。如艺术方面(演员、导演、艺术设计师、雕刻家、建筑师、摄影家、广告制作人),音乐方面(歌唱家、作曲家、乐队指挥),文学方面(小说家、诗人、剧作家)。

二、认识自我之性格探索

(一)性格认知概述

日常生活中,人们对性格的理解不一,有人认为性格是一个人的性情品性,如唐代李中诗《献张拾遗》:"官资清贵近丹墀,性格孤高世所稀。"有人认为,性格是表述人的脾气,如性格暴躁、性格软弱等;有人则认为,性格代表一个人的处事风格,比如说某人性格豪爽等。以上这些对性格的了解都是从某一个侧面对性格进行的表述,并不全面。

性格是指表现在人对现实的态度和相应的行为方式中的比较稳定的、

具有核心意义的个性心理特征。性格表现了人们对现实和周围世界的态度，并表现在他的行为举止中。性格主要体现在人们对自己、对别人、对事物的态度和所采取的言行上。

（二）性格与生涯发展的关系

 案 例

小李是一名大四的学生，正在努力求职中。他听别人说，一个人的性格和将来的职业发展有密切的关系，为了更好地实现"人职匹配"，他在网上找到一个测评工具对自己的性格进行了评测，得到的结果显示他是一名性格内向的人。之后不久，他收到了一家知名企业销售岗位的面试通知，这让他十分矛盾：一方面这家企业是行业的领军企业，是他非常希望进入的企业；另一方面考虑到自己内向的性格，可能不适合做销售工作，也许无法在事业上取得成就。他该如何选择呢？

如果同样的事情发生在我们的身上，该如何选择？在选择之前，我们必须要明白一个人的性格和生涯发展之间究竟存在什么样的关系。

首先，如果职业特点和性格是匹配的，那么我们就会成为更适合、更有效的工作者，我们会更加喜欢我们所做的工作。

其次，性格类型没有对错和好坏之分。目前，社会上普遍认为性格内向是一种性格缺陷，这是一种十分错误的观点。很多学术大家、艺术大师、工程专家都被证明是内向的性格。每一种性格类型的人都有自己独特的优点。

还有，我们可以用性格类型去理解和原谅自己，但不能以它作为我们做或不做任何事情的借口。不要让性格类型左右你考虑选择任何事业、活动或人际关系。

最后，某些职业或岗位可能吸引大量的某些类型的人，但是没有证据表明，某种性格类型的人不能或不适合从事某种工作。因此，性格类型不能作为生涯发展选择的唯一标准，还需要参照其他测验的结果，进行综合分析后再下结论。

所以，当我们回顾前面小故事中主人公的选择，就可以认识到，"没有证据表明，某种性格类型的人不能或者从事不适合某种工作"，"性格类型不能作为生涯发展选择的唯一标准"。

(三)自我性格探索

如何了解自己的性格类型是我们面临的一个问题。目前网上有各种各样的性格理论和测评工具,但是其科学性、准确性无法得到保证。当前学术界普遍接受和推崇瑞士心理学家荣格(Carl G. Jung,1875—1961)的性格理论。荣格认为,我们的心理活动会指向外部世界,也会指向自己的内心世界,前者属于外倾型,后者属于内倾型。同时,我们通过感官和直觉来获取外界的信息,并利用这些信息,通过理性和感性的方式,对事情进行判断和认识,并在此基础上形成自己的行为习惯和人格模式。

基于荣格的性格理论,由美国的布莱格(Katherine C. Briggs)和梅尔(Isabel Briggs Myers)母女共同研制开发的 MBTI 是当今世界上应用最广泛的性格测试工具。MBTI 全称梅尔——布莱格类型指标(Myers—Briggs Type Indicator),是一种迫选型、自我报告式的性格评估工具,用以衡量和描述人们在获取信息、作出决策、对待生活等方面的心理活动规律和性格类型。该指标可以通过四个维度考察个人的偏好或倾向,维度倾向显示了人与人之间的差异,而这些差异产生于:

☐ 我们把注意力集中在何处,即性格内向和外向的差异;

☐ 我们接受信息的方式,即通过感觉还是基于直觉获取信息;

☐ 我们处理信息的方法,即根据思考还是基于情感做决定;

☐ 我们采取行动的方式,即根据判断还是知觉来采取行动。

以表格形式表述如表 1.2.1 所示。

表 1.2.1　性格的四个维度[①]

能量倾向	Extraversion	(E)	vs.	Introversion	(I)	外向/内向
接受信息	Sensing	(S)	vs.	iNtuition	(N)	感觉/直觉
处理信息	Thinking	(T)	vs.	Feeling	(F)	思考/情感
行动方式	Judging	(J)	vs.	Perceiving	(P)	判断/知觉

下面列举一些对这四个维度进行判定的方法,帮助大家更好地认识自己的性格类型,判定自己的性格倾向。

---

① 参见钟谷兰、杨开:《大学生职业生涯发展与规划》,华东师范大学出版社 2008 年版。

1. 外向型(E)和内向型(I)的判定

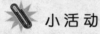 小活动

> 问自己:你觉得自己是内向还是外向性格?为什么?
>
> 问熟悉你的人:你认为我是内向性格还是外向性格?为什么?
>
> 根据自己和他人对你的内向或外向的判定,与你性格倾向不同的同学交流,相互了解对内向或外向性格的看法。
>
> 参照表1.2.2外向型和内向型性格对照表判定自己的性格。

表1.2.2　外向型和内向型性格对照表

外向 E		内向 I
善于表达		通常保留
自由地表达情绪和想法		情绪和想法不轻易流露
听、说、想同时进行		先听,后想,再说
朋友圈大	vs.	固定的朋友
主动参与		静静反思
大家		个人
许多		少数
广度		深度

通过这些活动,我们对外向或内向性格有了基本的认识,对自己究竟是内向性格还是外向性格也会有初步的判定。但是我们要明白,没有任何人是绝对的内向或外向,外向和内向只是相对而言,即使一个被别人认为性格非常外向的人,也存在性格内向的一面,反之亦然。内向和外向只是一种倾向,有的人外向倾向多一些,那他可能就是偏外向性格;有的人内向倾向多一些,那他就是偏内向性格。

2. 感觉型(S)和直觉型(N)的判定

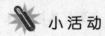 小活动

> 请你对"原始森林"下一个定义!

有的人认为,原始森林是一片很大很大的树林。

有的人认为,原始森林是一个美丽的地方,令人向往。

有的人认为,原始森林是地球的肺,帮其他生命生产氧气。

有的人认为,原始森林充满了植物和动物。

有的人认为,原始森林是一个神秘的地方,它令人恐惧。

请你参照以上定义,对比一下自己对于原始森林是从哪个角度进行定义的。是通过自己的想象,如"原始森林是神秘的","美丽的",还是基于事实,如"原始森林充满了植物和动物"。

通过这个活动可以发现,对于同一个事物,不同的人会从不同的角度来定义或感受,这是由于我们接受外界信息的方式不同,主要分为感觉型或直觉型两种。表1.2.3是两种类型的比较。

表 1.2.3 感觉型和直觉型对照表

感觉 S		直觉 N
明确、可测量		可发明、改革
细节、细致		风格、方向
现实、现在		革新、将来
看到、听到、闻到	vs.	第六感
连续的		任意的
重复		变化
享受现在		预测将来
基于事实、经验		基于想象、灵感

根据此对照表,我们可以对自己在接受外界信息时,究竟是"感觉型"还是"直觉型"有一个初步的判定。

3. 思考型(T)和情感型(F)的判定

从前在一个县城,有一个地痞横行乡里、无恶不作,哪个不从,轻则挨顿拳脚,重则被打残疾。一天,一老实村民实在被欺负不过,用柴刀砍死了这个地痞。这位村民被打入大牢后,县衙门的师爷问县令该如何处置,县令批示:"情有可原,法不容恕。"师爷十分同情该村民,在起草判决书时,把县令的话改成了:"法不容恕,情有可原。"结果使村民免去了死刑。

通过这个小故事,我们看到,对于同一个事物,不同的人可能采取不同的决策方式,有的人根据理性的思考做出决定,有的人基于感性的情感做出抉择。你会采取哪种方式呢?

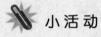 小活动

想象一下,你是一个公司的经理,现在要提拔一位新的部门经理,有两个人选,老李和小张,你倾向于谁?

小张是一名入职三年的新员工,虽然年轻,但是他在工作上表现出了很强的工作能力,在一些问题的处理上,显现出了过人之处。在连续三年的业绩考核上,小张的成绩都是本部门的前三位。如果仅仅按照工作成绩来选择,小张是部门经理的不二人选。

老李是一名快要退休的老员工,虽然不是本部门工作业绩最好的那一位,但是在几十年的工作中,老李总是兢兢业业,尽最大努力做好自己的本职工作,并时刻发挥着老大哥的作用,帮助新员工尽快适应工作环境。老李还有几年就要退休了,这将是他最后一次提职的机会。

看完这个故事,请你思考:

你会选择谁作为部门经理?为什么会做出这样的选择?说明理由。

如果选择了小张,那么你可能是通过理性思考然后做出决定,即思考型的人;如果选择了老李,那么可能你就是基于感性情感然后做出决定,即情感型的人。下表是两种类型的比较。

表 1.2.4 思考型和情感型对照表

思考 T		情感 F
客观、公正		主观、仁慈
批评,不感情用事		赏识,也喜欢被表扬
清晰		协调
基于分析的	vs.	基于体验的
关注事情和联系		关注人和关系
理智、冷酷		善良、善解人意
头脑		心灵
原则、规范		价值、人情
情有可原、法不容恕		法不容恕、情有可原

根据此参考表,我们可以对自己在处理信息或采取具体行动时究竟是思考型还是情感型有一个初步的判定。

4. 判断型(J)和知觉性(P)的判定

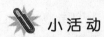 **小活动**

下周一,你要完成一个重要的课程报告并要在课堂上向全班同学展示报告成果。

你准备在周六、周日两天把自己关在图书馆查资料完成报告。但周五你接到一个很好的朋友的电话,约你周六中午一起吃个饭,他周日就要飞往美国留学。如果错过了这个机会,下次见面可能就要几年之后。面对这样的情况,你怎么办?

在生活中,我们经常会遇到类似的难题,一边是计划中按部就班需要完成的工作,一边是突如其来的诱惑和任务,你一般会怎么做的? 如果选择了回绝朋友的邀请,按计划完成自己的报告,那么你可能是判断型的人;如果选择不按原计划完成报告而接受朋友的邀请,那么很可能你是知觉型的人。这两种性格类型的一些特点对照如下表所示。

表 1.2.5 判断型和知觉型对照表

判断 J		知觉 P
按部就班		随遇而安
随时控制		不断体验
明确规则和结构		确定基本方向
有计划、有条理	vs.	灵活的、即兴的
快速判断、决定		喜欢开放、获取
确定		好奇
最终期限		新的发现
避免燃眉之急的压力		从最后关头压力中得到动力

判断型或知觉型的性格特征决定了我们的行事风格,判断型的人做事喜欢按照计划、有步骤、有条不紊地进行,工作往往做得细致而准确;而知觉

型的人喜欢不断变化的做事方式,这种人虽然不喜欢按部就班地一步步完成任务,但经常会从最后关头的压力中得到不一样的灵感,创造性地完成工作。

5. 性格类型的确定

通过对内向型(I)和外向型(E)、感觉型(S)和直觉型(N)、思考型(T)和情感型(F)、判断型(J)和知觉型(P)的判定,我们每个人会得到一个四个字母组成的性格类型代码。通过性格代码,可以在表 1.2.6 MBTI性格类型表中找到对应的性格类型。如 ENFJ 在表中对应是教导型性格。

表 1.2.6 MBTI 性格类型表

	感觉 S	感觉 S	直觉 N	直觉 N	
外向 E	管家型	主人型	教导型	统帅型	判断 J
外向 E	挑战者型	表演者型	公关型	智多星型	知觉 P
内向 I	冒险家型	艺术家型	哲学家型	学者型	知觉 P
内向 I	检查员型	照顾者型	博爱型	专家型	判断 J
	思考 T	情感 F	情感 F	思考 T	

另外,在使用本表对自我性格进行探索的过程中需要特别注意以下几点:

一是,性格类型表中列出的性格类型具有一定的概括性、抽象性,不代表管家型性格的人将来一定要做管家,冒险家型的人将来更应该从事冒险行业。这些词语只是对性格类型的一种描述。

二是,仅仅通过一两个活动或游戏来判断一个人的性格倾向是不全面的,本书只是教给大家进行自我性格探索的方法,每个人可以根据自己的情况,采用其他可靠的工具或方法,对自己的性格类型进行更全面、系统的评测。

三是,不要试图改变你的性格类型,而应该深入、系统地把握自己的优、劣势,扬性格和天赋之长,避性格和天赋之短,选择最适合自己的职业发展路径。

三、认识自我之技能探索

关于技能,被誉为职场导师的理查德·尼尔森·鲍利斯曾经说过这样的话,"一旦了解了自己的技能,就有了建筑职位的建筑积块。用这些建筑积块,就能够定义出自己喜欢的工作职位。"①技能之于我们,是工具、是基础、是根本。

(一)技能认知概述

"技能"这个词常常会让人们感到望而生畏。大多数人误以为"技能"的标准非常高,需要达到高级水平,甚至炉火纯青的程度才能称为"技能"。所以,我们会经常听到以下的说法——刚刚大学毕业的学生说:"我上了四年大学,只是学到了书本上的知识,还没有掌握任何技能。"初入职场的新人会认为:"我刚刚进入社会,还没有工作岗位的历练,还没开始学习技能。"有些准备跳槽的求职者会说:"目前我职业发展的瓶颈是因为技能的更新,我需要重新回到校园继续学习,要不然在新的领域发展我毫无技能可言。"

1. 什么是技能

"技能"这个词常常会被大家误解,根源就在于大家将"技能"这个词语理解得太过复杂与深奥。首先请大家相信这样的事实,对于任何人来讲,根本不存在"无技能"的说法。每个人都拥有各种各样的技能,从孩提时代起,人们就已经懂得使用技能,这些技能往往通过家长或亲朋的称赞表达出来,比如说"这孩子的手真巧"、"跳舞跳得漂亮"、"唐诗读三遍就背下来了"。这些赞誉实际上就很好地表达了孩童所具备的动手能力、身体协调能力以及出色的记忆力。

可是,很多时候我们也存在着尚未被发掘出来的一些技能。有一个女孩,她身材、相貌、学历等都非常普通,但是当她在餐馆品尝过一道从未吃过的美味佳肴后,可以按照自己的理解将这道菜做出来,口感无二,然而面对大家的惊叹,她却觉得这不是什么技能,没什么大不了的。其实我们有很多人都有一些自己未发现的、这样那样的技能,通过探索自己拥有的技能,可以更清晰地了解自我,更好地确定未来发展方向。

还有一个词会经常用到——能力,很多时候我们经常会搞不清楚"技能"和"能力"二者的区别。一般来说,能力分为以下三类:能力倾向或天赋、技能、自我效能感。我们可以用下面的解释理解这三类能力的区别:

能力倾向/天赋(aptitude/gift):天赋就是天分,是人在成长之前就已经

---

① [美]理查德·尼尔森·鲍利斯:《你的降落伞是什么颜色?求职者和跳槽者的实用行动手册》,刘宁译,中信出版社 2010 年版,第 71 页。

具备的成长特性。人针对特别的东西或领域产生一种特殊的天生执念,这使其可以在同样经验甚至没有经验的情况下以别于其他人的速度成长起来。

技能(skill):通过练习获得的能够完成一定任务的动作系统。例如阅读能力、人际交往能力、沟通能力等。

自我效能感(self—efficacy):指个体对自己是否有能力完成某一行为所进行的推测与判断。这种理论认为,即便人的行为没有对自己产生强化,但由于人对行为结果所能带来的功效产生期望,可能会主动地进行那一活动。

因此,可以这样理解,"技能"属于"能力"中的一种,主要指经过后天培养而形成的能力。而在本部分自我探索的过程我们主要探讨的是技能。

2. 技能的分类及获得的途径

技能一般分为专业知识技能、自我管理技能和可迁移技能(如图1-6所示)。

(1)专业知识技能。专业知识技能是指需要通过教育或培训才能获得的特别的知识或能力。这些技能涉及我们学习的科目,它们是我们所懂得的东西。一般用名词来表示,比如地理、古董、材料等。

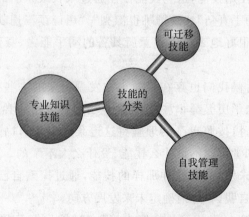

图1-6 技能的分类

专业知识技能需要经过有意识的、专门的培训才能掌握。但是它并非只能通过正式的专业教育才能获得,还可以通过课外培训、专业会议、讲座、研讨会、自学等方式获得。因此,如果想从事本专业之外的工作而又不能够重新读一个专业的话,仍然有许多途径可以帮助我们获得相关的专业知识技能。

（2）自我管理技能。自我管理技能经常被看做是个性品质，而不被认为是技能，因为它们被用来描述或说明人具有的某些特征。这些特征能帮助个人更好地适应周围的环境。一般用形容词和副词来表示，比如善于表达的、自信的、有判断力的等。

自我管理技能可以从非工作生活领域迁移转换到工作领域，它们有助于我们推销自己和自己的才能，是成功所需要的品质。很多时候人们被解雇或离职，往往是因为缺乏自我管理技能而不是因为缺乏专业知识技能。

（3）可迁移技能。可迁移技能也被称为"通用技能"，就是你会做的事。它的特征是它们可以从生活中的方方面面特别是工作之外得到发展，然后迁移应用于不同的工作之中。可迁移技能通常用行为动词来表示，比如照顾、训练、总结、表达、写作等。

在职业规划中，当需要勾画出个人最核心技能的时候，可迁移技能是需要被最先和最详细叙述的。因为它是你最能持续运用和依靠的技能。事实上，专业知识技能的运用都是在可迁移技能基础之上的，但是我们往往夸大了专业知识技能的重要性。

（二）技能与生涯发展的关系

技能是一个人的立身之本，在个人成长与发展过程中，技能起到举足轻重的作用。我们从小到大的每一次考试、升学、班干部选举、社团活动、兼职实习，甚至外出旅行都需要具备相应的技能。

在生涯发展过程中，要特别注重个人技能的探索与培养。技能（特别是自我管理和可迁移技能）越高，工作自由度越大，竞争性越强。

我们一定不能缺乏对自己所拥有技能的起码的自信，同时要尽可能挖掘自身的潜能，并下定决心拓展那些我们需要但却有所欠缺的技能。如果说一个人的兴趣很难培养，性格和价值观很难改变，而技能是完全可以通过自身的努力去提升的。技能的提高能够给人们带来更好的生涯发展机遇；同时，生涯发展也能够为技能的施展提供更广阔的平台与空间。

（三）自我技能探索

1. 技能的鉴别

我们该如何发现自己的成就和技能？大概有如下几种方法：

（1）可衡量的业绩。这种方式是最直接、最简便的。比如说一个公司销售员的年销售额达到 500 万元，一个长跑运动员的成绩打破了世界纪录，一个高级中学教师的学生一半都考取了重点大学。这些实实在在的数据就是销售员、运动员及教师可衡量的业绩,通过这些业绩能看到他们所具有的在某一方面的技能。

作为大学生来说,可以静下心来回忆自己曾经经历的某一件具备衡量标准的业绩。比如,有一个文科专业的女生说,她从小就害怕学习数学,所以高考的时候选择了文科。可是没想到进了大学还要学习高等数学。她给自己定了80分的目标。为了这个目标,她曾经可以一口气在自习室里坐7个小时做数学题。就这样,她在学期末考到了85分的好成绩。这个经历就可以作为一个可衡量的业绩来分析她所具备的技能:有毅力、能吃苦、学习能力强、不服输等。

(2)他人的认可与称赞。我们经常听到各种各样来自于他人的称赞,如"他画儿画的真好看"、"他真的很聪明,每次考试都拿第一"、"这家伙能说会道,跟谁都聊得来"等。这些称赞直接表明了他人对你的能力与成绩的认可与赞扬。

我们也可以通过跟周围人的交流来发现自己从未发现的技能。比如有一个男同学,上大学之前从来没有当过班干部,也没有认为自己有什么组织能力,大学一年级也没有担任班干部。但是,在大学二年级的班委选举时,同学们却一致选举他当班长。当时他仍然没有自信,于是,同宿舍的一个同学用几个生活中的小事来告诉他,他具备很好的表达能力、组织能力,并且思考问题周到,最重要的是还很有爱心。而这个过程就是这个同学认识自我技能的过程。

(3)通过"STAR"法来发现自己的成就。在技能探索的时候,可以回忆一下自己的过往,曾经遇到什么样的难题,怎样去克服和解决的,成功了还是失败了。通过对这些问题的回忆与总结,就能够清晰地发现自己到底拥有什么样的技能,这就是"STAR"法。主要从以下四个方面思考:

□ 你曾经面临什么问题?(Situation)

□ 你承担了什么任务、责任?(Tasks)

□ 你采取了什么行动来解决问题?(Action)

□ 你的行动取得了什么样的有益结果?(Result)

(4)撰写成就故事。这种方式是非常行之有效的一种技能探索方法:回忆一下自己取得的成就,也就是那些自己做过的、自认为比较成功或者感觉很不错的事情。这些事件不一定是工作上或学业上的,它们可以是课外活动、家庭生活中发生的。这些成就也不一定都是惊天动地的大事,它可能只是一次很小的胜利,如筹划了一次同学聚会、为家人出谋划策、修理好某个电器装置、及时地帮助他人等,只要它们符合以下两条标准,就可以被视为"成就":一是你喜欢做这件事时的体验和感受;二是你为完成它所带来的结果感到自豪。如果同时你还获得了他人的认可和表扬那就更好了,不过这并不重要。

"成就故事"举例:

《生涯发展与就业指导课》布置了一项作业,要求我们完成一次"生涯人物访谈"。之前我从没有参与过类似的活动,不知从何下手。后来,我认真学习了教材上关于"生涯人物访谈"活动的具体步骤,了解了如何开展此项活动,并制订了具体的访谈计划。在确定访谈对象时,我通过一个师兄联系到一家企业的工程师,经过电话、短信、邮件等形式,最终和工程师确定了访谈时间和地点。为了更好地完成此次访谈,我提前在网上学习了访谈技巧,并准备了详细的访谈提纲。在成功的访谈之后,我认真完成了访谈报告。老师对我的访谈报告给予了"优秀"的评分,还把我的访谈报告作为范例在课堂上进行了讲解。

(节选改编自某同学的课程作业)

写下生活中令你有成就感的具体事件后,对其进行分析,看看你在其中使用了哪些技能(尤其是可迁移技能)。可以多撰写几个成就故事,并逐一进行分析讨论,看一看在这些故事中是否有重复出现的技能,它们就是你喜爱施展也擅长的技能。

2. 技能的表达

在发掘出自身所具有的技能以后,你需要做的,就是在恰当的时机以恰当的方式展现出来。无论是在简历制作中,还是在实际面试中,清晰地展现出自身所具有的技能可使你的求职锦上添花,增加成功的机会。哪种表达方式能够最直接明了呢? 一般来说,当你将可迁移技能、专业知识技能和自我管理技能结合在一起时,你就能对自己所具有的技能提供非常具体的证明。如下图所示:

图1-7 技能的表达

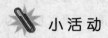

夸夸我自己

请大家在3分钟内在纸上尽可能多地写下自己所拥有的技能。

然后将其分为三类：专业知识技能、自我管理技能、可迁移技能。在此基础上将自身的三类技能重新组合，具体并完整地表达你自己的技能。

大学生应该关注哪些技能呢？根据北京科技大学近三年用人单位的调查反馈情况来看，用人单位较为关注的毕业生技能主要有：

(1) 沟通能力；   (2) 积极主动性；

(3) 团队精神和企业归属感；   (4) 领导能力；

(5) 学习成绩；   (6) 人际交往能力；

(7) 灵活性/适应能力；   (8) 专业技术；

(9) 诚实正直；   (10) 工作道德和敬业精神；

(11) 分析和解决问题的能力。

四、认识自我之价值观探索

李开复曾说过，一个人要想取得成功，就必须首先拥有正确的价值观，因为价值观是指导所有态度和行为的根本因素。如果价值观不正确，一个人无论怎样努力，都会像南辕北辙的赶车人那样离成功越来越远。

（一）价值观认知概述

很多时候，我们都觉得价值观是一个很抽象的东西，离我们很遥远。事实上，它是实实在在存在于我们内心的，只是平时不被我们自己关注而已。生活中，经常会有一些人在面临抉择时处于进退两难、左顾右盼、难以取舍的困境，问题出在哪里？最大的可能就是价值观不清晰，或者是没有意识到可以通过澄清自己的价值观解决这个难题。没有稳定和清晰价值观的人容易受到外在的影响和控制，价值观的缺失也会影响一个人目标的建立。

可以说，每个人的人生方向完全受控于个人价值观的牵引。价值观如一股无形的力量，无时无刻不在影响着我们作出何去何从的决定，特别是在人生中的关键时刻,价值观左右了我们的选择,甚至决定了我们的人生。比如在择业的过程中,你会考虑很多方面的问题:是要回到家乡就业离父母近一点还是留在大城市?是选择工资比较高的企业还是选择比较稳定但工资相对较少的公务员?在你遇到这些选择的困惑时,引导你做出最后决定的往往是你的价值观。比如有一个女孩,她从小生活在贫困家庭,靠亲友与社会爱心人士的资助才顺利读完大学。在大学毕业求职的时候,有几家不错的单位向她伸出了橄榄枝,甚至包括一家世界500强的外企。但她拒绝了这些邀请,毅然回到了她的家乡——贵州的偏远山区,做了一名普通的希望小学教师。在她人生的关键时刻,根深蒂固的"应回报社会"的价值观引导了她未来的人生。

究竟什么是价值观呢?价值观就是我们在生活和工作中所看重的原则、标准或品质。它指向我们一生中最重要的东西,因此它也是一套自我激励机制。生涯大师舒伯认为,职业价值观是个人追求的与工作有关的目标,亦即个人的内在需求及在从事活动时所追求的工作特质或属性,它是人生价值观在职业问题上的反映。

拥有清晰价值观的人往往会拥有远大的理想。李开复说,自己在大学时期就认为人生最大的意义就是做一个有影响力的人,从此他把成为一个有影响力的人作为自己的人生目标。因此,在他以后职业生涯中,所有关键点的抉择全都是围绕着是否能够最大程度提高自己的影响力来行动的。他说:"对我来说,人生目标不是一个口号,而是我最好的智囊,它曾多次帮我解决工作和生活中的难题。"

(二) 价值观与生涯发展的关系

根据马斯洛的需求层次理论,在不同的阶段,人们有不同的目标。职业发展的过程是一个个目标实现、自我需要得到满足的过程,而自我价值得以实现是人类的最高需要,所以价值观在人们的职业生涯发展中起到极其重要的、决定方向性的作用,往往超过了兴趣和性格对我们的影响。回想自己走过的路,引导我们做出那些关键性决定的往往是我们的价值观。

有效的生涯决策与一个人对自己的价值观的认知程度有关:我们对自己的价值观越清楚,生涯规划的过程就越容易。所以,我们要不断审视和澄清自己的价值观,经常自问:我最想要的是什么样的生活,内心深处我最在乎的是什么,我的人生最不能放弃的是什么,什么是可以让我付出一生的心力去追求的。只有这样,生涯路上我们才可能更快乐地做自己。

（三）自我价值观探索

价值观对于一个人如此重要,那么如何明确自己的核心价值观呢?下面通过一个小活动,来认识一下自己的价值观。

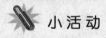 **小活动**

我的价值观

团队合作、高收入、人际关系、有归属感、稳定、安全、创造性、多样性和变化性、新鲜感、乐趣、自由、平等、被认可、受尊重、能帮助他人、能发挥自己的才能、成就感、成功、名誉、地位、有意义、自主独立、有成长的空间、领导力、影响力、有益于社会、挑战性、冒险性、竞争、符合自己的道德观、工作环境、工作地点、工作与生活的平衡、健康、家庭、朋友、亲情、爱、信仰、幸福、为社会服务、和谐、平等……

以上所列举的价值观,挑选出其中5条对你来说最重要的价值观,分别写在5张卡片上。

在另外一张白纸上给每一条对你来说很重要的价值观下定义,即:要达到什么样的水平你才能满意?

现在,如果你不得不放弃其中的一条,你会放弃哪一条?将你准备放弃的这一条价值观的卡片与其他人交换。

现在,如果你不得不继续放弃剩下四条中的一条,你会放弃哪一条?再次与其他人交换。(保留刚才别人给你的,放在一边。)

继续下去,直到最后一条。这是否是你无论如何也不愿放弃的?

请思考:

☐ 通过这个活动,你对于自己价值观有些什么样的了解和想法?

☐ 你的价值观会对你的职业选择和人生发展产生什么样的影响?

☐ 其他人的价值观会对你价值观的形成造成什么样的影响?

五、生涯发展过程中如何完善自我

(一)完善自我的方法和注意事项

首先,在自我探索、自我认知的过程中不要过度概括过去的经验,特别是不能单凭一两次曾经的体验就做出一项生涯决策。经验只是众多需要有效评估的信息中的一部分。也许你有数学课不及格的体验,有高考数学考砸的经历,但不能因此就怀疑自己学习数学的能力,并由此拒绝探索跟数学有关的相关领域的职业和工作岗位。

其次,不要过度依赖他人的看法,尤其是这个人具有很高的声望或者特别可信赖的时候。你可能会有这样的经历,某门课的老师因为你一次考试的成绩就评价你说"在数学方面很有天赋",于是你在考大学选专业的时候就一门心思想学数学专业。而实际情况是,到了大学以后却发现高等数学和中学数学完全是两码事。我们身边也有这样的案例,父亲是医生,因为了解医生的辛苦,于是说"我坚决不希望我的儿子以后再当医生"。

此外,要充分利用可用的各种工具。可以向一些专业的咨询员,特别是那些手里拥有各种资格证书的咨询员,在选择问卷、心理测验等方面寻求专业的帮助。但是,切忌随便根据网络上的一些调查问卷结果在缺乏专业指导的情况下做出判断。

当然,我们也应该意识到,外部的客观的测量通常不能完全帮助我们认识自我。客观地测量,如由那些心理测验或职业咨询专家提供的专业测验可能没有我们的自我审视和反思更有用。

(二)完善自我是终身的过程

生涯是一个人终身发展的历程,而自我认识和自我完善同样是一个终身的过程。在这个过程中,首先,要意识到自我完善的重要性,并且愿意付出一定的努力,愿意在这些方面花费时间和精力。其次,要注意积累各种生活经历与经验,并且能够把生活事件和经历相互联系起来,不能简单地隔离。你的价值观、兴趣、性格、技能之间的关系是什么?他们是以某种有意义的方式相联系的吗?有相关性吗?例如,一个文静善良的女孩子,她喜欢和孩子相处,有在幼儿园教学和聋哑学校做义工的经历,决定毕生致力于儿童教育的工作,因为她认为国家的未来取决于儿童教育的质量。另一个例子:一个男同学在数学方面的学业成绩很好,他想要挣很多钱,他可能因为非常外向开朗的性格并喜欢户外运动而最终不会选择做会计师或研究员。再次,在生涯的任何阶段,无论遇到什么样的困难,都要相信自己,相信自己可以做最想做的那个自己。

 作 业

1. 他人眼中的我

分别找家人、老师、朋友等熟悉你的人,请他们列出你的五个性格特点(其中一个必须为缺点),看看他们对你的认识和你对自己的看法有什么异同,并从中更全面地认识自己。

2. 撰写一个成就故事

写一件你认为最成功的事情,并详细记录你为这件事情所做的计划、准备和实施过程,并从中简要地分析你所具有的相关技能。

第二章
认识社会　探索工作世界

2

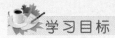 学习目标

通过本章的学习,你将能够:

一、认识职业、职业分类的作用与方法

二、利用职业分类帮助自己探索工作世界

三、了解专业、及其与行业、职业的关联

四、通过社会实践初探未来职业和工作世界

 引言: "盲人摸象"引发的思考

"盲人摸象"的故事家喻户晓,寓意是不能只看到事物的一部分而应看全局才能了解事物的全面和真实情况。

在现实世界里,我们每个人都是一个"盲人",事物的纷繁复杂超过一个人可以看到的范围。每个人只能看到世界的一小部分和历史的一个瞬间。可即使是这样,我们还是要伸出触摸的手,去探索这个世界的一部分,并用这部分得出自己的观点指引自己将来的路,同时不忘时刻提醒自己,自己看到的仅仅是世界的一部分这一事实。作为在校大学生,面对未知的工作世界更要如此。

第一节 职业剖析：探索工作世界概况

给你找麻烦的不是那些你未知的东西，而是那些你确信无疑，但事实上并不是那么回事的东西。

——马克·吐温

一、大学生常见的职业困惑

"什么是职业？社会上一共有多少种职业？"

"大学毕业以后有哪些职业和工作岗位供我选择？"

"我是学钢铁冶金专业的，以后我的工作世界是不是就是在钢铁厂炼钢炼铁？我是学法学专业的，是不是毕业以后就可以进司法机关或者成为律师？"

"工作世界是什么样的？朝九晚五？拥挤的地铁、公交？午餐时间叫人犯愁的便当、盒饭？还是一亩三分地的格子间的私密空间？"

"好工作是什么？是同学同事羡慕的眼光，是老板的肯定表扬，还是每天的成熟与收获？'睡觉睡到自然醒，数钱数到手抽筋'就一定是好工作吗？"

"工作一定要跟兴趣相关吗？找工作是只尝试自己喜欢的、感兴趣的机会吗？喜欢的工作就一定能做得好吗？怎么才能做的更好？"

"工作一定和大学的专业对口吗？工作、兴趣、专业不一致我该何去何从？与专业不对口的工作是不是就意味着我四年的专业学习浪费了？"

"都说找工作需要关系和靠山。我没有关系，也没有靠山，那么我能顺利地踏入职业领域吗？还有什么特别需要了解和准备的吗？"

"企业到底需要什么样的人？一份好的成绩单到底够不够？"

"谁能告诉我，我的职业方向到底在哪里？我在什么岗位上更容易成功？"

……

以上各方面的问题，都是在校大学生关于职业和未来工作世界的困惑，而这些困惑都是基于对工作世界尤其是对职业简单的印象，这些印象大多源于同学们在生活中的体验和积累，更多受周围熟悉人物或者影视文学作品的影响。而这些简单的印象给同学们进行科学的生涯规划和职业发展带来了很多障碍。

在传统的教育观念中,大学生活是"两耳不闻窗外事,一心只读圣贤书",也有不少同学觉得在校期间就应该好好学习,工作的事情等毕业的时候再说。事实并不是这样的。大学期间的学习锻炼和工作以后的长远发展有着密不可分的联系。在学校里读了十几年的书,突然要面对社会、面对找工作的现实,这份陌生感对大学生而言是正常的。因为对工作世界不了解,同学们通常表现出两种极端的状态:一无所知和想当然。这两种状态常常令他们在进行职业规划或求职时产生困惑,在生涯规划中难以决策,陷入被动。不了解工作世界的具体要求,我们就不能有针对性地学习知识、锻炼能力;不了解工作世界的真实面目,我们可能会在梦想遭遇现实的时候手足无措,就如同学们常常说的那样"稀里糊涂就把自己给卖了",明白过来又会后悔。

在大学生活中,因为对未来的工作世界缺少认知,同学们的生涯困惑可以在以下几个小案例中得到体现。

小 A 是材料学院三年级的学生,最近因为考研还是毕业后直接找工作和父母的意见有了分歧,父母认为现在社会看重学历,本科生就业范围和发展空间太受局限,要想有个好前途必须趁着年轻攻读更高的学位。小 A 虽然觉得父母的想法有一定的道理,身边的同学也都纷纷考研,可是自己实在不愿意再读书了,一想到要考研头就疼,难道用人单位对学历的要求真的有那么高吗?

小 B 是文法学院法律专业的学生,他比较喜欢自己的专业,学习成绩也不错,但是他不知道毕业后除了做律师、公检法的公务员或者法律咨询顾问,还有什么其他工作可以选择,那些工作具体情况到底是什么,有什么要求,需要提前准备什么知识、提高什么技能,他也一概不知,这让他怎么准备呢?

小 C 在进入大学之前就已经对自己的未来有了比较清晰的想法,希望将来成为一个办公室白领,优雅干练,办公环境整洁漂亮。她毕业以后顺利进入一家外企做行政助理工作,但是她的激动和兴奋不久就被日常繁杂的事务淹没了,她怎么也没有办法把这些琐碎的工作与自己梦寐以求的白领画上等号。

二、认识职业

（一）职业是什么

日常生活中，人们所说的"工作"，是指在一个组织机构中，"由一个或多个具有一些相似特征的人所从事的带薪职位，一份工作也许包含人们所从事的一个或一组相似的带薪职位"①。而职业则是一系列有内在关系的工作的总称，也可以理解为不同专业领域中一系列相似性的服务或彼此相关的工作的集合②，比如教师。不同的职业通常意味着不同的发展机会与空间，也决定了不同的生活方式。

工作和学习一样，也是人生经历的一个重要阶段。对于大部分的大学生而言，工作首先就是找一份活干，是能够满足温饱条件的手段，是毕业后开始独立生活的经济基础，是对于自己整个学习锻炼过程的综合检验，是确立自己社会地位的开始，是一个人实现自己职业理想、生涯理想的外部平台。

从个人角度来说，职业与我们扮演的工作角色密切相关。职业是物质生活的来源，因为它，我们通过自己的努力过自己想过的生活；它还是精神享受的来源，通过它我们证明自己存在的社会价值，通过它我们可以被信任，被尊重，我们从中得到满足感、成就感、荣誉感。从社会角度来看，职业则是一定社会分工的产物，任何一种职业都是因为社会有所需求而产生的，职业的存在都有其一定的社会意义。从内在属性来讲，职业必须具有相应的内在需求，如知识、技能、技巧等，想要做一种职业一定要具备相关的技能和知识储备。

（二）职业的分类

职业是在人类长期的生产活动中，随着生产力发展和社会劳动分工的出现，而逐步产生和发展起来的。职业的产生和发展既是社会生产力进步的结果，同时，它又反过来进一步促进生产力的提高。一个国家的经济结构、产业结构、科技结构和生产力总体水平决定了社会职业的构成；而职业构成的变化也客观反映着经济、产业、科技以及生产力水平的状况。

---

① ［美］罗伯特·C.里尔登等：《职业生涯发展与规划》，侯志瑾等译，高等教育出版社2005年版。

② 薛国仁、赵文华：《专业：高等教育学理论体系的中介概念》，《上海高教研究》1997年第4期。

《中华人民共和国职业分类大典》(以下简称《大典》)是由原劳动和社会保障部、原国家质量技术监督局、国家统计局联合组织编制的。中央、国务院 50 多个部门以及有关研究机构、大专院校和部分企业的近千名专家学者参加了编制工作。《大典》的编制工作于 1995 年初启动,历时 4 年,1999 年初通过审定,1999 年 5 月正式颁布。

《大典》把我国的职业划分为由小到大、由粗到细的四个层次:大类(8 个),中类(66 个),小类(413 个),细类(1 838 个)。细类为最小类别,亦即职业。需要说明的是,职业种类与名称是不断发展变化的,发达国家或地区往往每年或定期发布新的职业目录。其中,8 个大类分别是:第一大类,国家机关、党群组织、企业、事业单位负责人;第二大类,专业技术人员;第三大类,办事人员和有关人员;第四大类,商业、服务业人员;第五大类,农、林、牧、渔、水利业生产人员;第六大类,生产、运输设备操作人员及有关人员;第七大类,军人;第八大类,不便分类的其他从业人员。

(三) 职业的共性

职业首先是每个社会中人们赖以生存的手段,依赖职业,人们获取物质需求以及精神享受。而社会也是由不同的职业构成,所有可称为职业的领域都是人们生活需求的反应,不同的职业领域都为他人提供相关的服务。虽然职业分类有不同的标准,但是没有一个标准可以囊括所有的职业标准。不同职业之间都有着或多或少的联系,互联的职业形成了社会正常运转的关系网。

虽然职业的种类繁多,但是因为职业都参与社会分工,利用专门的知识和技能,为社会创造物质财富或精神财富,获取合理报酬,并以此满足个人物质生活及精神需求,所以职业一般都同时具备以下共性(如图 2-1 所示):

□ 社会性,职业是一种社会分工,是从业者参与社会活动的一种方式。

□ 知识性,每一种职业都需要具备专门的知识和技能。

□ 创造性,每一种职业都需要为社会创造物质财物或精神财富。

□ 稳定性,每一种职业在一定的历史时期内具有一定的稳定性。

□ 规范性,职业必须符合国家法律和社会道德规范。

□ 群体性,每一种职业都必须具有一定的从业人数。

□ 目的性,从业者以获得劳动报酬为目的。

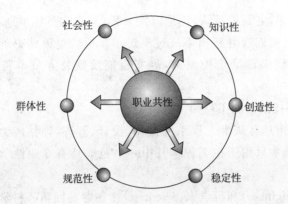

图 2-1 职业的共性

三、几种常见职业"真相"探讨

1. 备受追捧的公务员

国家公务员是指在政府中行使国家行政权力、执行国家公务的人员。目前中国的公务员实行"逢进必考"的制度。中央和地方公务员招录考试单独进行，不存在从属关系，考生根据自己要报考的政府机关部门选择要参加的考试，也可同时报考，相互之间不受影响。在就业竞争日趋激烈的现在，公务员成为了稳定、高薪的好工作典范，备受毕业生们追捧。据国家相关部门公布的数据来看，2009 年中央国家机关公务员考试报考审查通过人数达97 万余人，大幅超过 2008 年的 80 万大关，各职位平均竞争比例为 73:1，最热门职位的竞争率首次超过 4 000:1。而历史数据显示，在最近三年，投考公务员的年轻人每年递增 20 万。

在人们固有的印象中，与公务员的工作联系最紧密的就是一杯清茶、一份报纸以及一生的高福利，事实上公务员的真实职业状况是怎样的呢？我们来听听公务员的声音。"都说公务员轻松，那是他们没做过公务员，就我所在的单位说吧，编制少工作多，要把单位的各项工作搞上去，要到基层调查研究，还要团结好领导班子，照顾好单位群众生活，一句话，单位里的一切事务都要管，还要协调好上级和兄弟单位的关系。其他人可以'8 小时以外是自由'，双休日、节假日随便行动，但凡是个领导却不行，可以说，'当官'是不存在 8 小时和双休日、节假日的，只要群众有了困难，上级有了指示，就要随时随地地投入工作。过去说公务员就是'公家人'，这话一点没假。所以，这样的公务员累,老百姓承认,正是因为太累,焦裕禄英年早逝,牛玉儒倒在了岗位上,任长霞连夜赶路出事故过早走了。他们也因此得到了老百姓的爱戴和尊敬。"仔细琢磨个中滋味,确实也能反映公务员辛苦而又无奈的一面。

2. 走在科技前沿的工程师

工程师是指具有从事工程系统操作、设计、管理,评估能力的人员。工程师的称谓,通常只用于在工程学其中一个范畴持有专业性学位或相等工作经验的人士。

工程师(engineer)和科学家(scientist)往往容易混淆。科学家努力探索大自然,以发现一般性法则;工程师则遵照此既定原则,在数学和科学上解决技术性问题。科学家研究事物,工程师建立事物,科学家们问为什么,工程师问为什么不能。科学家探索世界以发现普遍法则,工程师使用普遍法则以设计实际物品。

很多人一说到工程师,首先想到的是嘈杂的建筑工地,是艰苦的工作条件,是卖力气的活儿。但在世界上许多国家,工程师都是一个受人尊敬的行业,之所以受人尊敬,是因为不是谁都可以从事这个行业的,即使你能作老板,也不见得能作工程师。工程师的行业充满着极大的挑战,它需要灵感、智慧、瞬间的灵光一现和关键时刻所体现出来的勇气。但这些是工程师的全部吗?我们来看一个"地下工作者"工程师的故事:

黄昌富,1998年3月北京科技大学硕士研究生毕业,现任中铁十六局集团北京轨道交通工程公司副总经理,北京市评标专家库专家、铁道部铁路科技专家。

研究生毕业了,干什么工作呢?黄昌富在一次偶然的机会来到了十六局地铁站的招工处。当时工地上还没有研究生,一位领导无意中看到了黄昌富的简历后十分重视,当即联系他来面试。经过一两次谈话后,艰苦的地铁工地迎来了第一个研究生——黄昌富的地铁生涯开始了。隧道施工是非常艰苦的,在二三十米深的地下,暗无天日、尘土飞扬,整日与泥浆、混凝土和机器设备巨大的噪音为伴。起初作为一名基层技术人员,黄昌富需要24小时在施工现场值班,当工人们遇到不能处理的问题时,他不像其他技术人员一样只在一旁进行讲解指导,而是像一线的工人那样亲自来做,甚至有时遇到机器不能触及的微小构造,他就挽起袖子用手挖土,从不嫌脏嫌累。

经过几年的摸爬滚打,黄昌富很快成长为单位的副总工程师。通过他成长的过程,大家应该能够体会工程师成长背后的艰辛,又能看到工程师平凡之中的伟大。

3. 人类灵魂的工程师——教师

身为学生,离我们最近、我们最熟悉的职业莫过于教师了。"学高为师,德高为范。"教师的一言一行对学生的成长影响极大。一日为师,终身为父;教师是辛勤的园丁;教师是太阳底下最光辉的职业……自古以来,人类社会都未曾吝惜过对为师者的赞誉。我们总说教师是蜡烛,燃烧了自己照亮了别人,他们的奉献精神在被大家推崇的时候,教师也因为有让其他职场人羡慕的寒暑假,工资收入相对较高而稳定的特点成为热门职业。特别是高校的教师,结束课程后更是神龙见首不见尾,于是很多人觉得除了上课,他们有大把的时间可以自由支配。当世人看见这些所谓的好处而趋之若鹜的时候,职业光鲜背后的辛酸恐怕就没有更多人去关注了。拿人人羡慕的大学教师来说吧,授课、科研和发表论文,这三方面的压力是他们不得不面对的。特别是刚步入教坛的年轻教师,一方面要完成学校高强度的授课工作,另一方面还要积极参与科研活动,业余时间还要将科研和工作的成果进行总结整理撰写论文。据2005年中国人民大学和新浪网联合进行的中国教师职业压力和心理健康调查结果显示,超过八成的教师感觉压力太大。其中有34.60%的被调查教师反映压力非常大,有47.60%的被调查教师反映压力比较大,两者加起来占到了被调查教师的82.2%。许多教师每天的工作时间超过10小时。

4. 令人羡慕的高薪白领

白领(white-collar worker)是指有教育背景和工作经验的、从事脑力劳动的阶层,是西方社会对企业中不需做大量体力劳动的工作人员的通称,又称白领阶层。"白领职工"这一名词最早出现于20世纪20年代初,它的范围包括一切受雇于人而领取薪水的非体力劳动者。他们一般穿着整齐,衣领洁白,工作条件比较整洁,包括技术人员、管理人员、会计、店员及教师、医生、律师等。

这些人的经济收入和工作条件较好。在发达资本主义国家,白领总数超过蓝领,约占工人总数的60%～70%。白领阶层福利好、收入高、职位稳定,是令人羡慕的职业。然而优雅、干练、高收入就是白领的全部吗?

流行小说《杜拉拉升职记》受到众多白领的追捧,并不是书中的爱情故事有多么的荡气回肠,而是大家从杜拉拉的身上看到了自己的影子,白领们工作中的酸甜苦辣在书中的再现,这些让广大读者产生了强烈共鸣。都说白领的生活很小资、很悠闲,看看杜拉拉,你就明白白领们生活也很不易,他们也要加班,有时是几天几宿不休不眠地加班;他们也要挨骂,挨客户骂,挨上司骂,挨莫名其妙的骂;他们更要竞争。争业绩、争资源,有时也要和同事争争面子……总之,越是大型的公司,越是人才多、规矩多、矛盾多,要学习的潜规则也就更多了。

在了解了以上同学们普遍比较热衷职业的部分"真相"以后,你对这些职业有什么新的认识呢?许多人总抱怨自己的职业不好,所以不能发财,不能出名,不能做一番事业。跳槽,没有勇气;工作,没有耐心,所以只能每天抱怨运气不好。但是干任何一个职业都有酸甜苦辣,每类职业如果想要做成功都需要付出艰辛的劳动。

作为大学生,不管做什么,也许你做的工作与你的专业并不是严格意义上的"对口",只要做你感兴趣和喜欢的事,只要用心研究做到了"专业"级别,一样可以建功立业!做你感兴趣和喜欢的事,你就不会把工作当成一种劳役,你就会不知不觉地把精力全部投入工作中。比尔·盖茨就曾经说过:"做自己喜欢和善于做的事,上帝也会助你走向成功。"这种"事"也绝不仅仅局限于大事要事,就像一个小小的炸鸡窍门可以成就肯德基,一条小小的拉链可以让吉田忠雄成为"世界拉链大王"一样,职业无贵贱,也没有绝对的好和坏,每类职业只要是社会需要的,都大有可为,都能够出顶尖的人才。

 **案 例**

小拉链里的大人生

1926 年,一位叫弗朗科的小说家,在推广一种拉链样品的一次工商界的午餐会上说:"一拉,它就开了!再一拉,它就关了!"十分简明地说明了拉链的特点。拉链这个词就是这样来的。

一条小小的拉链,并不起眼。但当它与一连串惊人的数字联结在一起时,就令你不得不刮目相看了。日本吉田工业公司是世界上最大的拉链制造公司。它每年营业额达 25 亿美元,年产拉链 84 亿条,其长度相当于 190 万公里,足够绕地球 47 圈或从地球到月球之间拉上两个半来回。该公司产品占日本拉链市场的 90%,美国市场的 45%,世界市场的 35%。而从一条拉链中"拉"出这么多天文数字的,正是吉田公司的创办人吉田忠雄。他以 100 美元起家,几经周折,顽强进取,终于成了名闻遐迩的"世界拉链大王"。

吉田拉链(YKK)是拉链行业的鼻祖,代表着行业标准,因为采用日本精确的工艺,原料和管理方法,YKK 价格是其他牌子拉链的 10 倍左右。而目前 YKK 仍是拉链行业最大的市场份额拥有者。就因为他们不可代替的优良品质。

(资料来源:徐平、文祥:《智慧的闪电——世界发明史话》,

时事出版社 1996 年版。)

四、变化的工作世界

管理学大师彼得·德鲁克指出,到 2020 年,世界将变成后资本主义世界,它的主要资源将会是知识(也就是"有用的信息");国家政府将被大洲政府代替;世界将是一个组织的世界,每个组织都致力于一个具体的任务。这个新世界领导团队之一就是"知识型工作者",他们知道如何去定位知识和信息以便使其产生作用。[①]

职业一直都是变化着的,而有关职业的信息也在变化着,就像从船边流过的水,看起来一样,其实一直都是不同的。新的职业不断出现,而一些曾长期存在的职业则消失了。不知道大家现在是不是还知道曾经红极一时的那些工作,比如分发油票粮票的工作人员、小巷里的抄写工、BP 机寻呼台传呼员等,如今这些当年的热门职业都已经难觅踪影了。50 年来我国的职业发生了不小的变迁。拿新闻出版业来说,1992 年的《中华人民共和国工种分类目录》中,还有铸排工、铸字工、活版辅助工、手动照相排版工、刻铅字工、铅版制版工等,而随着激光照排技术的发展,这些职业已经消失。在原劳动和社会保障部 1999 年公布的《职业分类大典》中,也没有了树脂唱片制造的唱片工等职业。

大家想想,小时候津津乐道的诸多品牌都哪里去了?燕舞收录机,活力 28、沙市日化,上海牌手表,爱多 VCD 等。同样,预想未来的 30 年,今天这些散发着蓬勃生机的企业又有几家能留下来?据统计,世界 500 强企业的平均寿命是 40～42 年,1 000 强企业的平均寿命是 30 年。在中国,集团公司的平均寿命是 7～8 年,中小企业平均寿命只有 2.9 年。甚至可以这么理解,一个人在 25 年左右的职业生涯中平均要服务 7～8 家企业。

所以,随着产业结构、经济结构等的不断调整,工作世界和经济形势都

---

① 参见[美]彼得·德鲁克:《德鲁克管理思想精要》,李维安、王世权、刘金岩译,机械工业出版社 2009 年版。

时常发生变化,甚至是剧烈的变化,工作世界中无论是工作的形式、内容还是地点都随之不断改变。工作不一定是全职、兼职,也不一定就要局限在办公室的格子间,更不仅仅就是和自己专业对口,而更多的是将自己擅长拿手的与专业学习有机结合。

(一) 工作形式不固定

1. 全职工作:每周为同一雇主工作 40 或 40 个小时以上的工作。毕业生在求职时大多是希望能够找到一份全职工作,且通常认为全职工作具有相对的长期性、稳定性和保证性。人力资源工作人员也经常提及职位具有长期性并以此为基础招聘人才。

2. 兼职工作:每周为同一雇主工作不足 30 小时的工作,一个人同时可以兼任几份工作。兼职工作是近些年来增长最快的工作形式之一,在技术和专业领域中这种工作选择也具有上升趋势。

3. 工作分享:指两个人同意分享一个工作或职位的正式安排。要分享的职位通常是全职工作,分享工作的每个伙伴各用一半的时间工作。工作的特点是伙伴双方的责任相同,但工作时间不同,和换班工作的安排类型相似。

4. 合同工作:合同工作是一种迅速增长的工作选择。一些公司选择保留骨干人员作为核心员工,然后与个人就那些全职但要规定具体工作时间的工作签订合同。通常根据薪水来发放补偿金,一般情况没有福利。合同的有效期限从几个星期到几年。长期内,个人会与不同的雇主签订多个合同。

5. 自雇工作:自己为自己打工的工作形式可以看做是自雇的,尤指那些开发、营销产品以及提供服务工作的人。这是一个人的经营模式,这种形式的工作现在被称为 SOHO(单独经营者兼家庭办公室)。

(二) 工作地点不固定

远程办公是另一种正在快速发展的工作方式,它是指在远离办公室或雇主工作场所的地方工作。这种工作方式已经明显地受到了现代科技发展的影响,包括笔记本电脑、传真机、移动电话、互联网和电子邮箱的普及使用等,便利的交通方式和通信技术为人们在不同地点工作提供了可能。

且不说目前很多公司在全国各地设置分公司的状况,即使在一个单位,早上的你可能还在北京吃着豆汁焦圈,上午就飞到了上海和客户会面,下午又出现在深圳的宾馆里同全国各地的同事开视频会议通报着客户最新的需求，并准备着下一个工作的行程——这一切都是现代办公条件下极为平常的一天。

（三）工作内容不固定

跳槽，如今很时髦，而工作单位的变换必定引发工作内容的变化。现代社会竞争激烈，跳槽之声不绝于耳。即使是在同一家公司，工作内容也会因为岗位轮换或者升迁而发生变化，比如电影《杜拉拉升职记》里面的主人公杜拉拉就游走了不少部门，从一开始的行政助理，到后来的销售部秘书，再到 HR 经理，然后是 HR 总监，实现了自己的职场晋升，而每一次升职都必然带来工作内容的变化。

即使同一个工作岗位，随着技术的进步以及公司的发展，工作内容也会发生不断的变化，比如财会人员，最初都是用纸笔和算盘进行账目计算的，后来随着高科技产品的不断问世，电子计算器以及电脑日益普及，给财会人员带来了很多的方便，未来也许会有更加先进的财会人员专用的软硬件设施不断问世，那个时候会计的工作内容又将发生新的变化。另外，即使是同一个工作岗位在不同的行业和地区工作内容也会有较大的不同，你怎么工作、做什么将取决于你在什么样的行业、机构和地理区域。

虽然工作世界不断变化，但是大部分职业还是很少变化的，事实上，在过去的 30 年，即使在全球经济低迷甚至衰退的时候，制造业仍有上百万种工作。因此，把工作世界看成是不稳定或者是无法预测的都是错误的。不断变化的工作世界为我们提供了更多的工作机会和选择。面对工作世界，你需要学会如何应对工作的变化，尽早作职业规划，尽早做好面对工作的心理准备，掌握探索工作世界的主动权。当我们了解工作世界的变化并知道用什么样的心态面对它，用什么方法去适应它的时候，我们就可以成为自己工作世界的主人。

五、中国毕业生就业市场主要用工形式

（一）就业市场中常见的用工形式

随着社会经济发展的多元化，目前中国就业市场的用工形式可以说"五花八门、错综复杂"，无法用一个统一的标准将其一并分类，在这里从不同的

角度,给大家介绍一些常见的用工形式。

首先,从工作时间上可分为全日制用工和非全日制用工。全日制用工即规定了劳动者每日的劳动时间以及劳动期限(劳动合同期限)的工作方式,也是就业市场中最常见的一种用工方式,这种方式具有稳定性和持久性,因而对企业培养人才、长远发展、调动员工积极性以及形成企业凝聚力十分有利;对劳动者而言,全日制用工有保障性和稳定性,更利于发挥个人能力,并有助于劳动者的个人提升。非全日制用工方式是指以小时计酬为主,劳动者在同一用人单位一般平均每日工作时间不超过 4 小时,每周工作时间累计不超过 24 小时的用工形式。这种方式主要是指钟点工以及一些兼职工作,非全日制用工方式也是很普遍的。比如,利用节假日为一些公司做临时促销员,又例如一些小企业聘用的兼职会计,只在月底报税时到用人单位做账等。

其次,从劳动者签订劳动合同的时间上来分,有固定期限用工、无固定期限用工和以完成一定工作任务为期限的三种用工方式。《劳动合同法》规定,"劳动合同分为固定期限劳动合同、无固定期限劳动合同和以完成一定工作任务为期限的劳动合同",相应地,固定期限用工,是指用人单位与劳动者签订的劳动合同,要约定合同的终止时间;无固定期限用工,是指用人单位与劳动者签订的劳动合同,约定无确定的终止时间;以完成一定工作任务为期限的用工,是指用人单位与劳动者签订的劳动合同,约定以某项工作的完成为合同的期限。

第三,从签订的劳动合同类型上看,用人单位的用工还可划分为普通劳动合同用工和劳务派遣用工两种。一般的劳动者都是和用人单位直接签订劳动合同形成劳动关系,这也就是普通的劳动合同用工。劳务派遣用工形式是根据用人单位的需要,由劳务派遣公司根据企事业单位岗位需求派遣符合条件的员工到用人单位工作的全新的用工方式。劳务派遣用工的主要特点是:劳务派遣公司与劳动者签订劳动合同,建立双方劳动关系;用人单位与派遣公司签订"劳务合作协议书",与劳动者没有"劳动关系";实现员工的服务单位和管理单位分离,形成"用人不管人、管人不用人"的新型用工机制。

(二)用工形式在不同性质的用人单位不是单一存在

目前就业市场上常见的用人单位类型主要有企业(也称公司)单位、事业单位、国家行政机关等。企业单位包括国有企业、国有控股企业、外资企业、合资企业、私营企业（又称民营企业）等；事业单位包括医院、学校等基本自己盈利、财政扶持的国家公益性单位等；国家行政机关在我国主要是包括中国共产党各级委员会、各级政府及其组成部门，其人员补充主要通过公务员招录完成。

通常不同性质的单位会倾向于采用不同种类的用工形式，但是即便在同一家单位也经常会存在多种用工形式共存的现象。例如，常见于信息产业类公司的用工形式，基本上为两种，一是劳动合同工，就是直接跟公司签订劳动合同的所谓正式员工；二是劳务派遣制员工，就是由劳务派遣公司负责人力资源管理的员工。

（三）国家促进大学生就业特设岗位的用工形式

近几年，随着国家各级政府对大学生就业的关注度越来越高，各种为高校毕业生特设的就业形式（岗位）应运而生，他们区别于其他用工形式的最大特点是：国家特设的就业岗位都专属于大学毕业生，且岗位具有一定的阶段性，并非长期存在，岗位的有效期一般为 2～3 年，在这些岗位工作一定年限后再就业可享受一定的优惠政策。

1. 大学生"村官"

2008 年，中组部、教育部、财政部、人力资源和社会保障部出台了《关于印发〈关于选聘高校毕业生到村任职工作的意见（试行）〉的通知》，用 5 年时间选聘 10 万名高校毕业生到农村担任村委会主任助理、村党支部书记助理或团支部书记、副书记等职务，这就是人们常说的选聘大学生"村官"。选聘的高校毕业生在村工作期限一般为 2～3 年；工作期间的生活补贴比照当地乡镇新录用公务员试用期满后的工资水平；聘用期间，按照当地对事业单位的规定，参加相应社会保险。近年来，相关部门又相继出台了《关于选聘高校毕业生到村任职工作长效机制的意见》、《关于做好大学生"村官"有序流动工作的意见》等文件，对于大学生"村官"服务期满后的就业、就学等提供了一系列完善的保障性优惠政策。

2. "三支一扶"计划

"三支一扶"是支教、支农、支医和扶贫的简称。2006 年，中组部、人事部、教育部等八部门联合下发《关于组织开展高校毕业生到农村基层从事支教、支农、支医和扶贫工作的通知》，以公开招募、自愿报名、组织选拔、统一派遣的方式，从 2006 年开始连续 5 年，每年招募 2 万名高校毕业生，主要安排到乡镇从事支教、支农、支医和扶贫工作。服务期限一般为 2～3 年。

3. 大学生志愿服务西部计划

该计划由共青团中央牵头,教育部、财政部、人力资源和社会保障部共同组织实施。从 2003 年开始,国家每年派遣万名左右普通高等学校应届毕业生到西部贫困县的乡镇从事教育、卫生、农技、扶贫以及青年中心建设和管理等方面的志愿服务工作。目前,志愿者服务期由 1～2 年调整为 1～3 年。新启动基层青年工作专项行动,向西部地区县级团组织各选派 1 名志愿者,协助开展基层团建和基层工作,青年就业创业和青年志愿者等工作;继续实施支教、支医、支农、全国农村党员干部现代远程教育、西部基层检察院、西部基层法律援助、西部基层人民法院、开发性金融、西部农村平安建设等专项行动。

4. 农村义务教育阶段学校教师特设岗位

2006 年,教育部、财政部等部门下发了《关于实施农村义务教育阶段学校教师特设岗位计划的通知》,公开招聘高校毕业生到西部地区"两基"攻坚县农村义务教育阶段学校任教。特岗教师聘期 3 年,享受相关文件规定的一些服务基层岗位的优惠政策;符合相应条件要求的特岗教师,可按规定推荐免试攻读教育硕士。2009 年,相关部门进一步出台政策,将"农村教师特岗计划"的实施范围扩大至中西部地区国贫县。

参与大学生"村官"、"三支一扶"计划、大学生志愿服务西部计划、农村义务教育阶段学校教师特设岗位计划项目、服务期满的毕业生,可享受一系列国家规定的优惠政策——公务员招录优惠、事业单位招聘优惠、考学升学优惠、国家补偿学费和代偿助学贷款政策、创业优惠政策,以及各基层就业项目服务年限计算工龄、服务期满到企业就业的,按照规定转接社会保险关系等其他优惠政策。

5. 参与科研项目研究的科研助理

2009 年,教育部、科技部、财政部、人力资源和社会保障部、国家自然科学基金委员会联合发布了《关于鼓励科研项目单位吸纳和稳定高校毕业生就业的若干意见》(国科发财〔2009〕97 号),提出由高校、科研机构和企业所承担的民口科技重大专项、973 计划、863 计划、科技支撑计划项目以及国家自然科学基金会的重大重点项目等,这些项目可以聘用高校毕业生作为研究助理或辅助人员参与研究工作,此外的其他项目,承担研究的单位也可聘用。参与重大项目等的研究工作,一般工作期限 2～3 年。北京地区高校聘用毕业生参与科研项目的,聘用期结束时,对于在聘用期间完成科研任务,连续考核为合格以上且符合进京条件的非北京生源毕业生,可按照程序落实北京市户口。

6. 应届毕业生应征入伍

2009 年,国家出台了高校应届毕业生入伍预征政策,预征对象为中央部门和地方所属全日制公办普通高等学校、民办普通高等学校和独立学院的全日制应届普通本专科(含高职)毕业生、毕业研究生及第二学士学位毕业生。高校毕业生入伍预征后可享受学费补偿和助学贷款代偿、士官选取、军校报考、直接提干等政策保障,退伍后在选择进入公检法系统工作或继续深造时也享受一定的优惠。

7. 大学生社区工作者

北京市自 2009 年启动了针对应届毕业生的"大学生社区工作者招聘计划",选聘大学生将进社区担任居委会主任助理等职务以满足社区工作队伍专业化、职业化的需要,并提供相关保障措施及待遇。北京市的社区工作者能享受解决户口指标等优惠政策。

第二节 专业剖析:探究专业研究领域与行业背景

闻道有先后,术业有专攻。

——韩愈

一、大学专业介绍

(一)专业的内涵

1. 专业的定义及特征

专业是指根据学科分类和社会职业分工需要分门别类进行专门知识教与学活动的基本单位。[①] 由于科研方向和传统的差异,各高等学校对于专业的具体定义有所不同,但无一例外都具有如下图特征:

---

① 薛国仁、赵文华:《专业:高等教育学理论体系的中介概念》,《上海高教研究》1997 年第 4 期。

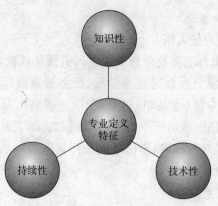

图 2-2　专业定义特征

（1）知识性，即具有科学化的知识体系。指各类专业具有一定的科学规范、知识系统，包括系统内及系统间的联系。

（2）技术性，即具有技能和专长。随着科学技术的发展，各行业专业化越来越强，特别对于工程类行业，若不具备一定的专业技能则无法胜任岗位要求。技术性是目前一切专业均有的特征，这种技术必须在特定的学校、培训机构经过长时间的学习和培训才能掌握和获取。

（3）持续性，即从事专业相对稳定，经济收入及报酬在时间上的持续性。人为了生存和发展，就必须结合自己的专业选择一份适合自己的工作，而当他使用专业知识技能工作的时候，也就为社会作出了自己的贡献而充当了劳动角色，劳动者能够稳定地从事某项有酬工作。

2. 专业的分类

我国高等教育专业设置按"学科门类"、"学科大类（一级学科）"、"专业"（二级学科）三个层次来设置。按照国家 1997 年颁布的《授予博士、硕士学位和培养研究生的学科、专业目录》，我国共有哲学、经济学、法学、教育学、文学、历史学、理学、工学、农学、医学、军事学和管理学等 12 大学科门类，每大门类下设若干一级学科，如理学门类下设数学、物理、化学等 12 个一级学科。一级学科再下设若干二级学科，如数学下设基础数学、计算数学等 5 个二级学科。目前，我国有近 400 个二级学科。而每个二级学科的十几门专业课程中又有一般不少于 10 门的专业课程支撑。博士、硕士学位授至二级学科，一般意义上的博硕士点数指的就是可以授予博士和硕士学位的二级学科的数目。

对于有志于进一步深造的同学，应该特别关注所学专业是否获得一级学科博士学位授予权，即指在这个一级学科下的所有二级学科都有博士学位授予权。因为这意味着，只要选择了这个学科中的任何一个专业，进了校门就可以从本科一直念到博士。这基本能反映出一个大学或科研院所在这个学科的实力和水平。而要想了解这个学科是否全国领先，就要看它里面的二级学科有没有国家重点学科以及重点学科的多少，尤其对于有志于在本专业取得突破性成就的同学，依托重点学科提供的平台和资源，会获得更多的机会。

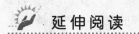 延伸阅读

北京科技大学重点学科设置情况

北京科技大学现有 9 个一级学科博士授权点，48 个博士学科点，109 个硕士学科点，另有 MBA（含 EMBA）、MPA、法律硕士和 20 个领域的工程硕士专业学位授予权，11 个博士后科研流动站，12 个国家重点学科，44 个本科专业。学校冶金、材料、矿业、科技史 4 个全国一级重点学科学术水平蜚声中外（据教育部一级学科评估结果，冶金排名第一，科技史第一，材料第二，矿业第三）；机械、热能、控制等学科享有盛誉；力学、计算机、管理、思想政治教育等一批学科具有雄厚实力；一批新兴学科，如电子信息、土木工程、环境工程等焕发出勃勃生机。

（二）行业领域与专业的对接

1. 行业的内涵

传统语境中的行业，是指在经济生活中产品性质相同的经营单位或个体的组织结构体系。如木匠、铁匠、厨师等，都是围绕某一种产品的生产开展工作的。在传统的小农经济体系下，该行业分类方法浅显易懂。工业革命后，出现了社会化大分工，行业成为以生产要素组合为特征的各类经济活动的代名词，人们开始从人类经济活动的技术特点对行业进行划分。通常是根据生产力三要素（劳动者、劳动对象和劳动资料）不同排列组合的各类经济活动的特点进行划分。虽然从技术特点的角度进行分类比较直观，也解决了非物质生产行业分类的问题，但却存在类别过多，不易整合的缺点。目前，人们比较倾向于从产业的角度对行业进行综合分类。

所谓产业，是指对各类行业在社会生产力布局中发挥不同作用的称谓。行业划分的着眼点是从生产力的技术特点这一微观领域，而产业划分的着

眼点是生产力布局的宏观领域。1985 年,国家统计局明确地把我国产业划分为三大类,把农业(包括林业、牧业、渔业等)定为第一产业,把工业(包括采掘业、制造业、自来水、电力、蒸汽、煤气)和建筑业定为第二产业,把第一、二产业以外的各行业定为第三产业。

2. 行业与专业的联系

虽然行业和专业的定义及分类各不相同,但却无一例外地都指向人类的经济活动,即物质及非物质产品的生产过程。按照"三次产业"分类法,前两个产业从事物质产品的生产,其中,作为"第一产业"的农业生产的是从土地中直接生成的初级产品,如玉米、大豆、稻谷,特点是产品直接可用;作为"第二产业"的工业生产的是通过挖掘自然资源并经过二次加工后的产品,如将铁矿石冶炼成钢铁,将原油提炼成汽油、燃料油等,特点是产品需加工后方可使用。而作为"第三产业"的服务业生产的是非物质产品,特点是为前两个产业的劳动要素(包括劳动者、劳动对象、劳动材料)提供服务。同理,专业也可以按照此两分法加以区分。如 12 个学科大类中,农学对应第一产业、工学对应第二产业,而其他 9 个大类则对应第三产业。

那么,各学科大类下的一级学科及二级学科又是如何与具体的行业相联系的呢? 如以工学大类下的一级学科冶金工程为例,该学科下有 3 个二级学科,分别为冶金物理化学、钢铁冶金、有色金属冶金。一级学科的标题说明了该学科的研究内容,也就是研究从矿石等资源中提取金属及其化合物、并制成具有良好加工和使用性能材料的工程技术领域。二级学科则是对冶金工程中理论和实践的分类研究。冶金物理化学是应用物理化学的原理和方法来研究冶金过程原理的一门科学,主要侧重理论方法的研究;而钢铁冶金和有色金属冶金,则是对冶金生产过程中出现各类实践问题的研究。事实上任何科学活动都可以归为理论研究和实践研究,正是在这两种研究的共同促进下,科学知识系统得以向前发展。

二、大学专业"热度"与行业变迁

(一) 大学专业的"冷"与"热"

一般人看来,大学专业是存在"冷"、"热"之分的,一方面大学各专业录取分数线是按照报考人数多少及总体分数来确定的,这从制度的层面造成了专业之间的冷热不均,报考人数多的专业自然分数高,反之则低。另一方面,虽然职业无高低贵贱之分,但由于社会分工的不同,各专业所对应的职业在待遇和工作条件上还是存在差距的，这就从社会的层面造成了专业的冷热不均。大众眼中的"热门"专业，往往是指在社会某一特定时期那些比较新潮的、社会需求强烈的以及薪水高的专业，如市场营销学、广告学、电子商务、计算机、信息管理等这些现阶段新兴的学科都属于热门专业。而"热门"背后所体现的，则是相应专业人才短缺在社会人才市场上的反映。由于市场经济规律的作用，如果社会上某行业相关人才紧缺，有关企业为了保证生产经营的正常运行，就高薪录用、聘请人才，造成某一专业领域内人才一时走俏的态势，这一现象又刺激人们争相选报此专业，从而形成了所谓的"热门"。

一段时间以后，该专业人才短缺的状况得到缓解，社会需求下降，人才市场就以此类专业人才就业难、待遇低等现象反映出来，造成一定程度的"过剩"，成为"冷门"专业。"冷门"专业的出现无形中给人们以引导——不再选报此类专业而转向其他社会需求量大的专业，形成新的"热门"。由此可见，热门专业也是随社会需求的改变而不断变化的。

现在的大学生恐怕很难想象，1977 年恢复高考时，哲学是大家竞相报考的热门专业。同时，受陈景润等著名科学家的影响，数学、物理学等基础学科也都很吃香。20 世纪 80 年代初兴起的是"文史热"。北京大学法学院院长朱苏力在其博客中写道："70 年代末 80 年代初进入大学文史哲院系的学生，总体而言都是当时最优秀的文科考生，而到了 80 年代后期，这种基本风向就发生了变化。至少考分最高的学生大都选择了经济、法律专业。"20 世纪 80 年代初期到中期，国内的知名大学纷纷成立了经济管理学院，企业管理很快取代数理化成为当时的热门专业。到了 90 年代，随着外贸体制改革，国际贸易、国际关系等专业被看做皇冠上的明珠，录取分数屡创新高。90 年代后期至今，风头最劲的专业变成了计算机、网络、通信技术等，时至今日仍然如此。

事实上，这也与我国热点行业的变迁不无关系。1978 年改革之初，电力、煤气及水的生产和供应业、建筑业、地质勘查业和水利管理业为高收入行业，而这一时期金融保险、房地产等行业的收入甚至低于全国平均水平。此后直到 1992 年，采掘业一直成为高收入行业。1993 年，高收入行业转变为电力、煤气及水的生产和供应业，交通运输仓储和邮电通信业以及房地产行业。这也反映出我国房地产业和邮电通信业开始崛起。1994 年以后，电力、煤气及水的生产和供应业以及房地产业仍是高收入行业，金融保险业、科学研究和综合技术服务业开始加入高收入行业。2002 年，电力、煤气及水的生产和供应业，交通运输仓储和邮电通信业，金融保险业，科学研究和综合技术服务业，房地产行业成为高收入行业。在 2003 年到 2007 年的 5 年间,高收入行业集中在电力、煤气及水的生产和供应业,金融业,科学研究、技术服务和地质勘查业,信息传输、计算机服务和软件业等四大领域。

与此同时,专业的冷热往往滞后于社会实际的发展。据一项调查显示,截至2010年1月,2010届本科毕业生签约率排名前10位的专业,集中在工学专业大类和管理学专业大类之中。这十类就业率高的专业,多为报考时的冷门专业,在一些专业中,90%以上为调剂生。一些报考时的热门专业却成为就业时的冷专业,如法学、医学、国际贸易、计算机科学与技术、生物技术、环境工程、生物工程等。

任何专业的冷热程度都会随着社会需求的变化而发生周期性改变。这种周期性改变的速度往往超过大众对变化本身的感知速度。20年前热门的专业可能由于需求的饱和而在接下来的20年里变得冷门,但同时也可能由于新需求的产生而在20年后变得热门。如果以50年的时间间隔为考察区间,可以发现热门专业的流行实际上呈现一种"轮流坐庄"的变化规律。没有什么专业是永远的热门,也没有什么专业是永远的冷门。目前很多大学生在选择专业时只是把就业率作为唯一的专业选择依据,不科学,也强人所难,选择自己喜欢的专业才是最理想的。

小李考入北京科技大学后的第三年,遭遇了钢铁行业前所未有的寒冬,本科专业是钢铁冶金的他和他的同学们,在高考报志愿的时候,谁都没有想到那时十分抢手的冶金工程专业怎么突然之下就没有人要了呢?毕业的时候,由于就业机会不理想,个别同学甚至放弃了专业所长,到中关村卖起了电脑,看到这个情况,小李断然决定继续读研留在学校深造。随后的几年里,小李目睹了钢铁行业从疲软到兴盛的转变,随着国内众多大型钢铁业巨头的合并重组,以及国家内需的旺盛,到他硕士毕业时,钢铁行业迎来了新的春天,仍然学冶金工程专业的小李高兴地告诉我们,他们班上的同学还没毕业就被各大国企一抢而空了,冶金工程专业也成为当年全校第一个签约率100%的专业。

 案 例

两个大学生的专业选择之路

高考填报志愿时,丽芳毫不犹豫地报考了百年名校——西南交通大学。但在事关如何选择专业的问题上,她却是典型的"门外汉"。丽芳最初填报

的是诸如通信、金融、计算机之类的热门专业，由于竞争激烈，最终被调剂到地质工程专业。当接到录取通知书的那一刻，她的心仿佛一下跌进冰窖，心想，恐怕要和石头打一辈子的交道了。她当时认为，所谓的地质工程专业就是要去找矿、找石油，便怀着忐忑的心情走进了西南交通大学的校门。而后来她得知地质工程专业与自己所想的有很大出入。地质工程其实是土木工程的一个分支，该专业的方向既不是找矿，也不是勘探石油，而是与建筑、设计、施工有关的工程地质问题。地质工程与岩土工程、道路与铁道工程、环境工程是相关专业，此专业毕业生既能从事各类岩土工程的勘察设计，又能进行各类地质灾害的预测、预报和相应的防灾工程设计，还可以成为工程、生态环境保护方面的高级工程技术人才。通过对专业的不断理解和认识，丽芳的学习劲头也足了。令丽芳感到庆幸的是，地质工程专业就业非常容易。到了大三、大四，就业找工作迫在眉睫，当其他专业的同学正在为找工作而犯愁的时候，地质工程专业居然是西南交通大学就业率较高的专业之一，一次性签约率达到80％。毕业生可到交通（铁路、公路）、水电工程、能源、环境和市政工程等系统的设计研究院、工程局和管理局从事岩土工程的勘察、设计、施工和管理等工作，也可在高校和科研院所从事相关的教学和科研工作。随着我国交通运输业的发展，社会对地质工程专业毕业生的需求量将会越来越大。从近年的情况看，此专业的供求率始终保持在1∶4的比例，就业率达96％以上；从每年的考研情况看，录取率也都在15％～20％左右。

与丽芳有所不同，小孙是某知名高校法律专业的毕业生，她参加高考的时候，法律是非常热门的专业。为了增加求职的砝码，小孙在大学期间还兼修了国际贸易专业课程，拿到了双学士学位。毕业后，由于法律类专业的毕业生人数较多，小孙未能如愿就职于法院、检察院等政府部门，而是到一家汽车销售公司从事售后工作，后经过自己的努力才进入一家小型律师事务所从事本专业工作。她高考时的热门专业，随着社会的发展已逐步退化成了"冷门"。

（二）传统"冷门"专业对应的行业变迁

一直以来，农林地矿油类专业显得"冷冷清清"，不仅高考录取分数不如计算机和经济类专业，就是在工作初始薪金和工作环境方面，也不能望其项背。采矿工程、石油工程、地质工程、冶金工程……从表面看，这些专业都和翻山越岭找铁矿，冰天雪地钻石油，火花飞溅炼钢铁的画面天然结合。工作地点不是荒郊，就是野外；不是寒冷，就是高温，与端坐于市中心高级写字楼的高薪白领阶层相比，这些专业的吸引力实在不高。

其实这些专业尽管"坐不改姓，行不更名"，却是"旧瓶装新酒"。尤其是在社会日新月异的今天，这些传统的"老黑难"专业的就业环境早已发生了翻天覆地的变化：卫星定位系统勘测、电脑自动绘图、机械控制操作等，实际上真正在"前线锻炼"的机会并不多，即便是在野外施工，某些企业的工作环境甚至可以媲美高级写字楼。尤其是在当前大学生找工作比找对象还难的形势下，这些专业的毕业生却成了不少用人单位的"香饽饽"，不仅西部的地矿业部门对这类毕业生"垂涎三尺"，就连北京、上海等大城市，近年来也对这些专业人才发生了兴趣，将相关专业的毕业生作为"特殊引进人才"进行专项招聘。这些专业人员的待遇也随着国家经济的快速发展而水涨船高，特别对于需要野外作业的部分岗位，其毕业生工作3年后的年薪远远超过同年其他专业毕业生的平均水平。

此外，地矿材料类专业属于"长线专业"。一来相对发展迅速的计算机专业，这类专业的知识更新速度较慢，从业人员面临再学习和新人竞争的压力较小；二来由于这类专业比较侧重技巧性知识，熟练掌握这些知识需要相当时间的积累及实地工作经历，这使得从业人员"越老越吃香"，几乎不用担心"年龄不饶人"情况的出现。

最后，这些"冷门"专业并不意味着技术含量低。以采矿工程为例，其实，采矿不仅仅是采煤。我国的矿产资源十分丰富，已发现的矿产有一百多种，总值居世界第三位。但是矿藏资源丰富，并不等于产量丰富。由于我国的采矿技术还比较落后，迫切需要采矿工程专业的毕业生的充实。随着经济发展和资源供给之间的矛盾日益突出，国家向采矿工程学科的投入也越来越多，学科发展蒸蒸日上。再来看冶金工程。冶金工程研究的内容并不仅仅是钢和铁，还有银、铜、锡、铅、铝、钨、锑、钛等。冶金技术在我国有着悠久的历史，夏朝的青铜器皿，商代的后母戊大方鼎，汉代的勾戟兵器……历史延续到今天，冶金工程早已不是简单的"炉火熊熊"了，它已经发展成一个与材料、化工交叉的边缘专业。这个专业除了研究如何从矿物原材料中分离提取、提纯、综合回收金属之外，重心早已转移到对无机化工材料的加工和对电子材料的制备等新方向的研究。更有魅力的是，近年来从这个专业里还衍生出了冶金工艺学，新的纳米材料和微粉制备的原理及技术，也将成为冶金工程的一个分支。

所以，无论什么专业，在20年的时间内，随着经济的发展和行业热点的变迁,都有至少1~2次高速发展的时机。"干一行、爱一行,付出终有回报"的道理放在哪里都适用。

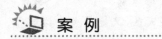 ## 案 例

一个过来人看美国大学的专业好坏

小张来美国已经十年了,他经历了从互联网的泡沫,到今天房地产的泡沫。潮起潮落,他终于发现了一个道理,其实所谓专业好坏的区别并不大。他刚来美国的时候正是计算机、电子工程专业最火的时候,那个时候有一个关于互联网的神话。什么一个学体育的去选了几门计算机课程之后一下子就拿到了一个十几万美元的大 OFFER,当时出国前网站上的 BBS,很多在国外的人介绍经验说,出了国以后,第一件事情就是不管学什么,立刻改专业去学计算机,这是你唯一需要做的事情。那个时候学计算机、电子工程的都是一副志得意满的样子,说话非常冲。小张学的专业一般,机械工程里面流体和传热的。据说在他前面的几个师兄还在念博士找不到工作。小张刚来美国的时候,有一次和同屋里面的学电子工程的大牛随便说了些关于专业的事情,说对计算机、通信什么的不太感兴趣。那人立刻睁大了眼睛,用一种不可置信的眼神看着他说:"你知不知道,你们机械工程和我们电子工程的是天壤之别啊。"那个时候 LUCENT、CISCO、NORTEL 正火,股票成倍地翻,学通信的简直可以用炙手可热、新兴贵族来形容。小张实验室里面的一位师兄放弃学了三年的博士学位,去学计算机了。还有一个师姐放弃了国内公务员的工作,来到美国和丈夫一起改成了电子工程专业。

谁知道不到一年风云突变,计算机泡沫破灭,各大高科技公司开始裁人,计算机一下子从"香饽饽",成了"毒药"。大家突然发现,满世界都是学计算机的,可是计算机公司却一下子倒了不少。当时有好多三四十岁的,改了专业去学计算机的,好不容易花了巨资,读了学位下来,就遇到了经济大萧条。前面说的那位大牛竟然也找不到工作了,小张那位临时改行的师姐也找不到工作了,一时间一片愁云惨雾。像小张这种专业平时学的人不多,岗位虽然不多,不过竞争也不激烈,竟然很容易地找到了工作。

当时小张在中西部一个小城市工作,不断地积累经验,一点一点地充实自己,后来经济好转了,由于他有了一定的经验,终于可以转到另外一个城市工作,薪水也好很多。大牛和师姐们也找到工作走人了,不过计算机行业

的发展还是没能恢复 2000 年高峰期的盛况。2005 年以后，人们到处都传着，学一个计量分析出来，立刻拿到二十几万、甚至三十几万美元的神话。做投资银行的又变成了大家眼中的宠儿，很多人纷纷改成那个专业。孰料，天有不测风云，2008 年金融海啸，金融业又成了重灾区，又把很多人给打了下去。

啰唆了半天，就是想说，学一门专业最好不要去赶时髦，关键要看自己是否喜欢。无论什么专业，只要肯下工夫都能有所成就，所谓的好专业，几年下来一大群人涌进去，也就不是那么回事了。

（摘自"浙江出国在线"，网友 ironboy 感言）

三、专业口径与职业发展

（一）专业与职业的合集

目前，职场发展的一个趋势是对求职者的基础知识素养要求越来越高。相对而言，企业更为看重的是大学生的学习能力、可塑性及发展潜力，而非学生在大学学习期间获得的某项专业技能。因为一项专业技能往往因很快不适于经济发展而被淘汰。而有了学习能力，则意味着可以很快在新技能培训中脱颖而出，获得新的职场竞争力。比如宝洁公司在招聘时，甚至将专业对口从招聘的必要条件中取消，把用人标准限定在两条：第一要受过良好的教育，第二要有很强的敬业精神。因此宝洁公司各部门对毕业生所学专业几乎没有任何限制，学文也行，学理也可以，只要能通过公司的笔试、面试等考查就行。我国外交部也开始从只招收外语专业的毕业生转向对非外语专业毕业的学生敞开了大门，理由是，一个人的外语能力是可以在短期内培养的，而学生的综合素质是很难再培养的。

这些变化源于用人单位对于员工综合素质要求的提升。企业更需要复合型、学习型人才，这类人才即便专业不完全对口，但由于他们学习能力突出，综合素质高，能够很快适应新的工作岗位；另一方面为适应市场经济竞争的多元化要求，用人单位广纳贤才，做好各专业环节的人才储备，以便在未来新事业的开拓中不落人后。

就个人而言，职业生涯是否成功与专业对口并没有直接的关系，铁道学院给排水专业毕业的王石创造了万科集团；外语专业毕业的马云成就了阿里巴巴和淘宝的传奇；而李开复更是津津乐道于一位心理系毕业的员工成了微软负责用户界面开发的主管。所以，大学生选择职业时，更多地应考虑工作与自身性格、天赋、技能的匹配程度以及对企业文化、行为规范的接受程度。

（二）专业与职业的交集

专业与职业固然有紧密联系，但也不是一一对应的关系。在校大学生往往习惯于将自己的专业与职业建立绝对的联系，如学生物技术专业的毕业生以为自己以后就只能在生物技术类公司搞科研，学冶金工程专业的毕业生认为以后就只能到钢厂做工程师。

确实，长期以来，我们赋予高等教育的职能主要是开展高层次的专业化教育，培养高级专门人才。因此，学校根据社会经济发展中各行各业对专门人才需要的预测决定各专业类别的招生数量，按照各专业方向对学生进行专业化教育，毕业后让他们按专业方向"对口就业"就成为高等教育运作的基本模式。但就目前而言，经过十多年的改革，如今的高等教育早已改变为与国际接轨的通识化教育模式。这既适应于学科交叉融合、综合化的发展趋势，又为培养复合型人才创造了机会。

有的同学动手能力不强，从事技术工作的发展前景不明朗，但对市场感兴趣，可以考虑把自己的专业与管理职位相结合；有的同学不太适应钢厂工程师的工作方式，但逻辑分析能力较强且对金融行业感兴趣，可以考虑在具有一定从业经历后转往证券、金融行业从事钢铁行业分析工作。事实上，任何行业和单位对于人才的需求都是多样化的，将专业背景和其他方面的优势加以结合，都可以找到适合自己发展的工作。因而，求职的目光不必局限于某一方面，应该拓展思维，充分挖掘自身的特长，勇于挑战自我，忠于自己的职业目标和职业理想。

第三节　社会需求：我离工作世界的要求到底有多远

友爱、协作、守纪、礼貌、集体观念、能力，等等这些都是高素质人才必备的品质，如果没有这些技能的培养，一个再聪明的孩子也只可能被培养成"孤家寡人"式的神童。

——《哈佛才子》哈佛女孩刘亦婷的母亲刘卫华

一、用人单位对大学生的基本职业素质要求

在了解了工作世界的基本情况以后,我们大学生依然会很忐忑:具体到我们每一个人,什么才是适合自己的工作? 我们在大学期间要做哪些准备? 企业到底需要什么样的人? 为什么在毕业生找工作找得心力交瘁的时候,企业求贤求得也是如饥似渴,这"一个愿娶、一个愿嫁"的供需双方为什么没有走到一起? 什么样的人能够最后成为企业老总心目当中的合格人才?

CCTV《对话》栏目曾经邀请欧特克公司全球副总裁高群耀先生和柯达公司全球副总裁叶莺女士一起探讨怎样从应届毕业生中选才这样一个话题。我们先来看看他们都是怎么说的:

叶莺女士:"我们在选择人的时候有三个很重要的条件,依次是德、智、才。在没有做事之前一定要学会做人,在没有做大事之前一定要把小事做好。要有一个好的心态,要给自己一个明确的目标和定位。要有责任感,很愿意把要做的事情做好而又能够屈就于从最底层开始做起。最后才是良好的英语表达能力,智慧和理念都需要用语言表达出来,而且外企的工作要经常跟总部沟通,语言是必须具备的基本技能。"

高群耀先生:"首先,希望他能有一个正确的态度,能把理想、兴趣、将来的成功和今天的具体工作联系起来,有一个非常平常的学徒心理。因为即便是做同样的工作,不同的心态会影响事业发展的结果。其次,是兴趣和语言能力,不管是中文还是英文,因为有了很强烈的兴趣和语言表达能力才能谈得上跨文化,才能谈得上管理,才能具备将来的领导力。第三点是创意或者是创新精神,要不停地有'傻'主意,奇思妙想,而刚刚毕业的很多孩子在沟通中表现得比较保守。最后,在外企里面很强的学习能力也是必需的,成功只代表过去,能力只说明今天,学习力代表着将来。外企只认成绩,只认功劳不认苦劳,重要的是结果,过程没有意义。对老板来说他是看将来你是如何来发展的。"

曾经有一个老板朋友,当笔者向他推荐应届毕业生去公司工作时,他坚决地拒绝了,他向我们讲述了发生在他们公司大学生身上的尴尬事:刚毕业的大学生只会动口,不会动手,他曾让刚进公司的大学生去买箱复印纸,本来打个电话人家就送纸上门的事,结果学生打车到了中关村自己搬回来,事后还觉得自己很辛苦,找了理由早退。有的大学生刚招进来没几天,不打招呼突然人就没了,后来才知道是去别的公司工作了。他甚至认为,"好高骛远、过分理想化"是大学生的通病。

北京科技大学经管学院 2008 年对百余家用人单位进行了随机调查,结果显示:单位负责人招聘员工时最看重毕业生的能力排名前四位的依次是:责任心（74.5%）、团队精神（68.8%）、道德诚信（58.3%）和沟通能力（53.1%）。而单位聘用的毕业生最有待提高的能力排名前四位的依次是团队精神（46.4%）、沟通能力（43.3%）、承受压力的能力（41.3%）和责任心（41.2%）。企业最看重的能力和素质与毕业生最欠缺的非常吻合。具体调研数据见下图（如图2-3、图2-4所示）：

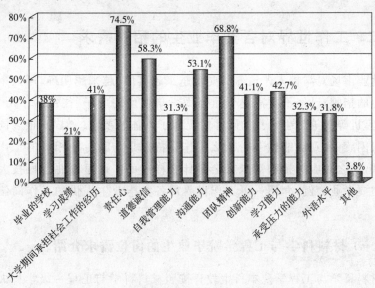

图 2-3　单位负责人招聘员工时最看重毕业生的能力

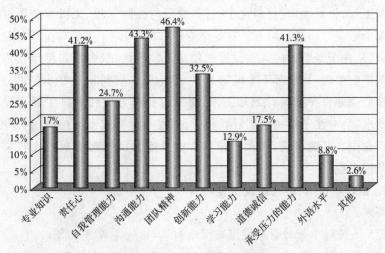

图 2-4　单位负责人认为本单位聘用的毕业生最有待提高的能力

所以,仅靠一份优秀的成绩单远远不能满足工作世界的要求。尽管"素质教育"的说法在中国已经提了很多年,但说到底,今天的大学生接受的仍然是应试教育,职业教育、职业素质的培养在中国很多大学生看来还是遥远的传说。这就导致了很多大学生在毕业的时候,除了一纸成绩单外拿不出能吸引企业的东西,而今天的企业,希望招到的人是来之能战、战之能胜的,所以同学们要充分利用大学资源提升自身职业素质,为将来的事业发展奠定坚实的基础。

二、工作世界对各类毕业生的招聘需求

就业市场对高校人才培养的要求越来越具体,越来越明确,用人单位对大学生的招聘,已经不再满足于重点大学毕业生的牌子,往往从学历、四六级、计算机等级等学生自身的硬件情况做了具体的要求。但是,很多同学仍然会很困惑:我到底能做一份什么工作?特别是与我专业相符的工作岗位有哪些,与之对应的招聘需求又会是什么样子的?这里以北京科技大学所设的主要专业为例,介绍一下工作世界对各类毕业生提供的工作岗位及其需求。

(一) 材料科学与工程学院毕业生的岗位需求介绍

材料科学与工程学院本科生教育按照材料科学与工程一级学科大专业招生,入学前两年统一进行基础课和专业基础课学习,三年级后按金属材料科学与工程、材料物理、材料化学、材料成形与控制工程、无机非金属材料工程等 5 个专业方向进行培养。在 5 个专业方向中,除了无机非金属材料工程以外,其他几个专业方向课程设置比较接近。因此,很多用人单位在招聘材料学院毕业生时,一般都不太设定具体专业,要求材料相关专业即可。少数单位按照企业自身招聘计划和需求,对专业研究方向和本科生课程设置有一定要求,会专注于招聘金属材料科学、工程与材料成形与控制工程专业方向的毕业生。总的来说,用人单位从专业技能角度招聘的职位比较集中于以下几种类型:

1. 招聘职位 A:材料研发工程师

要求:

(1)系统地学习过材料学基础理论知识,成绩排名前 30%;

(2)有应用 office 软件编制产品工艺文件、技术文件的能力;

（3）有较好的化学实验基础，较强的试验操作能力，扎实的基础理论知识；

（4）对于技术分析和产品质量分析有一定了解；

（5）具备丰富的高分子材料（或磁性材料、轧钢工艺等）专业技术；

（6）具有组织课题组开展产品研发、工艺设计及机构日常管理工作的能力。

2. 招聘职位 B：技术销售工程师

要求：

（1）金属材料相关工科专业应届毕业生，具有材料学方面的基础理论知识；

（2）对于市场营销相关知识有一定了解；

（3）逻辑清晰，思路清楚，总结与概括能力强；

（4）英语听说读写能力俱佳，沟通协调能力强；

（5）擅长实践操作，动手能力强。

3. 招聘职位 C：项目管理工程师

要求：

（1）对材料学基础理论知识有深入的了解与掌握；

（2）文笔好，具有较好的文字撰写能力和编辑能力，熟练运用 Word、Excel、PowerPoint 等常用办公软件；

（3）具有良好的人际沟通能力、组织协调能力和团队协作精神，责任心强，工作踏实，热爱项目管理工作，做事专注投入；

（4）对科技项目管理有一定经验，有驾驶经验者优先。

针对材料学院毕业生的其他招聘职位常见的还有：质量管理工程师、产品销售工程师、国际部出口工程师、钢铁采购工程师、质量检测工程师等。

（二）新金属材料国家重点实验室毕业生的岗位需求介绍

新金属材料国家重点实验室目前只招收研究生。研究生的专业为一级学科材料科学与工程。根据不同研究方向，分别侧重于 3 个二级学科：材料学、材料物理化学及材料加工工程。目前，用人单位发布的招聘需求中与国家重点实验室相关的主要包括：材料科学与工程、材料学、金属材料学、材料研发及与金属材料相关的物流与营销等学科。

根据用人单位的招聘需求及毕业生实际工作内容，目前国家重点实验室毕业研究生招聘职位主要包括以下基本类型：

1. 招聘职位 A:钢材部业务助理

要求:

(1) 重点大学本科及以上学历;

(2) 专业要求:金属材料等;

(3) 具有战略性思维,有创意,有韧性,踏实肯干;

(4) 责任心强,较强的沟通能力和实施执行能力;

(5) 具有较强的敬业精神和团队合作精神;

(6) 有学生工作经验及项目经验者优先考虑。

2. 招聘职位 B:材料工程师

要求:

(1) 应届硕士、博士毕业生,大学英语四级证书或大学英语四级 425 分以上;

(2) 专业需求:材料科学与工程、材料物理与化学、材料学、材料物理;

(3) 扎实的专业知识;

(4) 聪明才智,有足够的创造力与再学习能力;

(5) 有足够的热情与激情,能专注地投入工作;

(6) 善于沟通,具有良好的团队合作精神;

(7) 正直、诚信,具有良好的职业道德素养。

3. 招聘职位 C:研发工程师

要求:

(1) 应届硕士、博士毕业生;

(2) 金属材料学、材料物理、材料加工等相关专业;

(3) 具有扎实的材料科学与力学功底,有钢铁材料研发经验者优先;

(4) 具有较强的独立工作能力和动手能力;

(5) 诚实正直,富于团队合作精神。

4. 招聘职位 D:材料科学与工程专业教师

要求:

(1) 应届博士毕业生;

(2) 材料科学与工程等相关专业;

(3) 专业知识扎实,在学期间成绩在年级前 20%;

(4) 爱岗敬业,具有良好的沟通表达能力和团队合作精神;

(5) 身体健康。

5. 招聘职位 E:金属材料试验员

要求:

（1）学历要求：研究生及以上；

（2）专业背景：金属材料、材料物理等相关专业；

（3）从事过铝合金、钢铁等主要金属材料的物理、力学、化学等性能检测、分析研究等，对高强铝合金锻造、铸件材料试验、成分分析、性能评价以及工艺过程有一定的研究；

（4）熟悉相关物理、力学、化学分析设备使用；

（5）善于沟通，具有良好的团队合作精神。

（三）冶金与生态工程学院毕业生的岗位需求介绍

冶金与生态工程学院现有冶金工程和生态学两个本科生专业。冶金工程专业毕业生主要进入冶金行业工作，如钢铁企业、冶金类研究院、冶金类高校等；生态学专业毕业生就业范围较广，就业去向主要为冶金行业、环保行业、能源行业等。毕业生的招聘职位主要为以下几种类型：

1. 招聘职位 A：钢铁冶炼工程师

要求：

（1）冶金工程及相关专业；

（2）无不及格门次；

（3）专业课程成绩优异；

（4）大学英语四级证书或大学英语四级 425 分以上，具有较强听说写的能力；

（5）吃苦耐劳，责任心强，有团队精神。

2. 招聘职位 B：水处理工程师

要求：

（1）生态或环境类相关专业；

（2）熟悉钢铁冶炼相关流程、企业废物处理、水处理、工业企业环境治理等知识；

（3）大学英语四级证书或大学英语四级 425 分以上；

（4）无不及格门次。

3. 招聘职位 C：市场分析员

要求：

（1）冶金工程及相关专业；

（2）熟悉冶金生产流程和行业发展趋势；

（3）无不及格门次；

(4)大学英语六级证书或大学英语六级 425 分以上,具有较强听说写的能力;

(5)吃苦耐劳,责任心强,有团队精神。

除了以上的几种类型,冶金与生态工程学院常见的招聘岗位还有:钢材销售员、炉料采购员、流程设计工程师、环境分析员等。

(四)机械工程学院毕业生的岗位需求介绍

机械工程学院现有本科生专业分别为机械工程及自动化、热能工程、物流工程、工业工程、工业设计、艺术设计、车辆工程和设备工程。其中,物流工程和工业工程、工业设计和艺术设计由于专业原因比较相近,岗位需求基本一致。机械工程及自动化、热能工程专业针对性比较强,一些长期与我校有合作的机械、冶金行业公司都会定期来我校召开专场招聘会。例如:三一重工集团、徐工集团每年基本都对机械专业毕业生有所需求;中冶南方(威仕)工业炉有限公司、中冶赛迪工业炉有限公司每年到校招收热能专业毕业生。针对机械、热能专业毕业生招聘的主要是钢铁冶金、重工机械、汽车生产企业,毕业生大多从事技术支持、研发或管理类工作;针对物流、工业工程专业毕业生招聘的主要是运输、物流企业,毕业生大多从事物流现场管理、技术支持等工作;针对工业设计、艺术设计专业毕业生招聘的主要是网络媒体、广告设计公司或企业宣传部门,毕业生大多从事美术设计或产品外观设计等工作;针对车辆和设备专业毕业生招聘的主要是汽车生产企业,毕业生大多从事技术支持、研发或管理类工作。

此外,用人单位在专业方面对毕业生招聘提出的岗位要求会根据自身需求来定,一般是结合企业所处行业背景、业务需要和具体岗位职责有各自具体的要求。机械、热能、物流、工业工程、工业设计、艺术设计、车辆、设备专业相对应的招聘职位有以下几种类型:

1. 招聘职位 A:机械工程师、机械技术员(机械专业)

要求:

(1)了解机械行业生产流程,熟悉机械制造及加工原理;

(2)能够熟练运用办公软件及机械专业设计相关软件(例如:CAD、Pro-E,不同企业要求不同);

(3)有现场实习经验的学生优先;

(4)能吃苦,能够适应并愿意从事现场生产工作;

(5)部分企业要求了解一定的自动化知识,如了解 PLC 技术(近几年,拥有自动化背景的机械专业毕业生非常紧俏)。

2. 招聘职位 B:物流工程师(物流、工业工程专业)

要求：

(1) 掌握物流基础、物流信息技术、库存管理等知识；

(2) 了解采购与供应管理、仓储管理、物流信息技术等物流岗位相关知识；

(3) 能够简单运用基本的现场物流设备管理系统；

(4) 有在物流公司实习经验的学生优先；

(5) 能吃苦,能够适应并愿意从事物流现场工作。

3. 招聘职位 C:热能工程师、技术员(热能专业)

要求：

(1) 熟悉钢铁行业生产流程；

(2) 专业基础扎实,熟练掌握本专业相关设备的工作原理和测试仪器的使用方法；

(3) 能够熟练运用办公软件及热能专业相关绘图软件 CAD；

(4) 有相关行业实习经验的学生优先；

(5) 能吃苦,能够适应并愿意从事现场生产工作。

4. 招聘职位 D:设计工程师(工业设计、艺术设计)

要求：

(1) 能够熟练运用制作二维、三维图的制作软件；

(2) 至少能够熟练运用 Pro - E、Auto CAD、Photoshop、Corecdraw 、Illustrator 软件中的 1~2 种；

(3) 有相关设计工作经验的学生优先。

5. 招聘职位 E:动力设计工程师(车辆工程)

要求：

(1) 能够熟练使用 Auto CAD 制图软件；

(2) 能进行简单动力系统的设计与计算；

(3) 熟悉汽车的生产流程,有相关的实习经验者优先；

(4) 有驾照的同学优先。

6. 招聘职位 F:暖通工程师(建筑环境与设备工程)

要求：

(1) 能够熟练使用 Auto CAD 制图软件；

(2) 熟悉暖通相关设计规范；

（3）能够独立地读懂设计图,解决设计及施工中存在的简单问题。

（五）土木与环境工程学院毕业生的岗位需求介绍

土木与环境工程学院现有本科生专业分别为矿物资源与工程、环境工程、土木工程及安全工程专业。其中,矿物资源工程专业是国家重点学科,专业排名在全国名列前茅。一般来讲,由于土木与环境的相关专业一般均涉及一些基层岗位或相对艰苦行业,故多数单位除了基本的要求之外还会有"能适应出差"的要求。

1. 招聘职位 A:矿山工程师

要求:

（1）掌握地上、地下开采方法及采矿的相关理论;

（2）熟悉矿山的生产流程;

（3）有过矿山实习的相关经验;

（4）对矿山安全生产的相关规章有一定的认识;

（5）能吃苦,适应矿山的工作环境。

2. 招聘职位 B:建筑工程师或结构工程师

要求:

（1）熟练掌握 Auto CAD 等绘图软件及各类办公软件;

（2）熟悉国内相关规程、规范和设计流程;

（3）能读懂施工图纸并了解材料及准确计算工程量;

（4）对建筑施工的质量、安全和文明施工管理有一定的认识;

（5）具备注册建筑工程师(或者注册结构工程师)资格者优先。

3. 招聘职位 C:水处理工艺工程师

要求:

（1）掌握污水处理的主要工艺流程及相关设备性能;

（2）具有一定的水处理专业理论及实践基础;

（3）熟悉与环保相关设计标准和规范;

（4）熟练使用 Auto CAD 软件,独立工作能力强,具有一定的研发能力。

此外,根据各个专业的不同特点,还有科研院所、金融机构以及软件开发等相关企业的招聘需求,但值得大学生注意的是:所有的企业对相关专业知识的要求都很高。

（六）信息工程学院毕业生的岗位需求介绍

信息工程学院现有本科生专业分别为自动化、测控技术与仪器、电子信息工程、计算机科学与技术、通信工程和信息安全。这其中,部分相近专业的课程设置也比较接近,而且社会上用人单位的需求由于专业原因也比较相近,因此,近年来用人单位在招聘过程中较少出现只招聘信息工程学院某单个专业的情况,一般都是用人单位将自身招聘计划和需求划分为自动控制或计算机相关专业这两个大的行业板块来进行招聘,而且,由于信息行业的特殊性,较多用人单位的招聘是以所有信息相关专业毕业生为对象的。用人单位在专业方面对毕业生提出的岗位要求会根据自身需求来定,一般是结合企业所处的行业背景、业务需要和具体岗位职责有各自具体的要求。总的来说,从自动控制和计算机相关专业这两个部分看,用人单位从专业技能角度招聘毕业生的职位比较集中于以下几种类型:

1. 计算机及相关专业(如计算机科学与技术、信息安全、电子信息工程、通信工程等)毕业生招聘职位举例

招聘职位 A:软件工程师

要求:

(1)熟悉软件开发过程与软件工程理论;

(2)熟练使用 VC++,对新技术有很强的学习能力,熟悉网络编程,对网络程序开发有实际经验;

(3)熟悉 Linux 操作系统;

(4)至少熟悉一种开发语言。

招聘职位 B:硬件工程师

要求:

(1)熟练掌握一门 EDA 工具,如 protel99SE 或 powerPCB 能够绘制原理图和 PCB 图;

(2)计算机硬件基本知识;

(3)能够协助做各种实验,包括环境实验和电路联调电路。

招聘职位 C:网络工程师

要求:

(1)熟练掌握 JSP、ASP 等开发网页,熟悉 SQL 语言;

(2)熟悉各种网络设备和防火墙的管理配置;

(3)精通 Win2000 或 UNIX 网络操作系统的管理配置;

(4)熟练掌握 VC 开发 Windows 程序,Socket 相关程序开发;

(5)有一定的网站开发、设计经验;熟悉网站建设流程,具有良好的创意和灵活的思维;有一定平面设计、页面制作基础。

2. 自动控制各专业（如自动化、测控技术与仪器等相关专业）毕业生招聘职位举例

招聘职位 A：自动化工程师、电气工程师、技术员

要求：

（1）熟悉自动控制原理，能从事工业自动化工程的设计、编程、调试工作；

（2）熟练使用计算机及相关办公软件，能使用 AutoCAD 进行电气设计；

（3）对可编程控制器、变频器、仪表、工控软件、低压电器等产品有一定的专业基础和应用经验，懂电气设计原理；

（4）熟练 VB 编程，熟悉 PLC 系统和上位组态系统；

（5）熟练使用编程软件进行 PLC 程序编写，能够阅读英文资料；有冶金行业实习经验毕业生和使用工业机器人、伺服电机、步进电机、变频器经历或传动控制经验毕业生优先。

招聘职位 B：电子、电路工程师

要求：

（1）具有良好的电路基础专业知识和技能；

（2）熟悉各类主要电子元器件的特性、应用，能够独立进行优化工作；

（3）具有大型电子、仪器、仪表公司实习经验毕业生优先；

（4）具备独立的电路分析能力。

招聘职位 C：仪器仪表工程师、技术员

要求：

（1）熟练掌握智能仪器仪表等各种工业常规仪表；

（2）熟悉自动控制理论，控制系统的软硬件基础；

（3）熟悉 PLC 开发和应用；

（4）能熟练使用 CAD 等相关软件设计制图和 Office 办公自动化软件；

（5）熟练掌握电器及控制电路。

针对信息类各专业毕业生的其他招聘职位常见的还有通信技术研发工程师、射频工程师、测试工程师、数据库开发人员、程序员、系统构架工程师等专业技术岗位以及与专业相关的技术支持与服务、销售或管理岗位等。

（七）经济管理学院毕业生的岗位需求介绍

经济管理学院现有本科生专业分别为信息管理与信息系统、国际经济

与贸易、工商管理、会计学、金融工程与工程管理。各专业在教学、实践培养环节都会涉及经济学、管理学的相关基础知识，但后期深入学习、研究的领域则有着较大的区别，因此用人单位招聘需求及毕业生职业发展方向都不尽相同。管理类毕业生的就业机会往往对英语的要求较高，"英语六级"常常出现在招聘需求内，下面我们将从专业技能角度列举几种用人单位需求比较集中的类型：

1. 管理科学与工程专业毕业生招聘职位举例

招聘职位 A：软件工程师

要求：

（1）熟悉软件开发过程与软件工程理论；

（2）熟练使用 VC++，对新技术有很强的学习能力，熟悉网络编程，对网络程序开发有实际经验；

（3）熟悉 Linux 操作系统；

（4）至少熟悉一种开发语言。

招聘职位 B：系统分析员

要求：

（1）至少精通 C♯、JAVA、C/C++其中一种编程语言；

（2）精通 TCP/IP、RPC、WEB Service、XML 等协议规范及应用开发技术；

（3）精通 UML 建模语言；

（4）获软件系统分析（工程）师认证或 MCA 证书或软件设计师证书者优先。

招聘职位 C：程序员

要求：

（1）具有一定计算机程序设计或编写经验，可独立完成一般的编程任务；

（2）熟练掌握 .Net(C♯)，并有一定的实际项目经验；

（3）了解基本的数据库操作和 SQL 语句；

（4）了解 HTML、JavaScript、CSS、UML 建模语言；

（5）了解软件开发流程，具备优秀的文档处理能力。

2. 国际经济与贸易专业毕业生招聘职位举例

招聘职位 A：国际贸易专员

要求：

(1) 具备较高的英语水平;

(2) 了解进出口的操作流程;

(3) 了解客户需求并为客户提供专业的信息反馈;

(4) 具备一定的沟通能力,善于进行出口订单的洽谈与签约;

(5) 了解制单结汇、运输投保等相关的业务知识,协调制作相应的出口单据。

招聘职位 B:国内贸易专员

要求:

(1) 熟悉贸易跟单操作流程,了解相关供应市场;

(2) 有较强的商务合作谈判能力、策划能力和市场开发能力;

(3) 及时跟踪和研究国家宏观经济政策的走向,收集各类市场情报及相关行业政策与信息;

(4) 具备综合分析客户的产品、目标市场、目标消费者、竞争对手等各方面状况的能力。

3. 工商管理专业毕业生招聘职位举例

招聘职位 A:市场营销专员

要求:

(1) 丰富的销售经验和市场开拓意识,热爱销售工作;

(2) 具有较强的市场洞察力和营销战略思维能力;

(3) 能够独立完成对市场的分析和预测,逻辑清晰,沟通表达能力强;

(4) 关注市场发展动向,向管理层提出建设性建议。

招聘职位 B:人力资源专员

要求:

(1) 熟悉人力资源各个模块(人事规划、招聘、培训、绩效考核、薪酬管理、劳动关系等);

(2) 了解人力资源管理各项实务的操作流程,熟悉国家各项劳动人事法规政策,并能实际操作运用;

(3) 能够协同进行员工绩效考核及考核结果统计、分析;

(4) 具有良好的职业道德,踏实稳重,工作细心,责任心强,良好的沟通、协调能力,有团队协作精神。

4. 会计学专业毕业生招聘职位举例

招聘职位 A:会计

要求:

(1) 财务基础知识扎实、实际操作能力强；

(2) 熟悉国内会计准则及相关的财务、税务、审计法规、政策；

(3) 熟练应用财务软件及办公软件。

招聘职位 B：审计师

要求：

(1) 熟悉国内会计、审计及税务制度；

(2) 精通国家财税政策及法律，具有优秀的职业判断能力和丰富的数据分析处理经验；

(3) 具备监督各项财经规章制度执行的能力。

招聘职位 C：出纳

要求：

(1) 熟悉和掌握国家有关现金管理和银行结算制度，依法办理现金收付和银行结算业务；

(2) 能够按要求规范填写和使用发票等各类票据；

(3) 熟练掌握银行结算规定和各种收付款方式，准确填制各种银行凭单。

5. 金融工程专业毕业生招聘职位举例

招聘职位 A：金融分析师

要求：

(1) 有证券、期货行业从业资格；

(2) 熟悉股票、基金、外汇、期货、黄金等投资手段，善于和客户进行有效的沟通；

(3) 熟悉宏观经济研究、策略研究或行业研究，对信息有比较敏锐的市场感觉；

(4) 具备良好的协调、沟通能力、人际交往能力，有很强的责任心和团队合作精神。

招聘职位 B：证券经纪人

要求：

(1) 具有证券从业资格证书，最好曾有证券、保险、银行、期货等金融实习经历；

(2) 能够利用各种资源和渠道发展新客户，销售公司发行或代销的金融理财产品；

(3) 有较强的沟通能力和客户开发能力，具备较强的团队精神及良好的

职业道德;

（4）善于收集市场信息和客户建议,向客户传递公司产品与服务信息。

招聘职位 C:投资顾问

要求:

（1）对国际及国内金融市场熟悉;

（2）具有较强的独立开拓业务的能力,有较强的客户开发、服务能力;

（3）分析能力强,在金融投资领域具有实战经验者从优;

（4）具有期货或证券从业人员资格证书,从事过期货、证券等金融投资咨询工作者优先。

6. 工程管理专业毕业生招聘职位举例

招聘职位 A:工程咨询师

要求:

（1）理论功底扎实,知识结构合理,分析问题和解决问题能力强;

（2）富有理想、激情,热爱咨询行业,具有清晰的逻辑思维和敏锐的创新意识;

（3）学习和写作能力强、文笔优秀,能够胜任高强度和高复杂的研究咨询工作,具备一定从事跨学科或交叉学科研究工作的能力;

（4）有独立对外沟通、商务谈判的能力。

招聘职位 B:项目投资专员

要求:

（1）精通技术经济学,熟悉建设项目经济评价方法;

（2）熟悉会计学、统计学,具有较强的分析能力;

（3）有市场调研和项目策划、定位工作经验,熟悉市场调研分析,能够运用相关研究工具对采集的数据进行专业化分析;

（4）具有较强的钻研、创新能力,具有较好的团队合作精神。

经管类毕业生就业范围比较广泛,还可以根据自身优势及专业基础选择跨行业的管理、培训、助理等岗位任职。

(八) 文法学院毕业生的岗位需求介绍

文法学院现有本科生专业 3 个,分别为法学、行政管理和社会工作,其专业课程各具特色,而毕业去向则互有覆盖。专业对口也不再是文科学生就业的拦路虎,更多的单位对文科专业的限制已渐渐放开,特别是公务员、村官、街道社区等岗位。但仍有少部分用人单位特别强调专业对口,比如法院、检察院招收法学专业学生。所以,对文科生而言,用人单位更看重一个学生的综合素质,如学生干部经历和所获奖励等。例如下面所列的一些基本素质要求几乎都会出现在每一个文科类岗位的招聘需求中:

□ 重点大学法学相关专业本科或研究生学历;

□ 中共党员、学生干部优先;

□ 通过司法考试(法学专业);

□ 大学英语四级 425 分以上或具有大学英语四级水平;

□ 大学期间成绩良好且无补考或不及格科目;

□ 有较强的文字功底、语言表达能力及计算机应用能力;

□ 身体健康,积极向上,具有较强的自我学习能力和动手能力;

□ 责任心强,有较强的沟通能力和团队协作精神。

此外,从专业要求的角度用人单位招聘毕业生的职位比较集中在以下几种类型:

1. 法学专业毕业生招聘职位举例

招聘职位 A:公务员(法院、检察院及相关单位)和选调生

要求:

(1) 年龄 25 岁以下(含 25 岁);

(2) 法学专业本科或研究生;

(3) 通过司法考试;

(4) 中共党员。

招聘职位 B:律师

要求:

(1) 通过司法考试;

(2) 具有相关工作经验者优先。

招聘职位 C:企事业单位法务人员

要求:

(1) 法学专业本科或研究生;

(2) 熟悉法律知识;

(3) 具有相关工作经验者优先。

2. 行政管理专业毕业生招聘职位举例

招聘职位:行政文秘

要求:

(1) 年龄 25 岁以下(含 25 岁);

（2）行政管理专业本科或研究生；

（3）有较强的文字功底、语言表达能力及计算机应用能力；

（4）具有相关工作经验者优先。

3. 社会工作专业毕业生招聘职位举例

招聘职位：村官、街道社区工作者

村官要求：

（1）热爱农村基础工作，具有吃苦耐劳、无私奉献的精神和一定的组织协调能力；

（2）遵纪守法，无不良嗜好，服从安排，具有较强的组织纪律观念；

（3）身体健康，有开展农村工作的身体条件；

（4）本科及以上学历应届统招统分毕业生；

（5）中共党员、在校期间担任过学生会干部的毕业生优先录用。

街道和社区工作者要求：

（1）模范遵守国家的法律、法规，政治素质好，责任心强；

（2）热爱社区工作，具有一定的组织协调能力、写作水平和相关业务知识，能够熟练操作计算机；

（3）品行端正，身体健康，40周岁以下；

（4）本科及以上学历；

（5）大学期间成绩良好且无补考或不及格科目。

适合文法学院各专业本科毕业生的其他招聘职位，一般还有行政助理、各类编辑、文员、销售或管理人员以及业务代表等。

（九）数理学院毕业生的岗位需求介绍

数理学院现有本科生专业分别为数学与应用数学、信息与计算科学、应用物理学。由于理论学科偏重科学研究的特点，用人单位以科研院所和教育类机构为主。除此以外，一些动手能力强、具有实践经验的学生也很受热门行业的青睐。如数学与应用数学、信息与计算科学可以在计算机相关企业从事数据处理、编程的工作；应用物理专业的学生则可从事光电子行业相关工作。就科研类和高校等用人单位而言，硕士学历目前已经成为求职成功的必要条件，因此，对于有志于进入此类单位的学生而言，继续深造是较为明智的选择。

一般来讲，所有用人单位都在招聘需求中对毕业生的学历、专业、基本能力（如外语和计算机能力）、毕业生综合素质提出了具体要求，一般描述举例如下：

□ 应届毕业生；

□ 重点大学计算机专业本科或研究生学历；

□ 具有英语四级水平或大学英语四级 425 分以上；

□ 大学期间成绩良好且无补考或不及格科目；

□ 身体健康，积极向上，具有较强的自我学习能力和动手能力；

□ 责任心强，有较强的沟通能力和团队协作精神；

□ 有在相关行业实习或实践经验者优先。

用人单位从专业技能角度招聘毕业生的职位比较集中于以下几种类型：

1. 招聘职位 A：大学教师

要求：

(1) 重点大学硕士以上学历，本硕学历应属于同一一级学科；

(2) 在核心期刊发表论文至少 2 篇；

(3) 具有省部级以上科研项目经历的优先。

2. 招聘职位 B：高中教师

要求：

(1) 具有教师资格证；

(2) 熟悉高中相关课程设置，有家教或相关授课、辅导经验优先；

(3) 表达能力优秀，普通话标准，具有亲和力。

3. 招聘职位 C：软件工程师

要求：

(1) 熟悉软件开发过程与软件工程理论；

(2) 熟练使用 VC++，对新技术有很强的学习能力，熟悉网络编程，对网络程序开发有实际经验；

(3) 熟悉 Linux 操作系统；

(4) 至少熟悉一种开发语言。

4. 招聘职位 D：光电工程师（应用物理方向）

要求：

(1) 熟悉产品开发及生产流程，有良好的文档编写习惯；

(2) 熟悉相关生产设备的使用和维护（如激光焊接机、贴片机、焊线机等）；

(3) 熟悉单片机、FPGA 等器件的硬件和软件设计，有光路结构设计、底层软件设计经验者优先;有线阵 CCD、面阵 CCD、光栅光谱仪等光电检测产品设计经验者优先。

针对本学院各专业毕业生的其他招聘职位常见的还有程序员、销售工程师、图书编辑、奥数教师等。

(十)外国语学院毕业生的岗位需求介绍

外国语学院现有本科生专业分别为英语、日语、德语,其中英语专业学生要求修第二外语德语、日语或者法语,日语专业和德语专业均要求同时学习英语且至少达到大学英语四级水平。从近年来用人单位招聘的情况看,多数用人单位都是针对某一个专业进行招聘的,少数用人单位只要求具备相应的语言技能,并无严格的专业限制。用人单位对专业水平等级,比如英语专四、专八,日语国际能力一级以及毕业生综合素质都提出了具体要求,一般描述举例如下:

☐ 英语专业八级水平,发音标准,听说读写能力强;

☐ 国际日语一级水平且英语六级水平;

☐ 德语专业四级及以上,精通德语,第二外语英语优先;

☐ 具备较强的笔译和口译能力,理论扎实,对翻译行业有强烈的兴趣;

☐ 大学期间成绩良好且无补考或不及格科目;

☐ 身体健康,积极向上,具有较强的自我学习能力和动手能力;

☐ 责任心强,有较强的沟通能力和团队协作精神;

☐ 有在相关行业实习或实践经验者优先。

此外,用人单位在专业方面对毕业生招聘提出的岗位要求会根据自身需求来定,一般是结合企业所处行业背景、业务需要和具体岗位职责有各自具体的要求。总的来说,从英语、日语、德语三个专业看,用人单位从专业技能角度招聘毕业生的职位比较集中于以下几种类型:

1. 英语专业毕业生招聘职位举例

招聘职位 A:英语教师

要求:

(1)英语专业八级水平,发音标准,听说读写能力强;

(2)具有英语教学工作经验,热爱教育事业,对英语教学法有一定研究;

(3)具有良好的中英文表达能力、组织管理能力,擅长课堂宣讲,有责任心,善于沟通,亲和力强。

招聘职位 B:英文编辑

要求：

(1) 中英文功底扎实,文笔流畅,英文实际运用水平达专业八级以上;

(2) 良好的选题策划、组织和沟通能力,勤奋务实,积极进取,抗压能力强;

(3) 具备良好的职业道德和团队协作精神;

(4) 熟悉外语教学、教材编写、外语图书编辑加工等相关工作者优先。

招聘职位 C:英语技术支持

要求：

(1) 优秀的英语听说能力,能够自如运用英语进行工作环境下的沟通交流和业务往来;

(2) 语音语调标准,native speaker 水平尤佳;

(3) 具有海外留学背景及通过专业英语八级者优先考虑,但不是唯一评判标准;

(4) 思维敏捷,处事干练、得体;

(5) 具有同行业工作经验者或熟悉行业者优先考虑。

2. 日语专业毕业生招聘职位举例

招聘职位 A：日语翻译文案

要求：

(1) 大学统招本科以上学历,国际日语一级水平且英语六级水平;

(2) 日文写作能力强,日语口语熟练,性格开朗,反应迅速,具备较强的学习能力和优秀的沟通能力;

(3) 普通话标准,思维敏捷,具有良好的计算机及外语知识基础;

(4) 工作热情主动,具有责任感和团队合作精神,形象好,气质佳;

(5) 有留学背景或同行业工作经验者优先考虑。

招聘职位 B：日语担当

要求：

(1) 具备日语一级水平;

(2) 善于沟通协调、相互协作,具有良好的团队精神;

(3) 能熟练使用办公软件;

(4) 有日本留学工作经历或熟悉行业者优先。

招聘职位 C:日语外贸人员

要求：

（1）日语或国际贸易专业本科学历；

（2）具备良好的日语听说读写能力（日语达到国际一级水平）；

（3）能够与日本客户沟通、联系业务；

（4）具备良好的沟通协调、处理问题能力；

（5）性格开朗、为人正直、有较强的责任心和团队意识；

（6）有相关实践经验者优先考虑。

3. 德语专业毕业生招聘职位举例

招聘职位 A：德语教师

要求：

（1）德语专业本科以上学历；

（2）热爱教学工作，有相关教学经验，一流的德语听说读写译能力，上课生动活泼；

（3）有团队合作精神和敬业精神，良好沟通能力、学习能力；

（4）男女不限，有德国留学或工作经验者优先考虑。

招聘职位 B：德语翻译

要求：

（1）正规院校本科（含本科）以上学历，德语专业；

（2）德语专业四级及以上，精通德语，可独立进行德语文章的采集—分析—撰写—改编—录入的整个工作；

（3）具有一定的英语读写水平，第二外语英语优先；

（4）对德国文化有一定的了解；

（5）对编辑工作感兴趣；

（6）熟悉 office 办公软件。

招聘职位 C：德语外贸人员

要求：

（1）德语或国际贸易专业本科学历；

（2）具备良好的德语听说读写能力，大学英语四级以上；

（3）具备良好的沟通协调、处理问题能力，能够与德国客户沟通、联系业务；

（4）形象大方端庄，性格乐观开朗，为人正直，学习领悟能力强，有较强责任心和团队意识；

（5）有相关实践经验者优先考虑。

针对外语各专业毕业生的其他招聘职位常见的还有行政助理、客户协调助理、销售支持、人事专员等服务、销售或管理岗位等。

三、充分利用大学资源提升大学生职业素质

在了解了工作世界给大学生提供的岗位机会以及这些岗位对大学生的要求以后，同学们最应该思考的问题是：我离这些要求到底有多远？我应该怎样充分利用大学提供的资源提升我自己的核心竞争力？

（一）大学为大学生提供了哪些素质拓展平台

大学课堂通常有第一课堂和第二课堂的说法。第一课堂是指各种选修课和必修课这些偏重于专业知识和理论学习的课堂，也是学生的主要任务。第一课堂所学是学生职业发展、安身立命的根本。

而第二课堂范围非常广泛，包括了大学生活除第一课堂以外的所有活动，这是大学生提高综合素质非常重要的平台资源。第二课堂主要包括以下几个平台（如图2-5所示）：

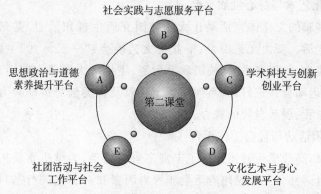

图2-5 第二课堂主要内容

1. 思想政治与道德素养提升平台

思想政治与道德素质是大学生最重要的素质。学校各级党团组织通过党校团校、主题活动、理论宣讲、演讲征文等丰富多彩的形式，将理想信念教育和民族精神教育融入同学们的学习、生活和就业之中，增强同学们的民族自豪感、自尊心、自信心。

2. 社会实践与志愿服务平台

社会实践是大学生认识社会、了解国情、接受教育、增长才干的重要途径。通过社会考察、扶贫支教、社区服务、"三下乡"等多种形式的社会实践

活动,使广大青年学生在社会实践中受教育、长才干、作贡献。志愿服务是培养大学生服务精神、加强公民意识教育、推进和谐社会建设的重要载体。通过一系列志愿服务活动,可以培养大学生"奉献、友爱、互助、进步"的志愿精神。

3. 学术科技与创新创业平台

浓厚的学术氛围是高水平研究型大学的重要特征之一,加强学生创新能力和创业精神的培养是高校人才培养的一个重要目标。学术科技及创新创业活动也是最受大学生欢迎的活动载体。以北京科技大学为例:近年来,学校学生学术科技活动基本形成了以"星期四人文讲座"、"中国材料名师讲坛"、"杰出校友论坛"、"经济管理论坛"、"国外名师面对面"为主要品牌的学术讲座平台;以大学生科研训练计划(SRTP)为主要载体的研究项目平台;以"挑战杯"、"摇篮杯"学术科技作品竞赛为龙头,以人文社科、创业大赛和机器人大赛等专业赛事和数学建模、电子设计、物理竞赛等学科竞赛为依托,以各学院独具特色的科技学术作品竞赛为基础,内涵丰富、结构合理、参与广泛的科技赛事平台。

4. 文化艺术与身心发展平台

丰富多彩的文化体育活动让大学校园充满生机和活力,更充实了大学生的课余生活。新生文艺晚会、毕业生文艺晚会、"一二·九"主题晚会、艺术团专场演出、新年音乐会、校园歌手大赛、主持人大赛等文艺活动,田径运动会、新生运动会、"三好杯"系列球类比赛以及各类健身运动会为年轻人搭建了挖掘自我、展示自我的舞台。

5. 社团活动与社会工作平台

多年来,高校学生社团开展了丰富多彩的活动,为学生素质拓展提供了广阔的舞台。社会工作是培养学生非智力因素和对学生进行"知行统一"教育的重要途径,是同学们在集体中成长、在团队中学习的重要渠道。全国政协副主席徐匡迪曾任团总支书记、校学生会副主席,中国科学院院士李依依曾任学生军体部长,中国工程院院士钟掘曾任校舞蹈队队长,北大方正董事长魏新曾任材料系学生会主席,太原钢铁公司原总工程师、中国工程院院士王一德曾任团支部书记,西部矿业原董事长毛小兵曾任班长……实践证明,社会工作锻炼是培养优秀人才的一项重要举措。

案 例

北京科技大学社团组织名录（不完全版）

百花齐放，争奇斗艳。大学社团作为学生自我管理、自我教育、自我服务、自我约束的第二课堂，是大学知识教育的延伸，为同学们提供了一个模拟锻炼的机会，使每个同学在大学里都能找到自己的坐标，发挥自己的才智。目前，在北京科技大学社团联合会注册的学生社团共有50多个，现有社团成员人数达万余人。我们按照素质拓展活动的分类标准将社团进行了归类，之所以说是"不完全版"，因为我们相信社团这一充满生机和活力的学生自组织形态将永远处于变动与蓬勃之中。

思想政治与道德素养类社团：求是学会、各学院求是分会、团委新闻社、新闻传播社、学生通讯社；

社会实践与志愿服务类社团：青年志愿者协会、绿盾环协、红十字会学生分会、行知实践协会、同心社、校园文化礼品中心、Together 咖啡屋、枫桦图文社；

学术科技与创新创业类社团：学生科学技术协会、索奥科技中心、管理协会、物流协会、网络协会、IT 协会、学情研究社、英语协会、日语协会、强学会、创新协会、创业者协会、学海商潮协会；

文化艺术与身心发展类社团：学生艺术团、铁流文学社、吉他艺术协会、龙之脉鼓乐团、Ancient Ash 重型音乐社团、群众路线戏剧社、科幻爱好者协会、蓝帆诗社、外国文艺协会、国防体育协会、武术协会、自行车协会、Ourfeet 球迷协会、原始部落户外运动协会、太极拳协会、乒乓球协会、学生电视台、贝壳 DV 电影协会、SVS 学生视频工作室、电影协会、国防知识爱好者协会、心理协会、心理健康协会、校辩论队、摄影爱好者协会、汽车爱好者协会、灵翼动漫协会、弈海方圆棋牌协会。

（资料来源：石新明主编：《大学生素质拓展指导手册》，
冶金工业出版社 2006 年版。）

"纸上得来终觉浅，绝知此事要躬行。"大学生充分利用这些资源，既能发挥自己的专业特长，获得核心竞争力；另一方面还能发现自己的不足，进一步提升对专业的兴趣。如学机械类专业的同学可以选择加入学校机器人制作团队；学外语专业的同学可以参加学校的外语活动，在实践中去和老外交流学习;学信息类专业的同学可以参加电子设计大赛,在比赛中检验自己的专业水平和综合实力。

除了要大胆秀出自己,让优势更优、特长更长之外,还要充分把握大学校园为同学们提供的锻炼平台。当然,挑战自我也要注意方法、循序渐进。如果想锻炼自己的口头表达能力,不一定非要参加大型的演讲比赛,可以先从班级、社团内部的简单发言、演说开始锻炼,再去尝试参加更大规模的活动;如果想改善自己内向的性格,不一定非要参加外联部四处奔波拉赞助,可以先从与宿舍同学、社团朋友的交流开始,多结交朋友,多参加交流活动,再去尝试难度更大的活动。

(二)如何充分利用大学资源提升自我

首先,要充分认识自身。校园资源给大家提供了机会和舞台,但不是同样适用于每个人。只有深刻地认识自我和了解自我,才能准确地把握周围的资源。正确认识自己看似简单,实际上并不是一件容易的事情。要客观地评价自身的特点、自己的现状及其与理想目标之间的差距,明确自己拥有的优势和不足到底是什么,盘点自己已经具备了哪些能力,找出还应该提升哪些能力,通过在认识中的不断总结和探索以及在探索实践中的重新认识,挖掘和完善自己的特长、兴趣,不断修正、明晰自己的奋斗目标,同时最关键的是要为实现自己的职业目标而付诸行动,根据自己的实际情况有针对性地提升职业素质,通过努力不懈的追求进步,让自己的每一天都比昨天更优秀。

其次,要发挥个人的主观能动性。机会总是给有准备的人。大学是一个丰富的资源库,为同学们提供了丰富的平台,但是只有充分发挥了个人的主观能动性,同学们才能利用这些资源和平台提升自己的能力并获得丰富的学习经验,最终在企业招聘之际脱颖而出,并在将来的事业发展道路上走得稳、走得远。生涯辅导的重要理论之一——社会学习理论就非常强调丰富而适当的学习经验的重要性。社会学习理论提出,每个人有独特的学习经验,这对于个人的生涯抉择具有重要的影响,其中工具式学习经验是个人为了得到好的结果,在特定的环境中采取一定的行动,其后果对个人会有重要的影响作用。例如,通过努力学习在一次考试中取得了好成绩,会激励个人更加努力地学习。目前很多大学生都抱着一种"等"和"靠"的心态,而"书到用时方恨少",只有发挥个人的主观能动性,主动去把握各种机会,身边的资源才会源源不断地涌向你。

最后，要把第一课堂和第二课堂有机结合，不能顾此失彼。一般来说，第一课堂侧重理论教学和系统知识的学习，是教育教学的主渠道；第二课堂侧重实践锻炼和学生个体的发展，是第一课堂的延伸和补充。要正确处理好第一课堂和第二课堂之间的关系，既不能只注重专业学习，"两耳不闻窗外事，一心只读圣贤书"，最终导致高分低能。同时也不能走到只一味片面地追求"能力与素质"，每天忙碌于大小活动事务而置学业于不顾。大学生的本职工作依然是学习，没有优秀的学习成绩不仅在职场竞争中缺乏最重要的专业知识这一核心竞争力，更不能说明自身具有较强的学习能力，反倒有可能导致无法顺利毕业的严重后果。

当前，在现代大学的教育中，存在着两个课堂的"互动论"，第一课堂包括了：自然科学、人文社科、工程实践、科学研究、专业基础、专业方向这六个方面的科学教育，是同学们在上课学习的主体知识。然而事实证明，仅有这些"科学知识"的哺育不能满足社会对于人才的要求，社会要求同学们既要懂知识，也要会工作。换而言之，第一课堂需要第二课堂的补充，同学需要第二课堂的学习——第二课堂填补了第一课堂的相关教育空缺。北京科技大学柯俊院士提出的"陶冶理论"，都是强调校园文化在人才培养过程中的重要作用。由此可见，在现代的大学教育中需要有第二课堂。而社会实践是第二课堂学习的重要方式，对促进学生认知和探索工作世界，提升自身综合素质，有着极为重要的推动作用。

第四节　社会实践：迈开走向社会的第一步

一个人怎样才能认识自己呢？绝不是通过思考，而是通过实践。

——歌德

大学生社会实践一般指在校大学生利用假期时间走入社会通过实习、考察、调研等形式，结合自身专业知识和技能，尝试进行从学生到社会人转变的活动，其意义在于帮助大学生认识、体验社会，加深对自身专业领域的理解和运用，了解知识需求与社会需求的关系，合理规划就业目标。大学生社会实践是理论联系实际的过程，是学期与假期、校内与校外、课内与课外、专业内与专业外相结合的过程，是大学生运用自己所学知识和特长了解社会、服务社会、奉献社会，同时增长知识、提高能力、全面发展的活动过程。

一、社会实践是探索工作世界的一扇窗

（一）认知工作世界需要社会实践

人们通常认为，大学校园就是一座象牙塔，塔里面的生活无忧无虑，十分美哉；好好享受最后几年的学生时光，工作的事情等毕业再说也不晚。其实不然。

前文讲到，工作和学习一样，是人生经历的一个重要的阶段，但毕竟总有一天我们得迈出校园找一份工作。如何才能够找到一份满意的工作呢？到底什么样的工作自己才会比较喜欢呢？我们在真正踏入工作世界之前需要对其有一定的认知才可以。也就是说，我们在真正找工作前，需要知道工作世界到底是什么样的。不了解工作世界是什么样的，我们就不能真正将"学以致用，学用统一"有机结合。想要充分了解工作世界是什么、有什么要求，我们就必须在大学学习期间深入社会，积极参加社会实践，从知识、能力和实践上对工作世界进行选择、认知和准备。

（二）利用社会实践探索工作世界

工作世界相比于校园，各方面环境都复杂很多。工作世界对于我们会有更多知识以外的要求。这就需要我们在正式踏入工作世界之前能够很好地去认知工作世界，知道工作世界到底是什么样子。通过社会实践可以帮助我们很好地接触、探索和认知工作世界。

1. 做好走进工作世界前的准备

"世界那么大，我要到哪儿去做社会实践？""社会上工作那么多，我该选择什么样的工作去进行实践？""要做好社会实践需要我进行什么样的准备？"在走进工作世界开展社会实践之前，会有很多问题摆在我们面前。社会的需求越来越多样化，与之相对应的职业种类也非常多，因此在我们走入社会，走进工作世界之前需要规划好自己想要步入的职业领域，找准适合自己的职业种类，进而有针对性地选择合适的实践主题，精心设计好社会实践的各方面内容，明确社会实践的目标。此外，我们也要调整好心态，面对工作世界，需要学会如何应对工作变化，而不是一味地回避它，一个良好正确的心态是成功走进工作世界的基础。

2. 以"变"应"变"，体会变化的工作世界

职业是一直都在变化着的，有关职业的信息也是在不断变化着的，随着

产业结构、经济结构等的不断调整，整个工作世界和经济形势都时常发生变化。曾经很热门的工作行当现在或许不再那么火了，曾经很冷门的工作行当现在也或许变得很吃香，时间在不断前进着，工作世界的格局也会伴随着时间的飞逝不断变化着。我们虽然选择了在某个职业领域去做社会实践，但是在我们开展社会实践的过程中必然会面临这种工作世界的转变。

做社会实践，可以选择个人实践，也可以选择团队实践；可以选择固定的工作去实践，也可以选择多种兼职工作去实践，工作形式是可以多样的。此外，随着工作形式的变化，工作的地点、内容也都会相应地发生各种转变，这同时也要求我们在社会实践过程中，要根据形势的变化相应调整我们的实践安排，以便更好地与工作世界接轨，切实体会和认知变化的工作世界。值得欣喜的是，近几年越来越多的在校大学生开始将就业的前端延展到了在校期间的社会实践。在2010年的北京地区高校大学生见习就业服务周上，很多在校大学生主动参与了进来，他们表示参与这个活动就是为了提前适应一下未来找工作的环境，这些同学大都抱着积累经验的目的去寻找实习机会，为了得到心仪的实践机会，部分同学甚至表示愿意接受零薪酬实习。

大学生们在就业实习中常常会问一些问题，也是需要我们在探索工作世界的社会实践中去认知和了解的，比如，当前一些行业和单位对应届生的具体要求是什么，如何制作精美实用的简历吸引招聘单位，在面试中需要注意哪些技巧，用工派遣制度以及签合同的时候要注意哪些陷阱，等等。在校大学生应该抓住实习的机会，在实践中锻炼自己，在实践中去探索和认知工作世界，了解工作世界的情况，这样才能在将来的就业中立于不败之地。

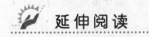

延伸阅读

大学生提前"练兵"进职场

"我们就是来提前适应一下找工作的氛围，你不知道现在就业有多难。"这是记者在"2010年北京地区高校大学生见习就业服务周"上听到最多的一句话。为了一年后能找到满意的工作，"未求职先就业"成了不少在校大学生们的选择。

......

没薪水能积累经验也值

在这次"大学生见习就业双选会"上,大学生们摩肩接踵,只为能够寻找到一个"落脚"的地方。小李目前在北京信息科技大学读研究生二年级,"大学生见习就业双选会"已经来了2次,共投出去4份简历,参加了一次笔试。"我对未来的就业形势觉得不太乐观,所以想提前下手。"小李的计划比较多。他第一个计划是希望在双选会上找到一份合适的工作先干着,"毕竟研究生三年级的时候课程不多了,可以多积累点工作经验,而且我们做计算机这一行的更需要工作经验。"

如果这个计划没有达成,小李就决定再找一找大公司,"大公司不给薪水我也会过去的,毕竟在那里积累的经验更有价值,我们在学校学习的东西和社会上需要的东西还是有区别的,我想多在社会上锻炼自己"。

其实小李的想法并不是个例,在这次的"大学生见习就业双选会"上,记者碰到多位来找见习岗位的学生,他们都有这样的想法:"没有薪水也要去大单位、大公司,提前练兵,光是积累经验也值得。"

(资料来源:《北京晚报》,2010年7月13日第38版。)

二、社会实践是认知专业发展的金钥匙

(一)社会实践出真知

在大学里,每个专业都会有自己的培养目标和培养要求,如要求毕业生掌握一定的专业知识和技能,明确自己的就业方向等,通过在校的学习,大学生自身的专业知识技能往往会有较大提升,而对于专业的发展方向和应用行业领域的认知和了解却有限。这显然未能真正符合专业学习的要求,同样也不利于自我的长远发展。

当前,很多大学生在参加工作一段时间后通常会陷入这样的困惑:"自身学习的专业不能充分处理工作面临的各种问题","目前的工作跟自己大学所学的专业不对口,感觉发展前景不光明"等。其实很大程度上导致这种困惑出现的原因就是大学生在学习期间没有能够充分地认识自己的专业和相关行业发展的情况,往往到了毕业的时候才开始考虑找工作。自己的专业适合在什么样的行业里面发展?与自己专业相关的职业都有哪些?他们的发展前景又如何?什么样的工作适合自己?对于这样的一些问题,都不是很清楚,在这种情况下匆忙找到的工作往往会在日后导致大学生产生诸如上述的困惑。

读万卷书,不如行万里路。要想更深入地去认知自身的专业和相关行业发展,仅仅在校园中的理论学习是不够的,要积极到工作世界中去开展社会实践,将自己在校园中的理论知识学习运用到实际工作中去,并从中不断完善和提升自己的专业技能和认知能力,进一步认知和了解自身专业和相关行业发展现状。通过社会实践,可以促进自己的专业所学与社会实际需求相结合,是大学生进一步深入、全面、多方位了解和认知自己专业的重要途径。

（二）在社会实践中认知专业

当前许多大学生对于自己所学的专业很大程度上仅仅停留在最基本的认识层面,对专业特点和发展研究领域的认知还不够深入,尤其对与专业相关的行业发展的情况认知更是少之又少。未来属于有准备的人,我们要早做打算,在充分认知自我、认知专业和行业发展的基础上早日找到自己的职业目标,并不断用实践来完善目标。

1. 多听、多问、多思考

对大学生而言,假期进行社会实践不失为一个步入社会、检验专业所学的良机。一些毕业生在确定自己的择业意向时感到困惑,进而发出"路在何方"的感叹。即便是考研、求职应聘,也不过是匆忙上阵,随大流而已。当有的学生面临几个意向单位需要马上抉择时,却无所适从。假期间,学生大可以借走亲访友的机会,听听家长、亲朋好友对自己未来职业发展的意见和建议,并从中汲取对自己有用的建议。此外我们还要多问,多向前辈们请教,比如自己所学的专业将来可能的发展方向及对应的行业都有哪些,这些行业各自的发展情况都是什么样的,毕竟前辈们的经历和经验相比我们要丰富得多,从中可以了解到许多有价值的信息,可以供我们参考。

2. 不拘地域实地走访

对于已经有就业意向的学生,不妨抽时间走访一下学长所在或与专业相对应的用人单位,来个"职场面对面"。对于在校的同学而言,大家的社会经验、阅历、专业知识和能力恐怕还未达到帮助用人单位解决实际问题的程度,但这并不妨碍我们到学长所在或专业相对应的用人单位去看看、听听,通过走访了解自己的职业能力、综合素质等方面与用人单位的实际要求还有多大距离,岗位要求、职业薪酬、发展前景是否符合自己的期待。

当然,走访不应局限于狭义的"专业对口",与专业看似无关的一些单位也不应排除。如能利用短暂的时间到一些"边远"的地方体验一下也未尝不可。也许那些地方工作、生活的条件与环境远比自己想象中的要好。这样在求职时,一些学生也就不必再固守有限的几个"城池"。通过这种实地的走访实践,让我们能够更加全面地认知自己的专业,更加客观地认知专业对口与职业发展之间的关系,可以让我们了解到更多不在我们原有认知范围之内但却实实在在能够与我们的专业相关联的行业,从中,我们能够更加全面地了解我们自己的专业及其可能的职业发展前景。

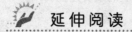

延伸阅读

生涯人物访谈——了解工作世界的窗口

生涯人物访谈是通过与一定数量的职场人士(通常是自己感兴趣的职业从业者)会谈而获得关于一个行业、职业和单位"内部"信息的一种职业探索活动,是获取职业信息的一种有效渠道,能帮助求职者(尤其是在校大学生)检验和印证以前通过其他渠道获得的信息,并了解与未来工作有关的特殊问题或者需求,如潜在的入职标准、核心素质要求、晋升路径和工作者的内心感受,这些信息也是通过大众传媒和一般出版物得不到的。通过生涯人物访谈,在校大学生还能正确认识自己的优势和不足,从而制定更加合理的大学学习、生活和实习计划。

生涯人物访谈操作流程:

1. 寻找生涯人物

结合自己的兴趣、技能、工作价值观、教育背景和已掌握的职业知识列出未来可能从事的3~5个职业,每个职业领域寻找3位以上的在职人士作为生涯人物(亲人、老师、朋友均可)。

注意:生涯人物的职业应是自己向往的,但不应将生涯人物访谈当成获得与雇主面试的机会;每个职业领域的生涯人物应结构合理,既有初入职场的人士,也有工作了一定年限的中高层人士;正式访谈前,对生涯人物的信息掌握得越全面越好,对于可以在生涯人物的讲话、文章或者大众传媒和单位网页上获得的信息尽可能地收集和熟悉。

2. 设计访谈问题

问题的设计要根据自己的具体情况。通过生涯人物访谈,是要从生涯人物那里获得对自己有用的信息;设计的问题可以以封闭式为主,这样既节约时间又能得到需要的答案;问题的设计要尽量的口语化、易懂。

例如:您是如何找到这份工作的?您认为做好这份工作应该具备哪些知识、

技能和经验？平常在工作方面您每天都做些什么？您在做这份工作时，什么是最成功的，什么是最有挑战性的，什么是最喜欢的，什么是最不喜欢的？

3. 预约生涯人物

预约可以通过多种方式，比如电话、QQ、电子邮件、信件等，其中电话最好。预约时首先介绍自己，然后说明找到他的途径、自己的采访目的、感兴趣的工作类型以及进行采访需要的时间（通常20到30分钟）。如果对方能和自己见面，就感谢他并确认访谈的时间地点；如果对方不能和自己见面，就咨询他能否用几分钟时间进行电话采访；如果还是不行，就表示遗憾，并请求他推荐一位与他所从事的工作相似的人并表示感谢，即便不能推荐也要表示感谢。注意联系时一定要有礼貌，提前准备好纸笔，以备不时之需。

4. 采访生涯人物

可以是面谈、电话访谈或者 QQ 访谈等。采访前务必做好功课多方面了解生涯人物的信息，并为自己准备"30秒广告"以便进行自我介绍，面谈时应征求生涯人物的意见，视情况对谈话进行录音或书面记录，面谈一定要守时、简洁，不要浪费他人时间。访谈结束可以向对方赠送小礼物或者通过其他合适的方式表示感谢，参访结束后要及时对访谈内容进行补充。

5. 信息加工分析并撰写访谈报告

根据访谈内容，对照之前自己对该职业的认识，找出主观认识和客观现实之间的偏差，确定自己是否适合这一行，是否具备相应的能力、知识和品质，进而详细制订大学期间自己的学习、生活、工作计划并撰写访谈总结报告。如果访谈结果与自己之前的认识出现严重脱节，就有必要进入另一个职业领域开展新一轮的生涯人物访谈了。

3. 专业深造与实践不矛盾

对于打算毕业后准备继续深造的同学而言，利用假期复习文化知识固然重要，但适当地参与社会实践也是十分必要的。国家政策、法治环境、就业形势的变化都有可能影响职场定位，尤其是一些专业深造以后的职业发展是否符合自己的期待显然需要我们予以深思。因此，对于准备继续深造的学生而言，假期参与一定的社会实践不可忽略，它不仅能增长社会阅历与增加自我认知，更能为之后取得职场成功打下坚实的基础。

三、社会实践是提升职业素质的有效途径

我们的大学生常常困惑，自己在学校的专业成绩很优秀，但却找不到理

想的工作。当前很多大学生都普遍存在着眼高手低的问题，理论知识知道一大堆，但是实际工作能力却很不够，这也造成了当前大学生求职与企业单位招聘之间出现了很大的断层。我们的大学生要不断提升自身的职业素质，才能够进一步满足社会发展的需求。

根据与多家用人单位沟通了解，单位普遍对大学生素质最看重的6个指标是：专业知识与技艺、敬业精神、学习能力、可塑性、沟通协调能力、基本的解决问题能力。专家表示，工作态度、敬业精神、职业道德、人际关系处理等非认知技能的缺乏是中国大学生就业最大的障碍，而这些技能不是通过理论学习能培养的，必须通过社会实践，进入社会逐步锻炼和提高，社会实践是促进大学生提升职业素质的良好催化剂。

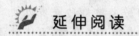

延伸阅读

社会实践经历成高校毕业生就业"敲门砖"

"如果不是暑期社会实践的这段经历，我们恐怕还不会这么顺利地找到工作。"已与中国玻璃行业龙头南玻公司签约的张辉昨日感慨地说。

张辉是武科大中南分校工业工程专业大四学生。"每月工资2200元，而且包吃包住，五险一金公司也全出。"作为一名三本独立学院的学生，张辉对自己未来工作待遇情况还算满意。

去年暑假，张辉动员了班上的几名同学一起到湖北大冶的马叫村进行了为期12天的暑期社会实践活动，并最终完成了约10万字的暑期社会实践成果，实践团队还被评为湖北省大中专学生暑期社会实践优秀团队。

张辉介绍，在找工作的时候，很多用人单位都会翻看他们的这次暑期社会实践成果的小册子，并会问："你个人在这个活动当中具体做了什么，起了何作用？"

据了解，参加马叫村社会实践调查的10名学生，除1名为大二的学生外，另外9名毕业生中已有7人已经顺利签约，月薪都在2000元以上。实践小分队的另外2名大四学生因另有发展，目前还未开始找工作。

该校毕业生就业指导中心主任季强认为，学生在校期间积极参加社会实践是一件"一举多得"的事情，既有助于锻炼吃苦耐劳的精神、检验所学专业知识，也可以促进学生对社会的了解。

（资料来源：《武汉晚报》，2010年1月18日。）

1. 尝试完成角色转换

社会实践就是一个生动的大课堂，我们通过社会实践扮演不同角色，接受不同任务，在完成各种角色转换和相应工作任务的同时去加深与社会的联系互动和对社会需求的认知。在实践过程中，学生能够了解工作岗位的用人要求，将学习与实际相结合，熟悉真实的工作环境，奠定良好的人际关系和人际交往基础，进而提升自己的适应生存能力和人际交往能力。此外，在从学生到一个社会人的转变过程中，我们将会遇到很多校园中从未遇到的问题，甚至是非常复杂和难以预料的问题，在通过社会实践应对和处理这些问题的过程中，我们克服学生时期的盲目和草率个性特征，克服犹豫任性等毛病，培养较强的心理素质和承压能力，我们的情商管理能力也会随之不断提升。

2. 实实在在找一份"活"干

学生从校园内走向校园外，可以结合专业及自身特点，像找工作一样实实在在找一份"活儿"干。工作的环境相比校园里的环境要严格得多，我们在工作世界中不能再像在校园里那样每天可以睡觉睡到自然醒，需要我们学会控制自己，遵循工作规则的要求，按时按点上班，保质保量完成工作任务，这个过程能够有效地促进我们提升情商管理和时间管理能力。作为大学生，在校园里、课堂上我们虽然学习了很多理论知识，但在实际操作过程中，也就是在干"活儿"的过程中，会遇到很多书本上没有的问题，这就需要我们在这个过程中不断加强自我学习，在不断学习的过程中，我们的学习能力也自然而然会有所提升。

3. 做好总结，完善自我

实践过程可以磨炼我们的意志，提升我们的职业素质，而实践的总结则可以促进自己提高认知，把实践所学与课堂专业学习有机结合，进而完善自我。在实践的过程中，我们不断深入工作世界，不断了解到越来越多有关工作世界的相关信息，我们需要经常性地对我们一段时间以来的收获和感悟加以总结归纳，进一步内化为自身的能力素质，切实提升自己的各方面能力，不断充实和完善自我，有效提升自己的职业素质。

 案 例

重视实践——徐匡迪院士回忆在母校的大学生活

钢院教学的另一个显著的特点是注重实践。当时学校除了严格的课堂

教学外，非常重视学生动手能力的培养，一年级时，每周半天金工实习，车、钳、刨、铣等各种床子都独立操作过。铸造更要从制泥芯、砂型、配箱，一直到化铁炉熔炼铁水和抬包浇注都要学生独立完成。专业方面的实习更加系统，二年级暑假的认识实习，要对从"原料—烧结—焦化—高炉—平炉—铸锭—开坯—初轧—精轧"的整个生产流程，到煤气厂、电厂、水厂，火车车辆调度场等辅助系统，都一一进行实地观察和记录主要参数。当时的青年学生"不知天高地厚"，人人都以"将来当总工程师时需要"为由拼命地问和记，结果实习结束后，工厂保密科把大家的笔记本都收了起来，说是其中涉及国家重大机密，不能留给学生自己。三年级生产实习是分专业进行的，我们冶金系是炉前工实习，从最粗重的渣坑清理、平台清扫、撬炉门、堵出钢孔，一直到炉前吹氧、取样、测温、扒渣、合金计算、补炉等都要学会操作。当时，炼钢的机械化、自动化程度很低，尤其是电炉，除了主要金属料由料篮从炉顶加入外，其余各种辅料石灰、萤石、矿石，以及铁合金都要从炉门外 3～4 米处用铁锹扔入。每当炼不锈钢时，烤红的 1～2 吨微碳铬铁要从炉门扔进去，这可是一个考验操作工体力、技巧的"绝活"。看到炼钢工们龙腾虎跃的优美动作，我们羡慕不已。由于当时铬铁是进口的，价格很贵，每一锹都超过学生一个月的伙食费，所以我们是没有资格去扔的。为此，实习返校后，我们在学校宿舍外树了一个木制的"炉门框"，并从基建处要来两小车石块，炉门框两边 4 米外，一边站一人，开始了"扔锹练习"，有的同学还学着工人师傅的各种"花式动作"，引得旁观者叫好、嬉笑。今天看来，当时的大学生似乎傻得可笑，或问为何不搞技术革新采用机械化投料？殊不知那是一个"劳动神圣"、"知识分子必须通过艰苦的体力劳动方能脱胎换骨、改造思想"的时代。四年级是炉长实习，除了跟班劳动外，主要是学习炉长如何全面掌握及判断炉况，指挥一炉钢的冶炼全过程，这里主要是如何和炉长交朋友，不然的话他会讨厌你老跟着他。同学们纷纷进行家访、谈心、拜师。那时的人都很真诚、率直，当工人师傅知道我们是决心学好本领、献身钢铁事业时，大家就掏心掏肺地结成对子，手把手地教起我们来。那一个月的时间真叫人终生难忘，我们这群只会纸上炼钢的大学生，在离厂前居然"独立自主"地炼出了两炉优质合金钢。那种喜悦和兴奋的心情，在以后的岁月中极少出现，因为那是付出了多少汗水和心血才学到的啊！五年级是毕业实习，做工厂设计的同学到工厂设计科或钢铁设计院，做科研论文的则到工厂的研究所或车间技术组，分别收集论文所需材料并进行现场试验或测试，两个月后，回校完成图纸或论文工作。

我是带着深深的怀念和美好的感情来回忆 20 世纪 50 年代大学时所受的教育的,诚然,岁月更替,科技飞速发展,现在的钢铁冶金已经完全机械化,并部分实现了信息化。在有的人看来,这些陈年旧事不值一提,甚至是幼稚可笑的。我亦时时警觉自己要与时俱进、不断创新,决不可固步自封,沉溺于传统的思维定式之中,但我还是认为实践环节教育最根本的教益,并非在学习操作终究会用机械化、自动化代替,而是教会了我如何做人、怎样治学。我当然不主张今天学冶金的大学生再去花大量的时间学习现在已不需要的手工操作技艺,但我仍坚持我的研究生必须到现场去实习,不仅在炉前操作室摁按钮,而且要走出控制室到现场去感受生产过程,那里还有许多在电脑屏幕上、各种传感器显示不出来的东西……大学生生活中有许多值得回忆的内容,但作为对我专业培养影响最大的,我看就是基础课扎实和崇尚实践精神的养成。

　　(资料来源:徐匡迪:《我的学术生涯》,上海大学出版社 2005 年版。)

 作业

　　1. 生涯人物访谈是通过与一定数量的职场人士(通常是自己感兴趣的职业从业者)会谈而获得关于一个行业、职业和单位"内部"信息的一种职业探索活动,是获取职业信息的一种有效渠道。

　　请同学们按照"生涯人物访谈"的流程做一次生涯人物深度访谈。

　　2. 思考自己所学专业与未来职业的关系,写下可能胜任的职业类别及工作岗位。

　　3. 利用节假日开展社会实践活动,并撰写报告;或利用课余时间针对某一行业、职业参加实习,并完成实习小结。

第三章
决策与行动 探索职业目标

3

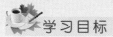
学习目标

通过本章的学习,你将能够:

一、认识决策,能够运用简单的决策方法

二、找出现阶段的目标,制订计划

三、掌握求职技巧,做好求职准备工作

四、理解创业的价值,学会进行创业规划

引言

"黄色的树林里分出两条路/可惜我不能同时去涉足/我站在那路口久久伫立/我向着一条路极目望去/直到它消失在丛林深处……"这首诗道出人生面临选择时的踌躇与矛盾。而对于进入三年级的大学生来说,面前的路又何止两条? 读研? 出国? 找工作? 创业? 每条路对我们来说都是一个未知数,我们彷徨,我们犹豫,我们迷茫,我们甚至恐惧,敢问路在何方? 我们又如何上路?

面对这些选择我们如果取舍呢? 如果说高中报考大学是人生道路上的第一次重大抉择,那么,大学毕业后何去何从将是人生道路上的第二次重大抉择。所不同的是报考大学有父母和老师的参与,而毕业后去向的选择则很可能是我们人生中第一次由自己做出的重大抉择。我们怎样才能做出让自己无悔的抉择呢?

第一节 探析决策

不做决策常比错误的行动更糟。

——杰拉尔德·福特（Gerald R. Ford,美国第 38 任总统）

美国诗人弗洛斯特说:"林中有两条小路,你选择了其中的一条,就会看到不同的风景。"我们从幼儿园到大学毕业,在这个过程中所有刻苦的努力以及任何方向性的选择都是在为职业生涯做准备。那么,当我们站在人生的各个十字路口,要到哪里去? 要选择哪一条路? 这是生涯规划的核心问题。大学期间,有这样一种现象:无论读到大几,总有一个问题困扰着大多数人,那就是"毕业后我该干什么",考研? 找工作? 还是出国、自己创业? 站在十字路口,犹犹豫豫的选择实在让人抓耳挠腮、欲罢不能,想痛痛快快做出一个决断又谈何容易!

现在,你大学三年级了,经过自我探索和对工作世界的探索,走到了大学的关键阶段,面临着更多的挑战,但更现实的是:你要做好充分的准备开始为自己生涯中的每一步做出选择,做出决策! 大学生需要综合多方面的信息,进行初步的职业决策,为自己的生涯设立目标,确定大体的发展方向。也就是说,大学生要根据前面的步骤所得到的结论和信息,来决定自己未来的方向。而且,做决策这件事必须是你自己来完成!

现在很多的决策问题摆在了面前,你要认识到任何事情都不可能十全十美,因此你需要权衡轻重,理性决定。记住,自主去做决策! 这是一项此时此刻你必须具备的能力!

一、认识决策

人们对生活中的大多数事情是很容易做出决定的,比如午饭吃什么,如何度过假期,或者去哪里看一场热映电影。但对于人生中的大事,做决定就会比较困难了,因为你不能确定做出的最后决定是不是最理想的,它带来的结果是不是最好的。如果做出了错误的决定,也许会带来意想不到的糟糕结局。那么,到底什么是决策呢? 决策都有哪些种类呢?

（一）决策

决策可以简单地理解为从两种或多种可能性中选定一种。具体来说，决策是指为达到一定的目标，根据所获信息做出选择的过程；决策是决策者经过各种考虑和比较之后，对应当做什么和应当怎么做所做的决定。

决策是一个复杂的过程，它不同于解决问题。因为解决问题通常我们关注的是用各种方案去排除困难，能够达到解决所面临问题的目标即可，而不必刻意考虑解决方案是否最优化。但是，决策则不同，它需要在综合考虑各种可能性方案优缺点的基础上权衡，得出一种最令人满意的方案。这是个更加复杂的过程，期间可能会涉及决策者本人的价值观、性格、兴趣和能力等多个方面。生涯决策的过程往往与自我认识水平的高低有着紧密的联系。大学生毕业后需要面临很多重大的生涯决策，如图 3-1 所示。

图 3-1 大学生毕业后面临的生涯决策

（二）决策的分类

一般来讲，决策可以分为以下几类：

1. 确定无疑的决策。

所有选择及其结果都清楚明白的决定。

2. 有一定风险的决策。

每种选择的后果不完全确定，但在一定程度上了解可能会有什么样的后果。

3. 不确定的决策。

对于各种选择会产生什么样的后果几乎完全不清楚。

生活中的决定特别是我们的生涯决策大多属于第二种——有一定风险的决策。因为大多数决策都是有风险的，并且做出一个选择就意味着排除了其他选择所能够带来的各种可能。这时候我们不得不学会舍弃——选择必须选择的，虽然要放弃那些不得不放弃的。

决策往往是有风险的,我们必须要在生涯决策中面临这样的风险,只要对结果有着一定程度的把握和了解。当面临第三种决定时,最好先尽可能地去搜集一些信息,以便把它变成第二种决定。

现在的你还不赶快行动起来？寻找各种可能去了解考研或就业的尽可能多的信息,向学长求教,向老师咨询,寻找你要的答案吧,你将会获得与考研或就业相关的更具体的认识,并会对这两种选择得出更具体的结论。由此你可以很快地结合自身情况分析出两种选择的后果,相信你一定可以做出最终的决策。

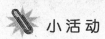 **小活动**

认识你的决策风格

回想迄今为止在你人生中(可以是大学或者大学以前的阶段)你所做的三个重大决定,并按以下几部分予以描述并记录在纸上:

(1)你的目标或当时的情境。

(2)决策过程:你是如何做出决策的。

(3)结果描述:你对结果的评估。

与你的同学一起分享"认识你的决策风格"这个活动感受吧！

请认真地想一想以下问题:在这些重大决策中,你是如何做决策的？你如何描述自己在上述三个事件中的决策风格？它们有什么共同之处吗？

讨论大家不同的决策习惯和决策风格,相信你一定会有所收获。想想我们是如何做出重大决策的？你的决策风格如何,是更加自发一点还是更加系统一点？是否会让别人来参与你的决策过程？

对生涯决策风格的了解将有助于你更好地考虑生涯规划,更有助于你成为理性和高效的决策者。

二、我们如何做决策

大学生生涯决策的能力往往影响着大学生整个职业生涯发展甚至是他的一生。对于大学生来讲,例如大三时期决定本科毕业是否继续深造读研究生或出国,还是直接参加工作进入职场;大四毕业生对进入哪个行业进行求职决策等,这些重大决策往往对大学生的未来发展有着至关重要的影响,这也要求我们每个人必须着力培养并提高自身决策能力。

(一)常用的决策模式

仔细回想一下,我们经历过的或者见到过的决策都有哪些模式?丁克里奇(Dinklage)提出了八种决策模式:

1. 冲动型

决定的过程是基于冲动,决策者遇上的第一个选择方案就立即选择。一旦出现其他可选变化,他就可能要改变。

特征:先做了再说,以后再想后果。

优势:不必花时间收集资料和信息。

2. 宿命型

决策者知道做决定的需要,但自己不愿做决定,把决定的权利交给命运或其他人,因此认为做什么选择都一样。

特征:船到桥头自然直;天塌下来有高个子顶着;反正时也,运也,命也。

优势:不必自己负责任,减少冲突。

3. 顺从型

自己想做决策,但无法坚持己见,常会屈服于权威者的指示、意见或决定。

特征:你说行就行。

优势:维持表面和谐。

4. 拖延型

知道问题的所在,但经常迟迟不做决定,或者非到最后关头才做决定。

特征:急什么,明天再说。

优势:延长做决定的时间。

5. 直觉型

根据感觉而非理性思考来决策。只考虑自己想要的,不在乎外在因素。

特征:感觉不错,就这么决定啦!

优势:简单省事儿。

6. 麻痹型

害怕做决策的后果,也不愿负责任,选择麻痹自己来逃避做决策。

特征:我知道该怎么做,可是我办不到!

优势:可以暂时不做决定。

7. 犹豫型

感到选择的项目太多,无法从中做出取舍,经常处于挣扎的状态,下不了决定。

特征:我绝不能轻易决定,万一选错了可就惨了!

优势:决策者往往信息充分,资料完备。

8. 计划型

做决定的时候会倾听自己内心的声音,也考虑外在环境的要求,以做出适当且明智的决策。

特征:一切在我心中;我的命运我做主;要做自己的主人。

优势:主动积极地面对问题,解决问题。

(二) 计划型(理性)决策

1. 好的决策模式

好的决策模式如计划型(理性)决策的过程分为七个步骤,即:意识到需要做决策、确认所有选择项、收集相关信息、综合分析信息形成选项、做出选择、制订计划并付诸行动、对决定及后果再评估。下面的 CASVE 循环可以帮助你很好地了解计划型决策模式,并为你在整个生涯决策制定过程中提供指导(如图 3－2 所示)。

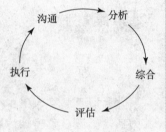

图 3－2　CASVE 循环

CASVE 循环的五个阶段是沟通、分析、综合、评估和执行。

沟通(Communication):个人发现理想与现状有差距,意识到问题的存在。这一步是决策的开始。个人如果没有意识到自己的需要,后面的步骤都无从谈起。大学生只有当他们具备了职业生涯规划的意识,了解到找工作不是一蹴而就的事情,才会开始产生这方面的需求,从而进入职业决策的下一阶段。

分析(Analysis):将问题的各个组成部分相互联系起来,对现状进行评估,了解自己和自己可能的选择,对所有的信息进行分析。这当中包括确认要做出的决定——决定的性质、具体的目标、决策的标准,等等。不少人将目标与达成目标的手段混淆,比如为了学历而读书,但实际上学历只是手段,就业才是最终目的。所以,要明确目标再行动。

综合(Synthesis):在分析的基础上,个人形成可能的解决方法并进一步收集相关信息,确认自己的选择。需要注意的是,不要在没做探索之前就匆忙决定,这样会将自己的选择面限制得很窄。在生涯规划中,要先扩展个人的职业前景清单,打开视野,充分地看待自己所拥有的可能性,在收集信息的基础上适当压缩,做出选择。

评估(Valuing):从可行性度量方面评估信息,并按评估结果对所有选择进行排列,得出最终的选择。我们可以采用加权计分的方法。

执行(Execution):根据自己最终的选择制订计划,采取行动。

CASVE循环是一个自身不断循环的过程。在执行阶段之后,决策者又回到沟通阶段,以确定已经选择的选项是否是好的——比较现实与理想状态间的差距。很多时候你可能会很快完成CASVE循环的这五个阶段,有时会在某个阶段有些延迟。学习并掌握CASVE循环能够帮助你用系统的方法思考决策的过程,使你成为一个有效率的决策者。

 案 例

希望换专业的大学生小 A 和他的 CASVE 循环

让我们来看看大学生小 A 是如何利用 CASVE 循环来指导自己在换专业的问题上做出了理性的决策(如图 3-3 所示)。

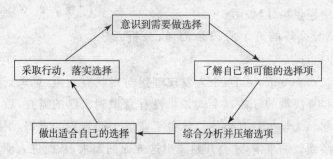

图 3-3　利用 CASVE 循环进行理性决策示意图

意识到需要做选择:经过一段时间的大学学习生活,学习计算机专业的小 A 逐渐意识到自己也许不太适合从事理工科方面的研究和实际工作,虽然计算机是热门专业,但是小 A 发现自己对法学专业很感兴趣,并希望将来毕业后从事这方面的工作。因此,已经步入大三的他,逐渐萌生了换专业的想法。

了解自己和可能的选择项:小 A 学习基础好,态度认真,入学后一直能够完成自己本专业的学习,成绩在专业中名列前茅,学有余力的时候还参加很多其他学校或校内其他学院的课程学习。同时,通过对计算机专业的逐步了解、对自己的兴趣和性格的不断探索以及对自己未来发展的思考,经广泛咨询,小A整理出转为法学专业的几种途径:一是退学重考;二是校内申请调整;三是辅修第二学位、旁听其他专业课程;四是通过考研改变专业;五是一边读本专业,一边考取法学专业从业的资格证书,毕业后投入与法学专业相关的工作。

综合分析并压缩选项清单: 综合考虑自己的年龄、在大学里已经付出的努力以及在计算机专业方面的积累,小A放弃了第一种想法(退学重考大学);在咨询了学校关于专业调整的规定之后,小A排除了校内申请调整专业的可能性;由于自身家庭经济条件有限,家庭供他读完本科已经不易,很需要他的帮助,因此小A本科毕业后需要尽快投身工作,读研对他来讲很有可能是进入职场、有了一定经验、自己和家庭都有了一定的经济基础之后才会考虑的事情了。那么现在,小A面临的选择已经压缩为第三个和第五个选择项:辅修第二学位或者考取法学从业资格证书。

做出适合自己的选择: 针对以上两个选择,小A咨询了一些师兄师姐,大家的普遍看法是,在读期间考取一些证书虽然有用,但是要真正进入这个行业工作,证书却不能提供太大的帮助,很有可能会不被认可,毕竟没有学位和学历支持,真正从这个专业毕业的大学生大有人在,相对而言,小A反而没有竞争力。因此,小A做出了申报辅修第二学位的决定。

采取行动,落实选择: 小A在列出所有选择项的时候就已经咨询过辅导员张老师(老师对他的这个选择的考虑过程也非常认同)关于申报辅修第二学位的相关政策,因此,一旦做了决策,小A马上登录校园网,下载了申请表格,按照规定将学校所要求的成绩单、申请表等相关材料准备齐全,通过学院报给了学校上级部门。最终结果令人欣慰,由于小A的学习基础好,在校期间表现良好并且具备申报资格,从而获得了本学院和法学院的支持,他的申请通过了。在后来的大学生活中,我们看到了更加积极、充实的大学生小A,他在大四时获得了计算机科学与技术学士学位,毕业一年后又拿到了法学第二学位。获得了双学位的他信心百倍地走向了社会!

2. 决策工具的应用

有的时候,决策的选项也许并不是通过简单的分析和综合思考就可以得出,我们可以利用生涯决策工具,比如决策矩阵或者决策平衡单等来帮助我们更为理性、更为科学地做出选择(如图3-4所示)。

图3-4 主要的决策工具

(1)决策矩阵的应用。这里参考北森职业规划课程中决策矩阵的列表方法,以一名北京科技大学学生"选择考研学校"为例,展示决策矩阵的应用(表3.1.1决策矩阵举例1)。

表3.1.1 决策矩阵举例1

考虑项目		权重	本校	外校1	外校2
教育价值观	教学质量	8	++(16)	+(8)	++(16)
	学生综合服务	7	+(7)	+(7)	0(0)
	低廉的学费	8	−(−8)	−(−8)	+(8)
	学校位置	6	0(0)	+(6)	−(−6)
	学业发展成功的机会	9	+(9)	+(9)	++(18)
	对个人发展的关注	6	++(12)	0(0)	+(6)
	专业设置	8	0(0)	++(16)	−(−8)
	生活条件	7	0(0)	+(7)	+(7)
	学校声誉	8	++(16)	+(8)	+(8)
	社交生活	8	0(0)	+(6)	+(6)
技能要求	电脑技能	8	++(16)	+(8)	+(8)
	语言逻辑能力	6	+(6)	+(6)	++(12)
	沟通表达	7	+(7)	0(0)	0(0)
	绘图能力	5	+(5)	+(5)	++(10)
	写作能力	6	++(12)	+(6)	0(0)
	科研经验和技能	9	+(9)	−(−9)	+(9)
	……				
总分			107	75	94

第一步,将选择项水平列在矩阵顶部,矩阵左侧垂直列出选择学校的标准以及自己的价值观和学校的具体情况等因素。

第二步,给各价值观和技能按 1~10 这十个等级列出加权指数,也就是加权分或权重,指数越高它的重要性就越大。10 为最高,5 是平均水平,1 为最不重要。

第三步,可以按照工具案例所示模式,对应地在自己的表格上给出代码:"＋"代表价值观得到体现,技能得到应用;"0"代表不知道或不确定;"－"代表价值观未能得到体现,技能未得到应用。

最后一步,将加权指数与你的代码相乘,得出每个小格内的数值,按每个选择项纵向将小格内数值相加,得出 3 个学校选择项的最终加权求和分数并作出比较。

结合这个矩阵表格得出的分数,可以用来参考做出最后的决策。

很多时候,大三学生会面临考研还是就业的选择问题,这里以本科生对毕业后考研还是就业做决策列出一个决策矩阵(列表方法同上所述),如表 3.1.2 所示。

表 3.1.2　决策矩阵举例 2

考虑因素	权重	考研	就业
适合我的能力	7	＋＋(14)	＋(7)
我的兴趣所在	5	＋(5)	＋(5)
符合我的价值观	8	＋(8)	＋(8)
适合目前处境	6	＋＋(12)	0(0)
学业成就	5	＋＋(10)	－－(－10)
利于个人未来发展	8	＋(8)	＋(8)
自我期待	6	＋(6)	0(0)
家人期待	5	0(0)	＋(5)
朋友影响	5	＋(5)	0(0)
经济条件	8	－(－8)	＋(8)
足够的社会资源	6	0(0)	＋(6)
丰富的社交生活	5	＋(5)	＋＋(10)
总分		65	47

需要补充的是,决策矩阵不是一成不变的,你可以根据自己的认识和需求,按照自身情况来列出各个项目,并给出评分。

记住,它是属于你的决策矩阵,每个人都有专属于自己的决策矩阵!

(2) 决策平衡单的应用。上面提到的决策矩阵是一种较为直观的决策平衡单。

一个完善的平衡单是将其各项考虑因素也就是我们重点选择的思考方向集中在四个主题方面,即自我物质方面的得失、他人物质方面的得失、自我赞许与否(自我精神方面的得失)和社会赞许与否(他人精神方面的得失)。每个方面都可以根据自身情况列出多个价值观因素。

当然你也可以列出两个以上的职业选择项,给出小分并最后计算总加权分的方法与前面的决策矩阵部分相同。

以选择职业为例,同学们可以参考如下列表 3.1.3。

表 3.1.3 决 策 矩 阵

生涯细目		权重	职业选择 1	职业选择 2	职业选择 3
自我物质得失	经济收入				
	升迁机会				
	工作环境				
	休闲时间				
	对健康的影响				
	……				
他人物质得失	家庭收入				
	与家人相处时间				
	家庭可能获得的福利				
	家庭的社会地位				
	……				
自我精神得失	生活方式改变				
	个人成就感				
	自我实现的满足				
	兴趣满足				
	挑战和创新性				
	社会声望				
	……				

续表

生涯细目		权重	职业 选择 1	职业 选择 2	职业 选择 3
他人精 神得失	父母				
	配偶				
	子女				
	朋友				
	邻居				
	……				
得分					

三、职业决策的阻碍和应对

（一）职业决策中的阻碍

不是每个人都能成功地做好生涯决策。做出个人决策的过程对某些人而言很困难，尤其是在一些特殊情境下。这当中会有一些阻碍因素影响我们做出决策和规划，那么是什么因素会干扰我们做出理性并有效的决策呢？

职业决策阻碍：你可以将职业决策阻碍理解为干扰并影响我们做出职业决策的那些因素，是任何使人难以实现某一职业目标的阻碍或挑战。它又分为外部阻碍和内部阻碍。外部因素，比如个人所在的家庭及其成员的期望、个人在家庭中担负的责任、文化或性别歧视、生存需要等方面；而内部因素则主要是个人缺乏自信，对变化容易感到恐惧，害怕做决定或担心决策失误，害怕失败或被嘲笑等因素。了解这些阻碍因素将有助于我们分析自己在重大事件中对决策造成影响和阻碍的因素，更有利于大学生在未来职业生涯发展中有效地应对阻碍，做出合理的职业决策。

个人出现决策困难通常出自两个方面原因。一是生涯不确定（Career Indecision）。这是正常的发展性的问题，如不了解自己的兴趣或能力、兴趣或能力较广泛、缺乏关于工作世界的信息等。通常只需要得到对于自我、工作世界等相关的信息即可解决。另一方面是生涯犹豫（Career Indecisiveness）。它是由个人特质引起的，如个人兴趣与能力有差异、个人偏好与社会期待有冲突、价值观与环境条件限制、非理性（生涯）信念桎梏等，这需要较长时间的个别的生涯辅导、心理咨询与治疗才能逐步解决。

（二）职业决策中的阻碍应对

1. 认知调节

很多种信念都会干扰我们做有效的职业决策，这些经常使得我们在决策过程中不同程度地产生焦虑，从而信心不强。为了做出理性有效的职业决策，我们不仅需要对自我进行更深入地认知和了解，而且还需要内心的稳定和思考的理性。

> **思考：回想你最近一次陷入困境无法决定……**
>
> 你对这个决定的态度是什么？
>
> 你为什么无法做出决定？
>
> 为什么你总是重复这样的行为？
>
> 你应该看重的是什么？
>
> 如果你做出不同的决定，会有什么样的结果？

我们需要经常不断地回想和思考自己面临决策问题时候的状态，这可以有助于及时地进行对自我认识的调节。特别是针对由于生涯不确定而产生的决策困难，将更有利于我们反省个人决策困难以及阻碍的相关因素，思考和建立适合个人的可能的职业决策阻碍的应对策略。

2. 消除非理性信念，建立积极的心理暗示

生涯犹豫所带来的决策困难往往与个人有关，特别是与个人的非理性（生涯）信念有密切的关联。在应对职业决策阻碍中，特别重要的一点就是消除个人的非理性信念，建立积极的心理暗示。

所谓非理性（生涯）信念，就是那些阻碍个人自我认识和职业决策，干扰职业生涯发展信念的部分，它们往往就是个人信念中那些刻板的、不合理的、绝对化的信念。如有关个人认知方面：我必须要受人尊重；我对任何事都不感兴趣；我的聪明才智不够，不能从事专业性强的工作等。有关决策方面的非理性信念有：总会有某位老师或长辈比我懂得更多，可以帮我做最好的决定；一旦我选择了这个职业，就再也不能改变了等。再比如其他方面：如果我工作上没有取得成就，我的家人一定会对我非常失望；我必须成为这个职业领域的专家或领导，那才算是成功的生涯……这些都是影响我们的非理性信念。我们可以通过下面这个练习来了解如何消除非理性信念。

3. 放松训练

心理和生理的紧张往往也会在一定程度上影响我们做出决策。因此可以经常采用放松训练的方式让自己完全放松，减轻或消除忧愁，特别是要让自己在轻松愉悦的状态下进行职业决策，避免紧张和焦虑的心理状态。

大学生做决策还要善用周围资源。同学们可以利用学校就业指导中心所提供的各种信息和资源（例如，职业发展必修课或者选修职业生涯规划课程、听讲座、参加学校组织的各种实践活动等），向自己的亲友、老师和高年级的同学请教、咨询，之后开始探索和思考自己的兴趣、能力等方面并着手为选择目标做准备，也许是了解考研或出国信息，也许是寻找实习和就业的机会。这样，当你迈入大四阶段的时候，也许已经对自己和外围世界有了充分的信息准备，想要找工作的同学们也已经对大学生就业市场都有了相当的认识和了解，掌握了较多的信息和资源，你自身也积累了不少经验，可以说是胸有成竹了。可以期待的是，你的大学阶段中，每一次大大小小的决策对你来说一定是一个逐渐成熟、一步步走近成功的过程，你越来越远离迷茫和无措，也再不会轻易感到无助和焦虑，你清晰地认知自己，准确地掌握环境，相信你必定可以轻松地做出适合自己的最优的理性决策。

第二节　目标行动：目标确立与大学期间的准备

> 人生的奋斗目标不要太大，认准了一件事情，投入兴趣与热情坚持去做，你就会成功。
>
> ——俞敏洪

荷马史诗《奥德赛》中有一句至理名言："没有比漫无目的地徘徊更令人无法忍受的了。"大学四年之后，作为刚毕业的社会新人，没有钱，没有经验，没有阅历，也没有社会关系，但这些都不可怕。没有钱，可以通过辛勤劳动慢慢地去赚；没有经验，可以通过实践操作逐步地去总结；没有阅历，可以脚踏实地一步一步去积累；没有社会关系，可以用热情一点一点去编织。可是，没有梦想，没有思路，没有目标才是最可怕的！

人一生必须有正确的方向。无论你多么意气风发、足智多谋，无论你花费了多大的心血，如果没有一个明确的方向，就会过得很茫然，如此渐渐就丧失了斗志，忘却了最初的理想，枉费了自己的聪明才智。当岁月遮住梦想，青春滤掉繁华，大学四年除了成长的痕迹外，你的方向又该在哪里呢？

也许对很多人来说，只有等到毕业的那一刻才发现四年时光过得如此之快，蓦然回首，大学期间似乎浑浑噩噩的日子占据了回忆的大部分。可是，对每一位大学生来讲，使自身获得能创造价值的真才实学才是每个人的目标和梦想，这不仅是家长、学校、社会的期望，更是自己生存于社会、立足于社会的必要手段。

几年来，一代代大学生们经历了"被坚强"、"被就业"，既然不愿意，就应该早做准备，未雨绸缪，而不仅仅是在毕业的时候长叹一声：我又"被"上大学了。其实，只要有了确定好的目标，剩下的就是朝着方向努力了，付出了汗水和辛劳，成功便是水到渠成。

通往事业成功的路很多，但从以往经验来讲，要取得同样的成绩，如果在大学期间做好了充分的准备，那么就会变得相对容易一些。倘若等到工作后才发现专业课学得不扎实，英文资料看不懂，与人合作、打交道很吃力，那你的起跑线可能比别人又差了一步。为了毕业后更好更快地融入社会，大学期间精心的准备必不可少，而且往往会成为成功的关键。

梦想一定要远大，但目标一定要合理。设立目标不是随随便便地说句话，而是要科学地、有方法地去设定。最适合大学生的目标设立方法是SMART方法，即目标设定应参考以下五个原则：

Specific（具体、明确的），这里指目标的设立应是可实现的，要用具体切实的语言描述目标，如果不能实现的目标，则是幻想空想。

Measurable（可以量化的），目标可以量化，应有数字的表述，有一个可以测（衡）量的成功或者失败的标准。

Achievable but challenging（可以达到但有挑战性），实现这个目标是现实的并且具有一定的挑战性，目标有挑战性执行的过程中才能更有激情和动力。

Rewarding（有一定意义的），目标需要有价值，并有奖惩的措施。

Time-bounded（有时间限制的），是指目标一定要有明确的时间限制。

大学毕业，摆在面前的有两条路，一条路是继续深造，考研或者出国留学；另一条是走向工作岗位，也就是就业。第一条路可以看做是加油站，或者是"产品加工厂"，但最后的归途都要面对就业，如下图所示。

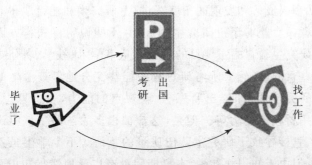

图 3-5 从毕业至工作岗位

一、关于考研

（一）要不要考研

平心而论,近年来研究生毕业后就业的整体情况是要好于本科生的。另外,企业的需求和社会的进步也对毕业生的学历提出了更高的要求,部分用人单位甚至要求最低学历为硕士研究生。在上研阶段,基础课程的进一步深入,科研项目的具体参与都使得研究生的专业针对性更强,知识更全面。所以,从入职的角度说,对于专业技术要求较高的岗位来说,研究生比本科生具有一定的优势。

但从另一个角度看,三年的实践经验能够比三年的研究生学习掌握到更多的专业知识。本科毕业后直接工作,通过社会技能和经验的不断积累,也能在不断地实践和学习环节中使自己的专业能力得到一个全面的发展,有不少著名的工程师、教授们都是实践出真知,他们没有读研究生,照样在科研等方面取得了不菲的成就(见表 3.2.1)。

表 3.2.1 上研的利弊对比表

上研的利与弊	
利	弊
有利于提高学历或者进行更深入地研究	失去了获取社会经验的宝贵时间
获得更好的就业机会	花费大量时间和精力
竞争压力相对较小	部分企业认为研究生心高、浮躁,容易跳槽
获得更高的工作待遇的可能性	经济成本高
某些城市能给解决户口问题	毕业后,面对更加激烈的竞争

另外,从个人成才和发展的角度来讲,上研究生和能否取得卓越的成就没有必然的联系。能够考上研究生的人,并不能说明将来各方面的能力就高人一筹。研究生教育的主要目的是培养从事学术、教学、科研方面的高层次人才。这些目的,必然要求考研过程中能够充分地考查考生的学术研究素质和学术研究能力,即提出新思想、新观点的能力,表达思想的能力,甄别、分析、运用材料的能力等。但是,这却被很多人忽略了。应试痕迹明显的入学考试,直接导致了研究生队伍质量的下滑。不少学生虽然取得了相当高的分数,但由于知识面狭隘,本科期间没有广泛地涉猎知识和认识所学的专业。所以在研究生阶段,他们的综合素质和研究能力也未必比本科生高出多少。

(二) 考研程序

如果确定了要考研,就要了解考研的程序。首先要知道的是考研的整个流程,它要经过哪些阶段,在什么时间要做什么事情,这些都要心中有数,以便及早安排,计划周详(如图3-6所示)。

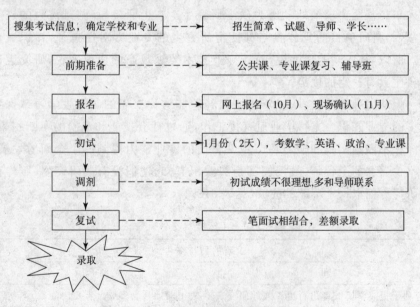

图3-6 考研流程

1. 与学校联系,确定具体的学校、专业,获得具体的考试信息

确定了要报考学校和专业的大致范围后,要和学校联系,获得最新的招生信息,并最后确定下报考的学校和专业。获得有关专业方面信息的途径

有以下几个：

（1）招生简章。一般在 7—8 月份初，由各个学校的研究生招生主管部门（研究生院和研究生处）公布。

（2）招生单位印发的说明和专业课试题集。为了弥补招生简章的不足，应付考生不停地打电话询问一些有关信息，有的招生单位（一般都是具体的招生单位如系、院、所和中心等）特别公布一些说明，比如历年报名人数、录取人数、录取比例、录取分数、参考书目等。

如果招生单位能公布最近几年的专业课试卷，那对于考生是莫大的福音了。

（3）导师。能和导师联系上，得到他的一些指点，无疑会如虎添翼。

（4）在读的高年级研究生。和导师相比，在读研究生要好找一些，能提供的信息也要更实用。因此建议，如果想考研，尽量找到师兄师姐咨询，你会有很多收获。

（5）各种平面媒体刊登的考研信息。

（6）网站。这也是目前同学们依赖的主要信息渠道。

2. 前期准备

关于如何复习，每个人都有自己的方法，也有一些大家经过摸索共同认可的方法。但有一点是每个考研的人都认可的，那就是坚持到底。实际情况是，一开始大家都雄心勃勃准备资料要考研，但是真正走进考场的往往只有准备考研的人数的一半。

至于具体如何复习，比如何时开始复习，公共课如何复习，专业课如何复习，是否要上辅导班等诸多问题，也许要分成若干方面分别予以论述，才能说得大概清楚，所以要因人因情况做好决策。

3. 报名

考研报名包括网上报名和现场确认两个阶段。

网上报名一般在每年的 10 月，现场报名确认在每年 11 月，具体时间可看教育部或者学校的通知。需要说明一点，报名的注意事项都要一一看清楚，避免遗漏了关键环节而产生问题。

4. 初试

初试一般在 1、2 月份，春节前 1～2 个星期。考试要持续 2 天，进行 4 门考试，每门考试 3 个小时，也有进行两天半的专业考试。

5. 调剂

大约在寒假过后，春季开学后 1～2 周专业课成绩差不多就出来了，可以打电话向系里和研招办询问。再过1～2周,公共课的成绩也出来了。这以后到发复试通知之间的一段时间是很关键的,如果名次不是特别理想,录取在两可之间,就要多和报考单位(系里)和导师联系,实在不行看有无可能读自费和委培,或者调剂到别的学校。

6. 复试

复试在5月1日前后,一般是面试和笔试相结合,成绩和初试成绩一起计入进行差额录取,少数专业会等额复试。近两年,国家还在一些名牌学校,比如清华、北大进行了复试时测试英语口语的试验。

7. 录取

复试通过后,学校将发函到你的档案所在单位,将你的档案调往学校,审查没有重大问题后(主要是思想政治表现问题),将会发放录取通知书,将你所有的关系,包括组织、户口,转往学校(委培生除外)。

接到录取通知书,按照上面的报名时间,一般在9月初,你就可以赶往心仪的学校了。

(三) 考研攻略

1. 做好整体规划

当我们决定考研后,首先要去做的事情之一就是对考研的各科做一个整体规划,即对各科复习的任务、所需时间及调配、复习阶段划分及步骤、细致到每月每周每日的复习任务目标及时间调配、各科之间的轻重缓急等,有一个通盘考虑,统筹谋划。

同时,做好各科的整体规划也是做好单科复习计划的基础。那么,如何做好各科的整体规划呢?

首先,要整理出各科的复习任务,其次要计算完成这些任务所需时间,再次要划分各科的复习阶段及安排复习步骤,最后要计算出每月每周每日要完成的复习任务及各科的时间分配。在做整体规划时,要特别注意的是,一定要根据自己各科的基础情况,分出轻重缓急来。基础差的,要多留时间,反之,少留时间;而且,在不同的复习阶段,各科的时间分配也不同。比如,六月之前,政治课的复习时间就应该安排得相对较少,到七月后再逐渐增加时间。

2. 制定复习策略

准备资料。英语、数学、政治等基础课的复习资料,一般大同小异,没有太多的挑选余地。搜集历届专业课试题是最重要的,它可以为你的专业复习掌好舵。大学往往不负责邮购专业教材，需要自己到处搜罗。值得提醒的是，每年高年级的毕业生所举办的"旧货市场"，是考研复习资料最好的"淘宝"机会，不仅能买到便宜的资料，而且上面通常会有成功者的"战斗痕迹"。

时间安排。许多人最头疼的就是挤不出复习的时间，这的确是一个不能忽略的问题。大多数应届生复习考研的时候，都还有未完成的课程，既要兼顾上课还要考虑考研进度。有一句话是：时间就像海绵里的水，一挤就出来。考研复习必须有这样一种"挤"的精神，课余、晚自习、周末都是应该规划利用的时间。

另外，整个7月和8月的漫长暑假，是一个非常好的集中复习时间段，很多成功上研的同学在暑期几乎是足不出户地学习：每天上午学习3小时，中午天气炎热没有效率，就美美地睡一觉，两点钟起来复习3小时，吃过晚饭后散步放松，八点钟开始复习3小时。这样的速度和效率一个星期就能成为习惯。曾有一位读研的网友说："半年的复习时间，充分利用的话也够了，研究生真的没有什么难考的。"的确，研究生并不难考，只要你肯将优秀的习惯坚持到底。

3. 积极调整心态

考研毕竟是很辛苦的过程，而树立一个好的心态，会对自己战胜这个困难起到关键的作用。见过一个辞职考研的朋友，他考研的信念是成就自己的理想，复习的时候他面临很大的压力，比如工作辞了、三年没看过数学了、前途未卜等，其实这时候是很容易动摇的。但有理想和信念的支撑就能战胜任何困难，最终他如愿以偿。

有人说考研就是进入炼狱般的生活，好像时刻都在为迎接它所带来的痛苦而准备着。其实并不是这样，也可以快乐考研。首先，要从心底就告诉自己考研是自己想要做的事，是自我价值实现的一个过程，在这个过程中不管什么困难都会被自己打败。学习有时是挺枯燥的，不过在自己心情好的时候碰到难题都会很高兴地去想、去找解决办法，但是在心情不好的时候就算是本来会做的都不想去做，碰到难题更是焦躁。

考研是选拔性的考试，困难肯定是有的，但是重要的是每时每刻都要对自己有信心，一定要相信自己可以做到。听很多考过研的人都说考研是让自己成熟的一个过程，不但学习能力大有长进，而且精神上得到了升华。因为经历过追求中的艰辛与痛苦，就会更懂得面对生活中的风雨。

另外，不要给自己太大的压力，很多时候压力都是自己施加的。每个人都会有对未来的担忧,但是最重要的是达到离现在最近的目标,坚定信心,轻装上阵,轻松的心态肯定能助你一臂之力。

 案 例

坚持就是胜利

有这样一种说法,大四一年,找工作的人过着狗一样的生活,保研成功的人过着猪一样的生活,而考研的人过着猪狗不如的生活。小李在之前总当玩笑听,没想到自己大四的时候,考研的生活过得这么的煎熬。特别是最后两周,日子像停滞一样地难过,那时她感觉这些考研者最典型的特点就是太兴奋、休息不好,基本没法控制自己的脑子在想什么,严重地患得患失,坐卧难安,这是她在以前考试中从未曾出现过的。同宿舍的大姐和小非每看一会儿书就会仰天长叹:时间不够,怎么办啊?可能她自己也受到了她们的感染,找心理老师调节情绪也没啥效果,索性把兴奋作为一种常态吧,于是按以前的计划度过了难熬的两周。

直到上了考场,情况突然发生了变化,一切都在意料之中,准备的充分,让小李找到了平时复习的感觉,那种游刃有余的状态更使自己自信。政治、专业课一切都很顺利。做英语,按照先阅读、作文、完型填空、翻译的顺序做,这是她在考前经过艰苦斗争第一次决心按这个顺序做,理由是为了保证阅读的准确率和作文的时间。前两篇阅读过于简单,很轻松,做第三篇时,小李感觉在哪做过,试图回忆以前自己选的答案,把原本正确的答案考虑过多而排除了。看到小作文题的那一瞬,她真是百感交集啊,高兴的是,题目见过,不幸的是,没有背下来!那种懊恼感影响了小李的临场发挥,沮丧一直持续到考试结束。小李的故事,是想告诉同学们,考试中注意状态的调整很重要,由于状态调整不及时,小李的英语大失水准,好在最后的结果不算太糟。

二、关于出国留学

(一) 要不要出国

首先,要争取拥有一个明确的职业目标,并明确这一目标所代表的正是自己希望过的生活。因此,在考虑是否选择留学之前,不妨先打开思路,搜

集信息,甚至实际尝试,从而更理解自己需要的是什么。也许你眼中的"牛人"(师兄、师姐、亲戚、同学、好友)出国了,然而这并不意味着你就要以他们为榜样。也许家庭期望你能够出国,感觉那是一种荣耀,然而真正的荣耀并非来自旁人的目光,而来自于你的内心。你也可以不赞同这样的话,但这并不重要。重要的是你依据的是自己的选择,而非其他人的(见表3.2.2)。

表 3.2.2 出国留学利弊对比表

出国留学的利与弊	
利	弊
增长见闻,开阔视野,增长见识	需要大笔金钱,投资未必有相应回报
掌握一门外语,受益终身	国外消费水平高,也许你常会感到入不敷出
磨炼自己的生存能力,学习外国人的长处	有些国家排他性强,无法真正融入同学之中
某些学科能学到前沿知识,拿到含金量高的"硬"文凭	若没学到真正知识,会白白浪费光阴和金钱
有机会进入外国公司或者移民	假如遇上外国的经济危机,工作机会更少

(二) 出国二三事

出国的方式有多种多样,去的国家也有不同选择,因为选择不同,自己做的准备也不同,留学要求也不同。关于留学的方式通常有几个选择:

1. 选择公费留学

公费留学一般都是要先考取研究生,然后选择学校交流和或国家派出。一般重点大学都有国际合作交流项目,与国外的大学互派研究生,这种互派的交流都是公费留学。另外就是申请国家公派留学名额。我们国家每年都有名额公派出国留学,前提也必须是已经取得学籍的在校研究生。

还有一种就是外国大学提供奖学金,但是需要通过国内学校申请。以北京科技大学为例,每年德国亚琛大学等知名大学都会录取该校材料学院和冶金学院的学生。

2. 选择有奖学金的学校

美国是提供奖学金最多的国家,但是也要看专业、学校和考生的外语考试成绩。一般文科、商科都基本上没有奖学金。理科是最容易拿到奖学金的,比如数学、物理和化学,接下来就是工科。在美国要获得奖学金,必须有优异的 TOEFL 和 GRE 成绩,TOEFL 主要是看外语水平。GRE 是全美研究生水平测试,考查综合知识,难度很大。

3. 自费出国

美国自费留学费用是最昂贵的,一般一年都要 20 万元人民币左右。去加拿大和澳大利亚相对比较容易,因为这两个国家移民政策宽松,是很多人选择的国家。优点是容易录取,只要 IELTS 成绩达到学校标准即可,缺点是费用高,一般每年的学费在 15 万元人民币左右。

4. 非英语国家留学

法国、意大利、德国等非英语国家过去都是免学费,只需要生活费。最近几年随着留学热潮也改变了原来的免学费的做法,但是费用相对较便宜。法国三年的学费在 20 万元人民币左右。非英语国家留学一般都要先进行本国语言的培训,然后通过他们国家的入学考试,时间比较长。

每个人都有自己的梦想,对于想出国的学生,每个人都可以根据自身的条件,选择出国留学的方式。现在这么开放的社会,只要我们通过自身的努力,出国已经不是梦,只要你愿意努力!

 **小贴示**

> **出国留学常用网站**
>
> http://www.cscse.edu.cn(中国留学网)
> http://edu.qq.com/abroad(腾讯出国网)

三、关于找工作

对于大部分毕业生来说,进入工作岗位是比较现实的选择。首先要澄清一个流毒广泛的说法:大学毕业第一份工作不重要。大学生就业选择,是对一个人十年内的生活产生重大影响的关键决策,是极其重要的。那么怎样的工作是一份好工作?什么样的行业算好?大公司好还是小公司好?如何正确理解当前工作环境和未来发展?一系列的问题摆在大学生的面前。

其实，要搞清楚就业的方向，不妨先给自己一个更深更长远的问题：将来想成为什么样的人？有了这个问题的引导就会变得相对简单一些。无论毕业后是去企业，还是去科研机构，或者考公务员进事业单位，概括起来都是三条路：从学（研究学术）、从商（进入企业）、从政（走仕途）。一开始可能不清楚自己喜欢和适合走哪条路，所以多了解或者有机会去实习是一个好方法，寻找机会去看看各个圈子里的人的生活状态，再结合自己的兴趣，做好选择。

（一）搞科研

科研学术之路主要是指获得一定学位、在某个学术领域有一定造诣之后，在大学或者其他学术研究机构专门从事教学和学术研究。一些企业的技术研究人员似乎也可以归入学术的行列。

搞科研，注定要在孤独中快乐，且必须耐得住性子和寂寞。目前大学生完成学业之后，走学术之路的往往选择留在学校当老师，也有少数人去科研院所从事研究。

做科研都必须要有一种学术精神，严守学术道德。学术虽然不可能像宗教一样脱离世俗的世界，但是，学术精神天然地应当与尘嚣和喧哗保持足够的距离。从某种意义上来说，真正潜心学术的人与这个世界总会保持一定的距离。也正是因为这样一种心灵世界与世俗世界的距离，选择学术之前有必要考虑自己能否承受寂寞，能否在别人开着跑车四处兜风的时候心甘情愿地在实验室里研究自己的课题。

（二）进企业

对于高校毕业生来讲，进企业工作是大多数人的选择。进什么样的企业工作？公司的规模、发展前途、待遇条件、所在城市的环境、能否实现个人的价值等一系列因素都是需要反复掂量的。

有的人喜欢选择小公司，认为这样的企业就业机会大、竞争也小，而且这样的小公司可以让人见到更加全面的企业操作系统，你的知识面会更加宽阔，也会更加熟悉企业流程。但是，这样的企业往往收入差强人意，福利也差一些。更多的大学生喜欢选择名牌企业，理由是单位条件好，工作比较轻松，待遇也好，最让人炫耀的还是这样的企业可以更有"面子"。诚然大的企业可以提供更好的条件，可以学到更多的知识和阅历，让你见到更高端的管理，但是大企业的内部竞争往往十分激烈，想要学习他们的经验也不是很容易。大企业对于多数人来说,它的要求只是你的专一性,不是每个人都有机会做老板的。

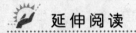**延伸阅读**

大城市 vs. 小城市,如何安放我们的青春?

正方观点:宁要北京一张床,不要外地一间房

网友"汪家山的卖炭翁":家乡太小,放不下我的理想。大城市机会多,眼界广,回小城市就又成了井底之蛙。在大城市辛苦几年,闯荡几年,拼搏过了才不会后悔。人生不该那么早就定格了,放弃奋斗去小城市过安逸的生活,这不符合年轻人的青春理想。"宁要北京一张床,不要外地一间房",这话说出了我的心声。

网友"yang200000":毕业后要留在大城市,哪怕成为蚁族,也还有理想。首先,大城市就业机会多,英雄有用武之地。其次,工资待遇高。北京、上海、深圳、广州等经济较发达的城市,大学生进入企业后的基本工资会比一些中小城市高出不少。第三,个人进步快。大城市走在经济发展的前端,最先接触先进的技术、管理知识,能够紧跟或超越时代发展的步伐,这也能让人学习到更多的知识,从而全面提高自身的能力与素质。

反方观点:大城市的草窝不及小城市金窝银窝

网友"潘益大":繁华属于城市,我要的是生活。在大城市能否找到工作是个问题,即使找到工作,也要花三分之一以上的工资来交房租,还要攒钱买房买车,买了房之后还要还贷……大城市虽然繁华,但那一张张匆匆忙忙的面孔都很疲惫。

网友"咿呀学语":小城小地方大空间大作为。在现实面前做出最利于自己的选择,才是为今后实现理想积累更大的能量,这才是实事求是的做法。当年,刘邦被项羽赶到汉中时,故意烧掉栈道,但是,他最后依然建立了汉室。大部分毕业生在毕业的头一两年根本不具备太强的实际业务能力,为企业创造的价值非常有限。我真的不敢相信,如果这些人流离于社会几年,还能具有什么实现自己理想的可能?

(资料来源:新华网发展论坛,http://bbs.home.news.cn)

（三）走仕途

"学而优则仕"是很多父母根深蒂固的观念,加上目前中国国情下公务员系统的稳定让很多毕业生把考取公务员作为就业首选。

考公务员的目的分几种,有些人只是为了获得一份稳定而体面的工作;有些人是为了满足自己或者家人对于权力的渴望和向往。当然,还有一些人选择做公务员是为了更好地为人民服务,是为了让国家在更多好的政策指引下更加富强。也只有这样的同志能够走到最后,走得最好!

如果你觉得自己喜欢从政并且确实比较适合从政,那就不妨尽早为自己积累资本。可以积极地担任一些学生工作职务,既能锻炼工作能力,又能在履历表上增加筹码,还能通过学生会、社团之类的平台拓展交际圈。对于从政来说,交际圈可是至关重要的。

如果你想走仕途,可是你的性格与上面说的这些方面相去甚远,那最好还是重新规划一下自己的人生。毕竟,人只有去做自己最喜欢的工作才更容易成功,大学也只是一个认识社会,自我完善的过程。

第三节 求职准备

机遇只垂青那些有准备的人。

——笛卡尔

一、求职心态准备

也许你不得不面对这样的事实:你精心制作的简历可能石沉大海,你准备许久的笔试可能惨不忍睹,你自信满满的面试可能漏洞百出……面对如此激烈而艰难的竞争,我们就真的无所适从吗?只能眼睁睁地把好工作拱手相让吗?独自面对杳无音讯的等待黯然神伤吗?事实上,找工作没有大家想象中的那样深不可测,求职是一个庞大而系统的工程。

（一）告诉你一个真实的就业市场

1. 大学生就业人数逐年攀升

2010 年,全国普通高校毕业生人数达到 631 万,北京地区高校(含科研单位)预计有毕业生21.9万,其中毕业研究生6.3万,本科毕业生10.0万,专科(高职)毕业生4.7万,再加上往届没有实现就业的,需要就业的毕业生数量之大可想而知。但是社会能够提供的岗位仅仅不到410万个。一些毕业生眼中的"黄金"企业会收到上万份的求职简历,例如2010年公务员最热门职务报考比例达到3482:1,一场招聘会上用人单位收到的简历与招聘岗位之比通常在40:1。

2. 部分企业对应届毕业生的招聘明显减少

金融、地产、消费类和流通类的知名企业往往是从校园中选拔大量应届毕业生人才的中流砥柱,但是受金融危机的影响,近两年这些企业明显减招或停招毕业生。更何况这样的企业最青睐的往往是有经验的工作人员,对于刚刚走出校门的应届毕业生更是抬高了门槛。据近几年在京高校就业指导中心的岗位供需比统计数据显示,工科毕业生供需比仍比较乐观,但是文科毕业生的就业市场则显得比较惨淡。

图3-7 校园双选会毕业生排队场景

 **案 例**

招聘会上的折磨

大学四年,最后我们要感受的是什么?恐怕就是招聘会了,那种让人期待,又夹杂着对未来的不确定性,让人充满期望,又觉得绝望……

今天醒得很早,一个晚上都没有睡好觉,因为今天是一个很重要的日子,可以算是我走上社会的第一步吧。即使我依旧像以前一样,对未知的事情表现出的是我的镇静和不屑,但在内心里,却依旧是惴惴不安,也许这份不安,正是源自未知。

我并不是寝室第一个起来的,反而是最后一个,原因很简单,我不用化妆。当舍友们拿着一堆不知道是什么的东西在脸上涂涂抹抹的时候,我洗脸刷牙完毕抹点强生就可以出门了。也难怪,毕竟这对于我们来说,的确算是一件大事情,大家都很重视。收拾完毕,寝室的姐妹们集体出门,也许对于我们来说,一起上战场不仅仅意味着团结,更主要的是,可以相互带来勇气。

来到通知集合的东门广场,才发现原来不仅仅是我们不正常,所有的人都很不正常,最明显的例子就是——绝大多数男生都穿上了西装打着领带,乍一眼望过去,根本找不到自己的班级在哪里。我跟闫婷打趣说,我今天才知道,原来我们学校有这么多道貌岸然的家伙!

在广电专业指定的位置站了半天,却没有见到除了我们宿舍以外的任何一个人,难道大家都找着工作了?还是说对于这场招聘会根本就不在乎?等了一会儿以后,文学院一个老师出来,说是可以进去了,我们就像小学生一样排着整齐的队伍,走进平时上课自习的教学楼里,期待、迷惑、茫然……了然于面。

从来不知道,原来我们学校的毕业生这么多,竟然把四号楼的走道挤了个严严实实,水泄不通。我们怕走散了,于是选择了"海拔"最高的王景,以她为目标,茫茫人海中也好寻找。王景是党员,于是我们一边高呼着"跟着党走",一边努力用几百度的大近视,在众多招聘职位上搜索着任何与新闻传媒有关的字眼。

半个小时过去后,我们失望了,满眼充斥的都是"机械"、"师范"、"文秘",连个跟"新闻"沾边的都没有,这彻底地打击了我们之前膨胀的自信。突然,王景大叫一声,新闻学!众人扭头一看,果然,硕大的"新闻学"后面紧跟的是招聘人数"若干",积极性被调动起来的我们赶紧去看看是什么单位。西北机器厂?国企?我的心一下子凉了一大截,从小我就生活在国企,对于这种性质的工作没有任何好感,更夸张的是,这个西北机器厂居然没有人来,那张桌子就像我们的心情,空空的。

感受了人山人海的场面,体会了招聘会的壮观,没有任何收获的我们决定出来,实在不想再被打击了。我决定去查一下那个"西北机器厂"是个什么东东。真是不查不知道,一查吓一跳啊,光是"几个月没发工资"、"一个月工资先33块钱"已经让我先前的心濒临崩溃了了，再一看工作地址在什么象牙坡，我更是连听都没有听说过！我的心情已经不单单用恐惧所能表现的了，我是完完全全受到了恐吓！

下午，那些招聘会的门票被我们转赠给了想去看热闹的低年级小朋友，手抄了整整一个下午的两份简历静静地躺在我的桌子上。而我们，集体在宿舍用温暖的被窝安抚着自己那颗受到严重打击的小心脏。

招聘会，我感受一次就够了吧？

毕业，近在眼前；未来，我看不见……

（摘自"新浪博客"，网友 Crystal 的亲身经历）

（二）我们该找一份怎样的工作？

1. 你眼中的好工作——适合自己的就是最好的

在现代社会，工作已经不仅仅是一种谋生的手段，还是一个人职业成长的标志和融入社会的象征，更是一个人获得社会尊重、实现自我价值的重要途径。因此一份好的工作将给我们带来的不仅是物质的满足，更是一种精神的愉悦和一种自我实现的满足。

怎样才能找到一份好工作呢？在回答这个问题前，我们先要回答一个问题，那就是什么样的工作是好工作（如图3-8所示）？

图3-8 热门行业招聘热

找工作时，很多毕业生都热衷于一些热门行业、热门职业、热门公司，被这些工作所谓的"光环"蒙蔽了双眼，宁肯削足适履也要挤进这些公司，不想我们只盯着月光的皎洁，却忽视了繁星的璀璨。"找工作"不是买菜，不是说抓到篮里就是菜，还有一个"是否喜欢，是否吃得下"的问题。其实工作有很多，有500强企业，也有正在发展的公司。是不是每个人都适合500强呢？

有句古话说得好:"人贵有自知之明。"人最难能可贵的就是认识自己。很多毕业生对拿不到心仪的 offer 耿耿于怀,抱怨自己怀才不遇,甚至觉得自己前途一片黯淡。

在择业时我们应该坚持一个重要原则就是"择己所爱,择己所长",只有自己适合并且擅长的工作才是一份理想的工作。

2. 你适合怎样的工作——客观地认识自我,澄清自我价值观

求职时我们要找的是"我的工作",而不是"一份工作"。求职前先问问自己:我想找什么样的工作？我适合做哪些工作？我自己能干什么工作？我最想要一份什么样的生活？只有对自己有深刻的了解,才能真正知道自己想干什么,能干什么。

每个人都是与众不同的个体,每个人都有自己的长处和短处,客观地评价自我,了解自己的理想和能力是找到一份满意工作的必要前提。要客观地认识自己的优点和长处;了解自己的性格、兴趣和特长;明确自己想做什么和能做什么,社会又允许你做什么。在求职前,我们都要对自己进行重新地审视,只有给自己清楚的定位,才能找到自己的位置,才能真正找到合适的工作。

比如说,客户服务类、工程技术类、市场营销类、行政管理类四类岗位性质就一定有独特的用人标准:销售客服从事的是客户关系管理,如服务投诉、售后产品维修咨询、业务咨询等,所以对从事这一岗位的员工的沟通表达能力、协调能力、抗压能力就有较高的要求;技术类工程师主要从事生产过程系统的设计、组态、调试及现场服务等,所以对从事这一岗位的员工的专业知识、吃苦耐劳的精神都有较高要求;市场营销类工作主要是为公司开拓市场,促进销售,策划和制订企业的宣传活动和整体营销战略,如广告策划、市场推广等,所以对员工的决策思路、创新意识、沟通表达能力就有更高的要求;行政管理类的工作主要负责企业文书工作,沟通各部门之间的关系以及后勤服务等工作,对员工的文笔能力、组织协调能力就有较高的要求。看了这四类岗位的用人标准,结合你自己,一定会有"是否适合"这样的判断,记住:适合自己的才是最好的。

3. 确定你的求职目标

知道自己适合什么工作后,就要确定求职目标了。找工作之前毕业生需要明确自己要选择哪条路,怎样上路。毕业生通过对工作环境和自身特点的了解来确定自己的求职方向,毕业生的择业目标只有与本人具备的实力相当或接近,才能够在以后的工作中更好地发挥自己的才能。

（二）求职时应避免的心态

1. 避免理想主义

要知道，没有任何一件事，没有任何一个选择是十全十美的，一步到位的就业机会往往都是自己过于理想化的期望，实现起来则难上加难。人生是一个漫长的发展变化的过程，就业的起点往往只是我们漫长生涯历程中的一小步，及时调整对就业的期望，客观地给自己做好职业定位和求职预期，不刻意追求最满意的结果，有利于我们拓宽求职视野、发掘更多的就业机会，科学规划职业生涯。

2. 避免从众心理

从众心理是现实中人们普遍都有的一种常见的心理现象，它是个人受到外界人群行为的影响，而在自己的知觉、判断、认识上表现出符合于公众舆论或多数人的行为方式。在多数人表现出从众的情况时，只有少数人能够保持独立性而拒绝"从众"。从众的人往往会在他人的决定中迷失自我，忘记自身的客观状况，表现在大学生求职上就是不能以自身需求和客观条件为依据，不能理性地分析自己想要什么，一味地攀比，这样的结果往往是错失了适合自己的一些就业机会。

3. 避免自卑、胆怯心理

伟大的心理学家阿佛瑞德·安德尔说，人类最奇妙的特性之一就是"把负变为正的力量"。尺有所短，寸有所长，每个人都有着自己的长处和短处，自卑的人往往忽略了自己的长处，放大了别人的长处。能够正确看待自己劣势并克服、战胜它的人，才是一个成熟的具有成功潜质的人。自卑往往让人丧失信心，缺乏竞争的勇气，求职还没开始就已经输掉一半了。

4. 避免畏惧困难的心理

俗话说"困难像弹簧，看你强不强"，要勇于正视自己面对的挑战与困难，没有挑战就没有进步，没有困难就没有成长。每一次克服困难的过程，都是学习和补充的过程。从困难中收获，在逆境中磨砺自己的意志。

二、求职信息准备

大四的最后一个学期，总有一种焦急、烦躁的情绪弥漫在校园的空气中。特别是寒假后，同学们接连签约，招聘会越来越少，那些工作没有着落的同学正承受着前所未有的压力。很多人为什么找不到工作？关键原因是信息不对称。在现代这个飞速发展的社会,信息就是资本,谁掌握信息谁就更靠近成功。找工作也一样,但是不少毕业生在求职时不注重求职信息的搜集和分析,经常错过重要的就业信息,或看到就业信息盲目投递简历,导致从求职一开始就输在了起跑线上。那么应该怎么搜集信息呢? 又怎么对搜集到的信息进行分析和筛选呢?

(一) 常用获得信息的渠道

小讨论:

从小到大,是否有令你很好奇的事物或事情,你通过哪些方法了解它? 至少举一个例子说明。

思考:

这些方法和你了解职业信息的方法有什么联系?

1. 校园专场招聘会

校园专场招聘会是用人单位根据自身的招聘计划,自主选择时间,选定希望招收毕业生的学校,到校园进行宣讲及相应招聘活动的形式。

从每年的 9 月下旬开始,就会不断有用人单位与学校就业中心或相关学院联系,陆陆续续到学校召开校园专场招聘会。毕业生可以登录学校就业信息网站查询招聘会的具体时间和地点。通常校园招聘会都会现场发布招聘信息、进行招聘宣讲、接受简历,有一些企业可能会现场进行笔试或者面试等环节。

与大型的双选会相比,专场招聘会具有的优势如表 3.3.1 所示:

表 3.3.1 专场招聘会的优势

专场招聘会的优势	
单位质量高	目前发展速度快、极具行业竞争优势且富有活力的企业越来越倾向于更专业的招聘方式——小型专场招聘会。
招聘针对性强	学生在看到专场招聘发布的信息后对单位情况和需求专业有所了解,有意向的学生才会准备参加并进行有目的的应聘。较之大型招聘会,参加专场招聘的学生更具针对性,和单位对口的可能性更大。

续表

专场招聘会的优势	
招聘签约率高	到学校进行专场招聘的单位都是在了解学校专业设置及人才培养基本情况的基础上主动前来的,对学校的学生有倾向、有诚意接收,签约的成功率自然就比较高。
流程紧、效率高	一般情况下,用人单位会在招聘会当天进行宣讲,外地的企业可能当天完成笔试、面试、签约的全过程。

2. 大、中型的双选会

大型双选会是指高校就业指导中心集中举办的有一百家以上用人单位参加的毕业生和用人单位的供需见面会。中型招聘会参会规模一般是几十家,通常是同地区或者同行业的单位以"打包"的形式到学校招聘毕业生。

大中型招聘会信息量比较集中。参会的主要是跟学校合作多年的用人单位,比较倾向招聘应届毕业生,针对性很强,毕业生成功就业的比例较高。因此,毕业生一定要认真抓住每年学校组织的大、中型双选会上的就业机会。

3. 网上招聘会

随着互联网的快速普及,网络已经成为求职中一个举足轻重的信息渠道。很多招聘网站都针对应届毕业生开设专栏,每天更新招聘信息。相对其他信息渠道来说,网络的信息量大、成本低、方便快捷,但缺点是公布在网上的招聘岗位覆盖面广,竞争对手自然就会很多。

网上求职时要注意防范一些可能存在的骗局,注意个人信息的保密。因此一定要登录大型、正规、专业的招聘网站,这些网站的信息相对可靠。

这里要特别介绍学校的就业信息网站。学校就业信息网站上的招聘信息一般是针对本校毕业生的,所以信息的真实性、针对性都很强,毕业生的求职成功率相对其他网站也更高一些。同时我们还应关注同类院校的就业信息网站,比如北京科技大学与清华大学、北京交通大学、北京理工大学等高校在专业设置方面有类似和相通之处,毕业生就可以相互浏览各学校就业信息网。

 小贴示

> **常用求职网站**
>
> 北京科技大学就业信息网：http://job.ustb.edu.cn
> （自己学校的就业信息网一定是最有针对性的）
> 清华大学就业信息网：http://career.tsinghua.edu.cn
> 中华英才网：http://www.chinahr.com
> 智联招聘：http://www.zhaopin.com
> 前程无忧：http://www.51job.com
> 应届生求职网：http://www.yingjiesheng.com
> 研究生人才网：http://www.91student.com
> 中国高校毕业生就业信息网：http://www.myjob.edu.cn
> 上海人才市场：http://www.hr.net.cn

4. 从实习到就业

目前，很多企业特别是像微软、通用电气（GE）等这样的跨国公司，越来越倾向于从实习生中选拔优秀人才加入企业，因为从实习生中选拔的新员工有一定的工作经验，熟悉环境，可直接上手不需要再进行培训，节约了企业的成本。

毕业生在求职前有机会可去你感兴趣的企业进行实习或社会实践等，了解企业和岗位信息，积累人脉资源，为毕业求职提供一次机会。

5. 关系网

在大学里，"关系"是一个比较敏感的话题，很多同学不愿意提及。但是在实际求职过程中，这是一个非常实际也很重要的信息收集渠道。通过"关系网"介绍工作是建立在一定的人际关系基础上，彼此信任度高，推荐工作的成功率也更高一些。就近几年就业情况来看，毕业硕士研究生中有过半的人是通过导师或校友推荐的就业信息而找到工作的。

我们不要狭义地把"关系网"定义为父母或亲属，认为关系是那些非富即贵的人才能依靠的。实际在求职时，我们可利用的"关系网"涵盖面是非常广泛的，它包括亲戚、老师、同学、校友、朋友、邻居、曾经实习公司的同事、

其他熟人等(如图3-9所示)。

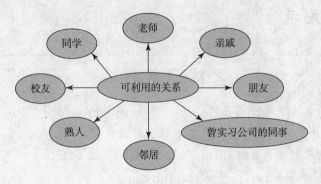

图3-9 求职关系网

在毕业求职前,不妨给我们能够想到的"关系网"内的人发一条短信或打一通电话,告诉他们我们现在正在求职,如果有合适的岗位希望能够推荐一下,或许你能够得到意想不到的收获。

6. 职业中介机构

职业中介机构主要有政府职业介绍所、私人职业介绍所、猎头公司等。但职业中介机构大都针对特定人群,例如为企业寻找合适的经理人等,对在校学生参考意义不大。

7. 非常规信息渠道

除以上6种常规搜集就业信息渠道外,还有一些非常规信息搜集渠道(见表3.3.2)。

表3.3.2 非常规信息渠道

非常规渠道	具体方法
主动登门拜访	主动拜访你感兴趣的公司,敲开公司人力资源部门的大门,无论是否有空缺职位,都去试一试。
主动电话询问	利用电话簿黄页或网络,找到你所感兴趣的公司的电话,按照清单向他们询问是否招人,必要时可登门拜访。
霸王面、霸王笔	及时关注感兴趣公司的招聘进展,如果没有进入笔试或者面试名单,通过网络BBS论坛,或者其他应聘同学那里了解到公司的笔试、面试的具体地点和时间,前去争取一次笔试、面试机会。

（二）筛选、分析就业信息

1. 提取招聘简章中的重要信息

毕业生通过上述渠道搜集到的原始信息可能比较杂乱,应根据自己的实际情况和需求,对信息进行提炼和分析,把重点信息选出,一般信息仅作参考,使之更好地为自己的求职服务。

（1）招聘职位。招聘信息中最重要的是要了解招聘的职位,关注企业对该职位的描述,提取企业需求技能,与自己进行人职匹配。

（2）招聘信息的时效性。在阅读招聘信息时一定要注意简历投递截止日期、招聘停止日期等信息。人才市场瞬息万变,用人单位发布信息后,随时都会收到毕业生的求职信息,及时与用人单位联系才能体现你积极的态度,为求职增加砝码。简历如果投递得较晚,有可能因用人单位邮箱没有空间而发送失败。

（3）联系方式。一般的招聘简章中都会提到公司地址、招聘负责人电话或者 E-mail 等基本信息,这些信息有助于你后期主动与单位联系,为自己争取机会。

2. 筛选、归类信息

（1）筛选信息。搜集到求职信息后,首先要鉴别真伪,去掉一些虚假信息（例如传销类工作）,其次要选定适合自己的信息,例如有的毕业生希望毕业后回家乡工作,就一定要关注家乡的就业信息。

（2）把信息归类。把手中的信息按照一定的工作性质归类,比如管理类职位归为一类,技术类职位归为一类,便于有针对性的投递简历和准备笔、面试。

（三）培养搜集、记录信息的好习惯

1. 每天登录就业信息网站

（1）每天登录学校就业信息网站。学校就业信息网站每天都会更新就业信息,每天都会有新增的招聘职位,因此求职的毕业生每天都要关注一下网站上的就业信息,甚至大家在求职期间可以把有效的就业信息网站设为 Internet 主页。

（2）在收藏夹中增添就业网站。将智联招聘、中华英才网、应届生等网站加入网页收藏夹中,方便每天登录各个网站查询就业信息。

2. 记录求职相关信息

（1）记录应聘公司信息。对大多数应届毕业生来说，找工作投简历就是一个"海投"的过程，每天网申、E-mail 投递简历、邮寄简历的数量会非常多，如果没有一个良好的记录这些已经申请职位或公司习惯的话，仅靠大脑记忆是根本记不全的。很多同学都没有记录信息的习惯，结果在接到公司笔试、面试通知的时候，根本想不起来是什么公司，一问三不知，给打电话的HR 留下很不好的印象。

（2）记录求职注册账号。采用网申的知名公司比较多，如果不记录网申注册时填写的用户名、密码和网申地址的话，回头查看网申状态的时候，就可能出现找不到申请地址、用户名或密码不对而无法登录的尴尬局面。

 案 例

表 3.3.3 某学生求职记录

序号	公司名称	职位名称	申请时间	申请方式	申请地址	笔试
1	神龙汽车	研发岗	200×年 9 月 12 日	网申	www. 51job. com	9月20日已参加
2	东方海外	管理岗	200×年 10 月 10 日	E-mail	×××@163.com	未收到
3	国家××局	行政岗	200×年 11 月 1 日	邮寄	××区××路××号	未收到
4	……	……	……	……	……	……

（四）关注热点招考信息

如果有的同学有意愿从事公务员、村官等工作，那么就要及早关注这些热点岗位的招考信息，以下是几个热点岗位的招考信息搜集渠道（见表 3.3.4）。

表 3.3.4 热点岗位的招考信息渠道

热点岗位	招考信息来源	具体时间 *
公务员	国家人力资源和社会保障部网站	报名时间:10月中旬 考试时间:11月底或12月初

续表

热点岗位	招考信息来源	具体时间＊
大学生村官	北京市及各地人力资源和社会保障局(厅)网站 学校就业信息网站	报名时间:次年3月份 考试时间:次年5—6月份
大学生征兵	教育部主页公告 学校就业信息网站	报名时间:次年4—6月份,网上预征报名;10月份,到生源地县级兵役机关报名 定兵时间:次年11—12月份
西部计划	"西部计划"网站通知 学校团委通知	报名时间:次年3—5月份 选拔时间:次年5—6月份

＊本表时间的计算是从大学生进入毕业年度开始计算的,即大四(研二或研三)第一学期的当年。

三、求职硬件准备

□ **一套合身的正装**

面试时,无论对方是国企、外企还是机关事业单位,一套合适大方的正装可以为你添色不少。因此,找工作前应该准备一套合身的正装。

□ **一套完整的笔试工具**

准备一套完整的笔试工具,整理好放在固定笔袋内,包括2B铅笔、黑色和蓝色签字笔、橡皮、小刀,按照高考或考研的规格准备,每次参加笔试时携带,笔试完将工具整理好准备下次使用。

□ **一本可携带的笔记本**

准备一个可随身携带的笔记本,记录求职过程中需要的各种信息,主要记录笔试和面试时间、地点,用人单位电话和联系人,面试时需要携带的各种证件等。

□ **一张合适的照片**

在求职前照一张着正装照的标准照片,女生可以适当化些淡妆,主要用于简历上张贴,以及网上投递个人信息时使用。好的照片会为你的简历加分。

□ **可靠的、保持24小时畅通的手机**

求职时一定要有一部24小时开机的手机,随时能够接听单位来电,保证不错过任何工作机会。有些企业的 HR 如果在第一时间无法通过手机联系到你,则可能将你从面试名单上去掉,所以保持手机能随时联系到你是非常重要的。

四、求职材料准备

(一) 求职信的撰写

1. 求职信的意义

求职信是应聘者写给用人单位的,主要介绍自身情况的一封信,它的目的是告诉企业你能为雇主做些什么。求职信是简历的"开场白",一般在用 E-mail 发送简历的时候,在邮件正文中附上语言精练的求职信。这个"开场白"的意义在于激发雇主有兴趣阅读下文,对你有个初步印象。

2. 写求职信应注意的问题

(1) 重点突出,有针对性。求职信要条理清晰,抓住重点,第一要表达出你对招聘单位的兴趣,即该职位是你期待的目标职位;第二要突出你的个人优势,即你在技术上和能力上能够胜任该项工作;最后可以表达一下对行业的认识及自己非常适合这份工作。

(2) 实事求是,不过分夸大,也不过分谦恭。求职信一定要客观真实,语言礼貌客气,情理交融,说服力强,有感染力,既不夸大,也不过分谦卑。一些毕业生的求职信言辞过分谦卑,甚至让用人单位看了有种"乞讨书"的感觉,这样的求职信对求职是没有任何帮助的。

(3) 不能有错别字,文笔要流畅,格式整齐。错别字是求职信的大忌,一封有错别字的求职信可能会断送你的求职前程。此外,格式层次不清、文笔晦涩不通的求职信会让用人单位懒于阅读,直接否定求职者的能力。

3. 求职信的内容与格式

求职信的内容主要是回答这么几个问题:你是谁?你怎么知道目标企业的?你要申请什么职位?你了解目标企业吗?你有什么证据证明你适合这个职位?最后表明希望得到面试机会,注明你的联系方式。

求职信的基本格式有:标题、称呼、申请职位、技能和能力表述、结尾、落款。

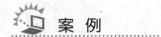

某学生求职信

尊敬的李先生：(收信人称谓)

您好！

我看到你们在××网站上招聘市场助理人员的广告，我对这个职位非常感兴趣。我是××大学××学院市场营销专业的四年级学生，有市场调查和客户服务的工作经验。我很愿意并有信心为 MX 软件公司作出贡献。(对职位表示兴趣)

我的优势是具备市场调查和推广的工作经验。当我在大学学习市场营销专业时，就为快速食品和高科技行业向中国市场投放产品做过市场营销计划，作为×××营销协会的公司市场代表，我负责开发公司赞助商，其职责就是调查和联络潜在赞助商。这项工作取得了捐款额增长 10% 的成绩。另外，由于曾经在 Bootlegger 做过零售工作，使我具有强烈的客户服务意识。(胜任特征介绍)

我相信，凭我的市场营销技巧和真诚渴望在高科技行业发展营销事业的态度，会使我成为 MX 软件公司一名很有价值的员工。(胜任特征介绍)

非常感谢您抽时间考虑我的申请，我期待着能有机会与您见面，我的联系方式×××。(对用人单位表示感谢)

×××（亲笔签名）

2006 年 3 月 5 日

（二）简历的制作

1. 简历的重要性

简历是用于应聘的书面交流材料，它向未来的雇主表明你拥有能够满足特定工作要求的技能、态度和资质。简历的目的是赢得面试的机会，简历就是你自己的一份广告，一份把自己成功推销出去的广告。

简历是毕业生求职非常重要的敲门砖，是所有求职材料的核心，一份精美的简历能给你带来许多的面试机会。有些学生觉得自己的简历做得不错，为什么投出去就石沉大海？关键是没有吸引到招聘者的眼球。想从芸芸求职者中"突围"而出，制作一份既能突出你强项，又能令雇主乐于停留阅读的简历是迈向成功的第一步。

2. 简历制作的原则

每年校园招聘会就是一场浩浩荡荡的简历大战,如何让你的简历脱颖而出?如何通过一纸简历让你得到企业的青睐?

我们先来听听用人单位怎么说:

100份简历中有多少份是合格的?不到10份,简历太长、注水太多、过分谦虚、太过花哨已成为毕业生简历中的硬伤,这种简历往往使他们出师不利,失掉面试的机会。

——某知名IT企业HR

其实简历一页就足够了,两页已经太长了。

——远大集团HR王志宇

我每天用半小时浏览50份或更多的简历,如果前10秒钟未能发现任何成果表述,那么这份简历就成为历史了。

——某外企人力资源主管

可见,写好一份简历没有想象中那么简单。要想让你的简历"一击即中",制作简历时就要注意以下几点:

(1)简洁大方,语言精练。简历就是要"简",用精练的语言突出重点,使人一目了然,印象深刻。

在求职的过程中,很多学生认为简历越多越厚就越有竞争力,于是就有了"博士生一页纸,硕士生几张纸,本科生一叠纸,大专生一摞纸"的现象。事实上刚好相反,任何一个好的企业收到的简历都会堆积如山,没有哪个人事主管会逐一仔细阅读你的简历,而是以一种浏览的方式匆匆而过,他们在每份简历上用的时间平均只有1.4分钟。如果你的简历冗长拖沓,重点不突出,很容易被忽略,永久沉睡在纸堆里。

(2)投其所好,人职匹配。简历一个最重要的原则就是有的放矢,投其所好,你的简历所突出的核心能力应该正是用人单位最期望的,也就是所谓的人职匹配。为此,投递简历时,应该提前掌握好该公司或该职位的资料,了解用人单位的职位需求,从而结合自身特点,在简历中突出自己相关方面的优势,找到自身素质与职位间的契合点,努力实现"人职匹配"。

(3)主题鲜明,条理清晰。一篇好的简历必须主题鲜明,针对性强,层次分明,很有逻辑性。写简历时,格式一定要整齐,逻辑要清晰,把工作经验、学历等资料按照时间顺序排列整齐,把最近期的放在首位。关于你的工作经验,不必详细描述你对以往工作有多努力,而应该着眼于你所做出的成果。如果可能的话,不妨列出数据以证明你以往的工作业绩,例如奥运志愿者服务中做了哪些工作,获得哪方面的认可等。

(4)诚实守信,实事求是。在制作简历时,应该诚实守信,拒绝夸大和造假。很多企业的 HR 反映,不少学生的简历一看便知虚假信息不少,夸大的成分也很多,面对这样的简历企业是直接淘汰的。因此,在制作简历时尽管可以扬长避短,但一定要实事求是。

3. 简历的主要内容

(1)个人基本信息。个人基本信息主要有:姓名、性别、地址、电话、E-mail、年龄、籍贯、政治面貌、学校专业等,其中姓名、电话、E-mail 是不可缺少的,尤其是电话和 E-mail 一定要写在最醒目的地方,让看简历的人可以非常容易地找到你的联系方式。电话的写法也有讲究,电话前要加上区号,长的电话号码采用分节的方式,"三四四"的分法最为常见,例如:010−6233−××××,138−××××−××××。E-mail 要选择比较稳定的邮件系统,不易丢信。

例如:

韩小梅

北京科技大学学生宿舍 7 号楼×××室 100083

138××××××××   010−12345678

resume@hotmail.com

---

(2)求职意向。求职意向对于应届毕业生来说很难确定,主要原因是毕业生没有工作经验,对自己能做什么、想做什么比较迷茫,因此求职意向上填了很多内容,如技术、管理、市场等,给人感觉你目标不明确,什么都想做。

求职意向要尽可能地明确和具体,针对你应聘的公司和职位。要充分表明自己在该方面的优势和专长,尽可能把选择放到一个具体的工作部门。

例如:

求职意向:冶金行业技术研发类

---

(3)教育背景。教育背景主要是告诉用人单位你接受教育的学校学历背景和专业背景。教育背景用倒叙的形式,将最高学历放在最前面。

在教育背景中,如果你的成绩还算出色的话,不妨列出来。同时可以附

一些说明性的文字,例如专业前 5%。记得相对的数字永远比绝对的数字来的有说服力。例如

2007.9－2011.6　　北京科技大学　　机械自动化专业(排名:15/200)

　　(4)奖励与荣誉。这一项在简历中非常醒目,有的企业是比较看重的,凡是有价值的奖励都可以写上,如奖学金、优秀干部、资格证书等。像注册会计师这样多科目考试的,即使你没有完全通过也不要紧,把你通过的科目写上。一般情况下,奖项越多你获得的面试机会也越高。

　　此外,在写奖励情况时,可对你的奖项进行简单描述,特别是你认为含金量比较高的奖项,可用具体的数字来表述。

　　例如:

奖励情况
2008.9　获得国家奖学金二等(奖励全校成绩 2% 的学生)
2008.9　北京科技大学优秀三好学生(奖励全校前 5% 的学生)
2007.11　获得北京科技大学十佳团支书(奖励全校 10 名团支书)

　　(5)工作经历。一般来说,应届生没有什么工作经历,因此招聘单位就会重点关注与工作类似的实习经历或社会实践。描写工作经历时,要重点突出职责和结果,告诉你的潜在雇主,你在过去的工作经历中承担了哪些职责,做了哪些项目,结果又是怎样,因为这些是你经验和能力的证明。工作经历一定要写得详细,最好能够量化描述,不要只说个大概,比如曾担任学生会部长,组织过系辩论赛。这样写就不太详细,你应该把在辩论赛中做了哪些工作、发挥了什么作用简单说一下。

　　但是切记一点不能随便乱编,很多同学简历中都捏造学生干部的经历,你以为编得天衣无缝,但是面试中往往几句话就能露馅。

　　例如:

×年×月　　参与××公司暑期实习计划　　　　　销售专员
负责实施公司的销售计划,使公司的销售额得到增长

　　这样空泛的叙述并不足以让招聘公司相信你是个出色的销售人员,而

数字支持的成就故事是最好的说服工具：

×年×月	参与××公司暑期实习计划	销售专员

领导/参与了 20 人的团队，3 个月内覆盖了 10 个城市，10,000 人；销售额在 3 个月内增加了 25％；节省开支 18％

（6）个人描述

个人描述一般简单地描述一下个人的性格特点，最好能够与应聘职位需求的性格相符合。

 案 例

某学生简历

韩小梅

北京科技大学学生宿舍 7 号楼×××室　100083

138×××××××　010-12345678

resume@hotmail.com

<u>工作目标</u>　　*机械行业技术岗位*　　　＜职位目标明确＞

<u>教育背景</u>　　　　　　　　　　　　　　＜量化说明成绩优秀＞

2006.09－2010.07　　北京科技大学　　机械及自动化专业（前 10%）

<u>工作经验</u>　　　　　　＜具有丰富的设计经验＞

中冶京城工程技术有限公司技术部　　　　实习生　　　2009.10

❖ 中冶京城工程技术有限公司隶属于中冶集团（世界 500 强之一）

❖ 技术部 7 名实习生中唯一一名本科生

❖ 协助项目经历完成基础设计工作

❖ 参与北京燃气储罐设计，二维作图

❖ 积累了大量的机械行业实践经验，锻炼了在实际工业生产中进行机械计算和设计的能力

＜良好的专业英语基础＞

北京蒙飞亚机械专利有限公司文服事业部　　实习助理　　2008.10

❖ 翻译冶金制造、石油化工方面的专利文献，总计 10 万字以上

❖ 成为公司首个翻译专利文献被采纳的实习生

❖ 被公司授予优秀实习助理称号

❖ 提高了机械专业英文翻译水平，阅读了大量国内外最先进的机械专利文献

＜良好的综合素质＞

北京新东方口语中心　　　　　　咨询助理　　　2007.10

❖ 帮助前来咨询的学生讲解新东方课程设置并推荐课程

❖ 后期收集学员的反馈信息，并整理成报告

❖ 锻炼了与人沟通和协调的能力，同时学会了耐心的对待工作

点评：

这份简历结构清晰，求职意向明确，重点突出，语言精练，是一份不错的简历。这个学生在撰写工作经验这部分时，都进行了工作职责和结果的描述，同时也用了数据支撑，显得这部分内容很丰满。

4. 简历的投递

投递简历前我们首先要了解单位，阅读招聘简章，明确职位需求；其次根据职位描述，对简历进行调整，通过增删内容、修改格式等方式使简历中所突出的自身核心能力与单位招聘的职位吻合，实现人职匹配；最后检查简历整体是否符合上面写的简历制作原则，确定没有问题后（特别是不能有错别字）投递简历。

目前简历投递的主要方式有以下三种：

（1）E-mail。毕业生通过 E-mail 投递简历时邮件主题要写清楚，一般用人单位会要求格式，例如"应聘××岗位—学校—学历—专业—姓名"。由于有的毕业生简历电子版比较大，为避免用人单位难以下载，建议上传附件的同时，将简历直接粘贴在邮件内容上。此外，特别说明的是：大家不要把简历的名称定义为"简历"这么简单，应该包括以下元素"学校—学历—专业—姓名"，比如：北京科技大学—本科—材料专业—王某，让用人单位在接收你的简历时能一目了然。

（2）网申。网上填写一次后要将填写的内容另外保存一份电子版，这样便于以后再次投递时直接进行修改，节约时间和精力。

（3）邮寄。邮寄简历时一定要将资料放整齐，避免揉搓，同时在写用人单位地址时一定要字迹工整，不要涂改。

（三）附件材料

毕业生在找工作时，除必须准备好求职信和简历外，用人单位有时还会要求一些附加材料，因此毕业生也要在求职前将以下常用的附件材料准备好。

1. 盖学校章的成绩单

求职前毕业生应该准备好足够的盖有学校章的成绩单，并且成绩要真实，不能捏造成绩或私自删减不及格课程。

2. 就业推荐表和三方协议

就业推荐表和三方协议每人只有一份，丢失补办的手续比较复杂，因此毕业生一定要妥善保管好。

3. 推荐信

毕业生的专业课老师(或对你有过专业指导的专家)对学生的专业学习能力及品行进行客观的评价。

4. 英语四级或六级等级证书(或复印件)

5. 获奖证书及荣誉称号证书(或复印件)

特别是较高级别的竞赛获奖证书,能为你的求职加分很多。此外,奖学金的获奖证书也对毕业生求职很有帮助,它是你大学四年学习能力和态度的最有力的肯定。

6. TOEFL、GRE、计算机等其他证书(或复印件)

有些单位除要求英语四、六级成绩单和获奖证书外,还需要应聘者附上计算机等级、TOEFL 和 GRE 证书等。特别是上海的企业,因为涉及申报上海户口需要打分的政策,有些证书可以加分。

7. 报考的各具体单位的报名表、准考证等文件

目前的公务员考试基本都是直接在网上报名和打印准考证,考生需要在规定的时间内在网上填写报名表并打印准考证,否则没有资格参加考试。此外,现在很多知名企业也采用这种方式,因此大家在参加笔试或面试时必须准备好单位要求的报名表或准考证。

8. 证件照和生活照

在求职前毕业生应拍摄一张穿正装的证件照,好的照片能够为你的简历加分,同时也要冲洗一些一寸和两寸证件照,很多报名表需要张贴。此外,在应聘一些公关类等对求职者形象要求较高的岗位时,有时还需提交生活照。

9. 作品材料

设计类专业的毕业生在求职时,用人单位可能会要求附上能够证明你设计能力的作品材料,比如艺术设计专业学生的作品。

五、求职过程准备

(一) 笔试准备

笔试的准备需要毕业生提前做大量的准备,不同企业笔试考查的重点都不相同,主要有专业笔试、综合笔试和英语笔试三种。由于不同的企业,笔试的针对性比较强,不便于一一介绍,所以这里只做简短说明。

1. 专业笔试

一般企业在招聘专业性人才时要进行专业笔试,专业笔试主要考查学生专业基本功的掌握程度,不同行业考查的内容也不同,题目主要结合企业需求以及企业主要从事哪方面的研发或设计等来制定。

(1)金融机构。主要考查金融知识,如果是投资银行还会考货币银行的有关专业知识,比较偏重于常识与实务,例如货币的三个层次(中国 M0、M1、M2 的划分),汇票的具体操作等等。

(2)IT 行业。主要考查编程能力,一般会出一段程序语言让毕业生补全或修改。

(3)机械冶金行业。主要考查一些行业基本概念和在实际中的运用。

(4)新闻、文职类工作。一般会要求针对某热点问题写一篇评论等。

不同的企业专业笔试的侧重点不同。我们在求职前可以在网络上搜集该企业笔试的相关内容,或者咨询以前有参加过该企业笔试的师兄师姐,从中获得宝贵的经验。

2. 综合笔试

目前,越来越多的企业对求职者进行一个综合能力的笔试,主要包括行政能力测试和性格测评。其中,行政能力测试有些类似公务员考试,包括逻辑推理、常识判断、资料分析等;性格测评主要是心理测验,通过测试的方式考量求职者性格是否与招聘职位相匹配。

3. 英语笔试

一些外企或国有大型企业越来越重视学生的英语水平,在笔试中基本都会加入英语测试,主要有英译汉、汉译英、阅读理解、写作等形式,只是不同行业侧重的英语方向不同。例如,金融行业主要考查金融英语翻译,冶金机械行业主要考查专业文献阅读或翻译,IT 行业主要考查编程中英语词汇的意义,新闻行业主要考查新闻英语的写作能力,贸易类职位主要考查日常英语的运用能力等。

(二)面试准备

面试是求职过程的一个核心环节,是双向选择的过程,面试的成功与否直接决定你是否被录用。

1. 面试前期准备

(1)自我调整。面试前要做好心理调整,求职面试其实就是一种竞争,同学们应做好成功和失败两种心理准备。面试前应多设想几种方案,确保面试时能冷静处理各种情况。同时认真准备个人情况概况,既要实在又要有特色,做到可以在简短的自我介绍中让用人单位对你有较充分的认识和了解。

(2)了解用人单位和职位需求。面试前首先要上网搜集用人单位的相关资料,如工作性质、人员结构、组织结构、工资标准、用人原则及择人倾向等。对用人单位基本情况的掌握,不仅可以使自己做到知己知彼,而且对择业计划的制订和求职程序的设计都会带来一定的帮助。

(3)常见问题准备。现在有很多求职网站针对应届毕业生有很多论坛,可以通过这些论坛搜集往年该公司面试常见问题,以便针对性地做好准备工作。

(4)仪表、资料准备。面试头一天将第二天参加面试的服装、资料(简历、证书等)准备好。

2. 面试礼仪

(1)自信。面试时一定要充满自信。一个自信的人,才会有良好的精神面貌,才会有良好的心态,才会表现出开朗、乐观、热情大方、积极向上,这也是应聘单位很注重的个人素质。

(2)举止大方得体。面试时举止要大方,展示你的气质和风度。大学生在面试过程中由于紧张时常会有一些不得体的举止,如坐姿和站姿不雅观、表情僵硬、不雅的小动作(挖耳朵、耸鼻子、拨头发、用手掩嘴等)、东张西望、眼神游离不定或死盯对方不放、唯唯诺诺、随意打断对方说话等。

 小贴示

求职时小细节

□ 握手:掌心相对,对等相握,上下振动三次左右为宜,力量适中

□ 抱握手(侧握):感激,祝贺

□ 按握手(从上往下拍):慰问,嘱托

□ 拍臂式握手:夸奖,赞誉

□ 拱手礼:右手握拳,左手抱拳

□ 自我介绍时应说"我是某某某",不能说"叫","叫"有贬义

□ 不在公共场合跷二郎腿

---

(3)着装得体。应聘者求职时,招聘单位不仅注重你有多少本事,同样也注重你的外表留给人的印象。一般来说,大学生穿着只要整洁、大方、得体就行,男士不一定西装领带,女士不一定职业套装,但切忌颓废邋遢;切忌穿着过于时尚、前卫,过于暴露,颜色过于艳丽,装饰品过于夸张复杂。总之,不管是男生还是女生在求职场上给人以整洁、大方、朝气蓬勃的感觉就行了。

(4)谈吐得当。良好的语言表达能力是最基本的能力之一。因为大学生缺乏社会经验,所以与 HR 交流时往往会紧张,通常表现的过于孩子气,说话时颠三倒四、吞吞吐吐、重点不明、答非所问,语言表达平淡而无激情,声音忽高忽低等,这都给 HR 留下很不好的印象。

(5)礼貌告辞。与面试官交流结束后面试并没有结束,这时求职者应该主动起身,面带微笑,和面试官握手告辞,并且表示感谢,然后有礼貌地退出面试室。

3. 面试基本技巧

(1)相时而动,随机应变。随机应变能力就是考查应试者的应变能力,面对各种面试,随机应变能力显得尤为重要。应试者只有沉着冷静才可能做到相时而动、随机应变。因此首先求职者要认识到面试官和你是在平等的基础上进行双向选择的,你并不是被动的,是通过交流、沟通做出彼此的选择,所以不要让自己处于被动地位,更不要卑微,要适时地大胆发表自己的见解。

(2)扬长避短,灵活避免自我缺点。面试官有时会让你谈自己的缺点,毕业生常常会实话实说:"我不太合群,喜欢独来独往"、"我脾气有点急躁"……人都是有缺点的,但这样回答太过于直接,可以用较模糊的语言来回答,比如,可以针对普遍学生都有的缺点来回答这个问题:"社会实践不够、社会阅历较浅"等。

(3)巧妙应对刁钻问题。在面试中面试官有时会问一些刁钻的问题,面试者这个时候不要慌乱,一定要沉着冷静,巧妙的应答会给你的面试加分很多,比如,面试官问:"你觉得自己的缺点是什么?"这种问题看似简单,但是回答却需要有所准备,一方面不能弄虚作假、矫揉造作,另一方面又不能说得过多、过重,给自己的面试减分,所以聪明的面试者往往会列出一个和自己应聘的岗位无关、但又实实在在的缺点,例如,你应聘的是一个会计类,需要细致认真又坚持原则实事求是的岗位,回答这个问题的时候自然不能说自己的缺点是"很粗心大意和不耐心",因为这样的缺点对于你要应聘的岗位来说是致命的,而如果说自己的"爱好不够广泛"之类则与应聘工作无甚大碍,这类的缺点既能答复面试官,又不会对自己的应聘带来负面影响。

(4)寻求面试中的转折点。面试中遭遇不利问题或发挥不好是常见的,面试者要沉着应对,努力寻求一个转折点,让面试官的思维迅速扭转,对你重新关注。可以巧妙利用提问,就面试前自己准备很充分的问题谈谈自己的观点或看法,还有就是从面试官提出的问题中分析他的思路和喜爱,与他共同探讨他所关心的问题。但是这个"转折点"并不是随便就能找到的,一定要根据情况而定,不能弄巧成拙。

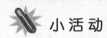 **小 活 动**

模拟面试

步骤:

1.把学生分成若干个小组(5人),让大家群策群力地设想面试过程中可能遇到的问题(写8个),并把问题写到纸上。

2.小组成员共同选出他们认为最好的5个问题,选择的标准可以是最难回答的、最能揭示弱点的或最不寻常的。

3.请每个小组大声地把他们的问题读给大家听,然后把问题收上来。

4.挑选出四个志愿者。三个志愿者扮演求职者,第四个扮演面试官。

5.面试开始,面试官先快速浏览小组选出的问题,他可以使用这里列出的问题,也可以即兴发挥问一些问题。面试时间10分钟。

6.面试结束后,请全班同学投票选出一个申请者。也可以对他们的表现给出你的意见。

4. 面试常见问题回答

(1)自我介绍。用简洁的语言介绍自己的基本情况及求职意向,给面试官留下一个初步印象。

问1:请先谈谈你的情况。

应对:提前做好准备,突出个人优势,注意三分钟和一分钟个人介绍的区别,中文和英文都要准备好。

问2:你对公司的了解如何?你近期所应聘的公司情况?你对选择公司

的想法？

应对：这个问题要提前做好功课，把自己的求职目标加入，表明自己对公司的兴趣。老练的应聘者都会问这个问题；他们试图通过这个问题来了解你的工作动机以及你先思后行的能力。

问3：你为什么来应聘这个岗位？

应对：可以回答你对这个岗位的了解，自己的专业情况与岗位的契合度，包括公司在哪些方面对你有较强的吸引力等。

问4：你对自己未来的职业规划，对目前的发展情景是否满意？

应对：不管怎么回答，都应当表现出一定的满意度，而且正是这种满意度促使你向现在的方向寻求发展。

（2）工作经历。有关学习或工作经历的问题最重要，原因有二：第一，这些问题迫使应聘者重新回顾其学习或职业生涯。第二，这是应聘者展示才华的良机。

问1：你的成绩如何？

应对：实事求是地回答，但是可以将你擅长的课程重点介绍，同时该课程最好与应聘岗位有关系。

问2：参加过哪种学校活动？

应对：参与的活动最好能体现你的团队合作等能力的。

问3：如何评价你的课程或讲师？

应对：讲述一个值得你尊敬和学习的老师的事迹，重点突出某种品质是你学习的。而这种品质最好也与应聘岗位相关。

问4：你所做的最重要决策是什么？

应对：态度客观地指出是工作中的哪些方面要你做出重要决策，并能够体现你良好的决策能力。

（3）能力介绍。企业越来越普遍地运用行为方面的问题来判断应聘者干练与否。这种方法的拥护者认为，过去的成绩是其未来表现的最好写照（"能做"意即"将会做"）。

问1：你的个性风格怎样？请举例说明。

应对：想一个你通过别人完成工作的机会，回忆一下什么使你效率高或无效率。你是否同别人有效交流了？强调了团队精神吗？有没有亲自动手？

问2：描述一下团队四分五裂时的情形。出现这种结局，你从中扮演什么角色？

应对:不要担心问题事关自己"失败"。面试官只想了解你过去如何应付困境:第一,出现问题时你能否看清问题;第二,能否采取应对措施。

问3:描述一下你目前学习中某个普通一天发生的事。

应对:这个问题使你有机会来确定并建立一种观察具体工作的方式,即某一天的具体活动和所取得的成绩。注意,即使不是昨天发生的事情,你的描述也应当准确。

(4) 教育背景。

问1:你为什么选择这个专业?

应对:与你的求职目标结合。

问2:从专业课程中学到什么?

应对:这是一个你总结自己学习经历的机会,应从知识、技能和人际关系三方面谈谈。

(三) 最终约谈

面试结束后,如果一段时间后(约一周)还没有消息,毕业生可给用人单位打电话询问一下是否出最终结果。

如果被录用,用人单位一般会在签约前与毕业生约谈一次。约谈主要围绕员工后期发展、薪酬待遇等方面的事宜,如果毕业生对用人单位比较中意,可携带三方协议与对方签约(求职全过程如图 3-10 所示)。

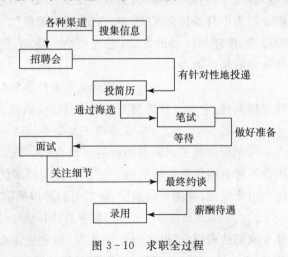

图 3-10 求职全过程

第四节 创业基础:创业能力准备

对所有创业者来说,永远告诉自己一句话:从创业的第一天起,你每天要面对的是困难和失败,而不是成功。我最困难的时候还没有到,但有一天一定会到。

——马云

一、创业:机遇与风险并存

(一) 何为创业

"创业"这个词对于今天的大学生来讲就如同"打酱油"一样耳熟能详,"创业"带给人们的遐想往往与"财富、成功、风险、鲜亮、激情、自信"这些词联系在一起。但是有多少人认真思考过什么是创业,创业的本质又是什么?

"创业"这一概念源于英文 entrepreneur,意为企业家、创业者,国内也曾翻译为"创业精神"。关于"创业"的定义,目前还没有形成一个统一的观点。这可能是因为创业行为本身就包含着"改变、创新、不确定性"的因素吧。

创业是一种思考、推理和行动的方式,它为机会所驱动,需要在方法上全盘考虑并拥有和谐的领导能力。

—— 创业教育大师蒂蒙斯(Timmons)

创业是一种管理风格:它去寻找机会而不顾目前已控制的资源。

——霍华德·史蒂芬(Howard Stephen)

创业是个人不考虑当前所控制的资源而追求机会的过程。创业行为的本质在于识别机会并将有用创意付诸实践。创业行为所要求的任务既可以由个人也可以由小组来完成,并需要创造性、驱动力和承担风险的意愿。

——布鲁斯(Blues)和杜安(Duane)

结合国内外专家们的观点,可以将创业定义为:创业是富有创业精神和创业能力的创业者(个人或团队),不顾当前资源条件的限制,创造或识别机会,将机会与不同的资源组合利用并创造价值的过程,如图 3-11 所示。

图 3-11 创业的定义

创业活动本身是一种经营活动,创业活动普遍存在于各种组织和个人活动中,但不能把创业等同于一般的经营活动,创业是经营活动的动态过程,创业往往侧重经营活动的前段,更多地强调机会、创新、创造、发展、价值及对社会的贡献等。

在这里涉及创业的关键因素 ——"创业机会"。创业活动也可以理解为就是识别机会,开发和利用机会,实现机会价值的过程。蒂蒙斯提出,创业过程的核心是创业机会问题,创业过程是由机会驱动的。创业机会在创业者的不断开发下,转化为商业机会,形成新的企业,这是一个复杂的、无序的、非系统化的过程。而创业机会就是技术、经济、政治、社会以及人口环境发生了变化,使新产品、新服务、新原材料和新的组织形式出现了新的情境。创业可以被发现,也可以被创造。

(二) 就业维艰,何不当自己的老板

近年来,由于遭受金融风暴的影响,我国经济也遭受到改革开放以来前所未有的外部冲击,就业市场整体不景气,大学生就业形势十分严峻。

有学者通过对部分高校大学生的择业观进行较为翔实的定量分析,主要包括:总体上看,大学生的择业动机首先关注自身生理的需要,其次表现出自尊的需要,再次表现出自我实现的需要;择业标准方面,大学生更加关注自我,更加务实,世俗化倾向明显;大学生择业途径多样化,主要途径是参加招聘。从性别、院校、学科、年级、城乡五个角度来看大学生的择业观(如表 3.4.1 所示):

表 3.4.1 大学生的择业观

大学生择业观			
		择业动机	择业标准	择业途径
性别	男	自我实现的需要	自我实现的需要	倾向自主创业
	女	自尊的需要	生理的需要	倾向参加招聘

续表

大学生择业观				
		择业动机	择业标准	择业途径
院校	重点	自尊的需要	生理的需要	倾向参加招聘
	普通	自我实现的需要	生理的需要	倾向自主创业
学科	文科	自我实现的需要	生理的需要	/
	理科	/	安全的需要	/
年级	高年级	自尊的需要	生理的需要	倾向参加招聘
	低年级	自我实现的需要	安全的需要	倾向自主创业
城乡	城市	自尊的需要	生理的需要	利用社会关系
	农村	自我实现的需要	社交的需要	参加招聘和自主创业

　　通过统计和分析,大学生的职业观很清晰地分为两种:打工和创业。在经济不景气的时刻,创业是社会和个人走出困境的一种有效途径。所以,此时此刻,创业已成为社会关注的亮点,成为实现人生价值的一个有效途径。即将进入就业市场的你,面对惨淡的就业市场时,可以考虑是否当自己的老板,为自己打工。

(三) 大学生创业优劣分析

1. 大学生创业的优势

（1）自身优势

　　① 大学生往往对未来充满希望,有着蓬勃的朝气以及"初生牛犊不怕虎"的精神,而这些都是一个创业者应该具备的素质。

　　② 大学生在学校里学到了很多理论性的东西,有着技术优势。大学生创业从一开始往往会走向高科技、高技术含量的领域,"用智力换资本"是大学生创业的特色和必然之路。一些风险投资家往往就因为看中了大学生所掌握的先进技术,而愿意对其创业计划进行资助。

　　③ 现代大学生有创新精神,有对传统观念和传统行业挑战的信心和欲望,而这种创新精神也往往造就了大学生创业的动力源泉,成为成功创业的精神基石。

　　④ 创业能提高创业者的能力、增长经验,以及学以致用;能够通过成功

创业,可以实现自己的理想,证明自己的价值,这些都对大学生有着很大的吸引力。

⑤ 意欲创业的大学生,往往属于"一人吃饱,全家不饿"的状态,家庭负担少,阻力少,束缚少,具有甩开膀子拼一把的小环境。

（2）外部环境优势

① 良好的创业氛围:据清华大学中国创业研究中心发布的《GEM 全球创业观察 2003 中国报告》称:中国的全员创业活动指数（TEA）为 11.6%,在全球创业观察成员中排第九名,属于创业活动比较活跃的国家。一个好的创业氛围,会对大学生创业者起到激励的作用。

② 政策的扶持:2002 年国务院办公厅转发教育部等部门《关于进一步深化普通高等学校毕业生就业制度改革有关问题意见的通知》,明确提出鼓励和支持高校毕业生自主创业;近年来,教育部、人力资源和社会保障部等各部委相继出台了一系列指导大学生灵活就业、自主创业政策,营造与大学生创业相关的政策环境、法律环境、商业环境等。特别是 2010 年,中央有关部门下发文件,对持《高校毕业生自主创业证》的毕业生创业,给予减税的优惠政策。各个地方政府也积极响应国家政策对大学生创业的支持,创建科技孵化园,鼓励大学生创业团队入驻。

③ 社会风险投资机构也进一步加强了对大学生创业项目的关注和支持。

2. 大学生创业的不利因素

（1）自身因素

① 大学生的人生经历往往是从校园到校园,缺乏社会经验和职业经历,尤其缺乏人际关系和商业网络。对商海的凶险、复杂性认识不足。

② 大学生创业因为缺少资本原始积累的过程,没有经济实力,缺乏起步资金。在校大学生信用档案与社会没有接轨,商业信用缺乏,导致大学生创业融资借贷困难重重;

③ 在起始方向上缺乏可行性分析,缺乏真正有商业前景的创业项目,许多创意经不起市场的考验,具有一定的盲目性。喜欢纸上谈兵,市场预测普遍过于乐观;眼高手低,好高骛远,看不起蝇头小利。

④ 大学生创业缺少法律、经营、信贷、管理等方面的知识,亟待培训指导。

（2）外部因素

① 没有形成一整套支持大学生创业的政策和法规。近年来,政府各部

门颁布了一系列针对大学生创业的优惠政策，为大学生就业提供了方便的条件和广阔的平台。然而，由于大学生并非我国现有创业大军的主体，地方政府部门如工商、税务、人力资源和社会保障等对大学生创办企业还没有引起足够重视，还没有形成一整套支持大学生创业比较完善的政策和法规。

② 大学生创业服务体系尚未形成。缺乏对大学生创业的资金支持，创业资金缺乏，大学生创业难为无米之炊。大学生创业的社会福利和必要保障缺失，使得大学生创业失败后，没有任何保障，使很多大学生对创业不敢问津。

③ 大学生创业教育理念和机制缺失。我国创业教育起步较晚，对大学生开展创业教育更为薄弱，而且现行的教育体系还没有真正从应试教育向素质教育、从就业教育向创业教育的理念转变。

创业行为的特性决定了创业活动对创业者自身和环境的高要求，任何一个微小的劣势都最终可能演变为创业失败的终极杀手。每一个创业的大学生在迈出创业第一步之前，一定要踏实下来认认真真地分析接下来的每一步，提高创业者自身的各方面素质和创业企业发展的前期准备，以迎接前进道路上不可预知的风险。创业，是一个少数人成功的游戏。

（四）创业，少数人成功的游戏

"今天很残酷，明天更残酷，后天很美好，但是绝大多数人死在明天晚上，见不着后天的太阳。"这是创业家马云在形容创业初期企业生存状况时说的一段话。大学生的创业成功率究竟是多少呢？根据广东省团委公布的数据，广东省大学生创业成功率是1%；全国大学生创业成功率最高地区的是浙江，也只有4%；根据上海市团委2008年提供的数据，当前中国大学生创业成功率平均为2%。所有这些数据决定了失败是大多数大学生创业活动的结局。

创业活动的高要求和商业活动的规律性，决定了创业活动本身就是一项"一将功成万骨枯"的高难度动作。一项调查显示国内创业企业中每100家只有20家到30家可以熬过1年，而熬过3年的企业又只占这其中的30%。所以，作为一个创业者，我们不能只看盖茨、马云、李彦宏的成功辉煌，还要想象到在他们前进的道路上，曾经有多少个可能的盖茨、马云、李彦宏被他们踩在了脚下。

腾讯网的一项关于创业的调查显示：近一半的参与者认为大学生创业成功率低的原因主要是由于缺乏实践经验（49.27%），其次是缺乏资金支持

（28.07％）。事实上,实践经验的确是大学生创业面临的最大问题,大学生缺乏必要的生产与社会实践经验,内在的经验与能量、能力储备不足。资金问题也是大学生创业所面临的又一难题。研究劳动问题的专家郭兴昌指出:当前的社会现实是,大学生创业如果没有来自家庭的支持,很难获得创业资金。目前,虽然国家和各地方政府对大学生创业给予不同的优惠政策,但在政策的落实、程序的简化上做得还不够到位。因此,对很多想要创业的大学生来说,即使有了创业的方向,找到了合适的项目,缺少资金来源也将成为一道难以逾越的障碍。所以,创业对于多数大学生来讲感觉有些遥不可及,是属于少数人的游戏。

二、选择适合自己的创业道路

（一）审视自己的创业动机和创业素质

创业是创业者通过机会识别,在充分考虑自身条件、经过缜密的市场调查和准备后开创事业,整合资源并建立企业。创业只有知己知彼,才能百战不殆。

1. 审视自己的创业动机和目标

创业动机和目标直接影响创业的成败和难易。一般创业者的创业动机可分为以下四种类型(如表3.4.2所示):

表3.4.2 创业者的动机

创业者的创业动机	
被迫型	创业者的社会关系不是很多,手中资源也有限。这类人包括毕业找不到工作的学生等。他们多是白手起家,寻找机遇。从小企业开始创业,不断积累,逐步成长。
主动型	创业者自身有一定的专业特长、资源市场或资金,利用这些资源优势,理性创业,充分准备,成功的概率比较高。
资源型	创业者曾在党政军团、行政事业单位掌握过一定权力,或者在企业中有过相当的经历,也有在企业中掌握了相当的资源,有着一定的市场资源、项目资源、资金资源、信息资源或人脉资源等,他们借助适当的时机,开始创业。这些创业者,由于起步较好,资源丰富,成功概率很高,且大多数都能达到相当大的规模。
随机型	创业者自身或家庭有良好的条件,创业风险对他们没太大压力,赚了钱更好,赔了也无所谓,是以一种令自己快乐的生活方式。

创业目标大致也可分为以下四类：

(1) 想要实现个人梦想、相信创业是致富的唯一途径；

(2) 能在市场上发现机会，并相信自己的经营模式比别人更有效率；

(3) 希望将自身拥有的专长发展成为新企业；

(4) 已完成新产品开发，而且相信这项新产品能在市场上找到利润空间。

2. 测试自己的创业基本素质和条件

在创业开始之前，创业者需要评估自己的优势和劣势，看看自己是否具备创业的素质和能力。对此，已有许多相关研究成果，创业者可参考本讲相关内容进行自我测试，也可通过认真思考和回答以下问题，来初步判断自己是否有创业的基本素质和能力(如表 3.4.3 所示)：

表 3.4.3　创业前的思考

创业前的思考	
你适合创业吗?	作为创业者或者小企业的领导者,在如何拓展业务、如何定位市场、如何管理财务和员工等各种细节,经常需要做出决定,而且这些决定是在压力环境下要求你迅速独立完成的。创业需要热情、需要理念,更重要的是你的综合能力,包括你的策划能力、组织能力、团队组建能力、决策和综合管理能力、风险(资金风险、团队分歧风险、核心竞争力缺乏风险等)规避能力等。
你能长时间保持创业激情吗?	运营一个企业有时能把你的意志耗尽。尽管有些企业主感觉自己要被肩上的责任重担压垮了,但是强烈的创业激情和坚强的意志,却能够使其企业成功,并且在遇到经济衰退等困难的时候帮助他顽强地生存下来。因此,检查你选择自主创业道路的原因,确认这些原因在今后创业的道路上无论碰到什么困难,都将激励你勇敢地坚持下去。至少你的创业冲动能够强到使你长时间保持创业的激情。 认真检查你个人拥有的技能、经验和意志。因为有可能在相当长的一段时间内,企业的业务没有进展,有可能会出现与员工发生思想激励碰撞的现象,不理解你、不支持你的现象也可能会经常发生,这将会使你感到郁闷、孤独,你准备如何承受?你承受得了吗?
你的身体和精神状态适合创业吗?	创业过程充满挑战,意味着长期而艰苦工作的开始。同时,创业也意味着创业者需要更加努力、自觉地工作,将失去很多休息时间。身体健康是承受创业高强度体力和精神压力的前提,你的身体健康状况是否允许你从事这样的工作?因为在创业过程中,有时会令人非常兴奋和愉快,有时会给人带来烦恼和颓丧,你有没有这样的心理准备?

续表

创 业 前 的 思 考	
你的家庭支持你创业吗?	和谐稳定的家庭是事业成功的基础,创业之初对你的家庭生活影响很大,能否成功,你的家庭支持也很重要,你确信你的家庭会支持你吗?
你准备承受创业初期的风险吗?	创业始终伴随着风险。在确定了创业目标后,创业者接下来要问的问题是:创业的风险有哪些? 我创业最坏的结果是什么? 我能否接受? 我能否从坏结果中走出来?

创业的外部环境固然重要,但创业者自身的特质却是在创业活动中起主导作用,但正所谓内因是事物变化的根本原因。创业者的经历、生存环境等背景差异较大,创业动机、个性特征也各不相同,一般具有独特的才能或技术,但往往也都有自身的缺点,这导致了很多创业最终归于失败。投身创业并取得成功的创业者也是具有一定共性的,有着相似的心理及性格特质。

(二) 准确的定位是成功的开始

当我们已经打定主意要干一番自己的事业的时候,下一步就要考虑自己要干什么、怎么干、准备干成什么样? 也就是为自己的创业进行定位分析。

"定位"一词源自于《韩非子·扬权》:"审名以定位,明分以辩类。"原意为确定事物的名位,把事物放在适当的地位并做出某种评价。对于创业者来讲,定位就是正确分析自己以及自己所处的环境,从而确定一个最优的创业发展规划。一个适合自身、适应环境的创业行业、模式、规模,是创业成功的基础和开始。

小故事:淘金小农女

19 世纪,美国加州发现金矿的消息使得数百万人涌向那里淘金。17 岁的小农女雅姆尔也在其中。一时间,加州的淘金人水源奇缺、生活艰难。大多数人没有淘到金,小雅姆尔也没有,不过细心的她却发现远处的山上有水。于是,她在山脚下挖开引渠,积水成塘。她将水装进小木桶,每天跑十几里路去卖水,做无本的生意。淘金者中有人嘲笑她放着金子不淘却去卖水,但她不为所动。许多年过去了,大部分淘金人空手而归,而雅姆尔却获得了 6 700 万美元,成为当时为数不多的富人之一。

小农女雅姆尔的"淘金"成功,正是由于她对自身及自身所从事事业的正确定位。身为一位柔弱的小女子,她避开了自身的弱势,没有去与数百万人争夺已经严重饱和的淘金事业,而是独辟蹊径盯上了一个在金矿面前多数人都不屑一顾的供水生意。前瞻性的目光、竞争对手的缺失,使她能够先人一步,便宜地占据了虽然很远、但却是最"近"的水源,引渠积水成塘,形成资源垄断。再看外部环境,因淘金热造成的水资源短缺和数百万人的供水需求,使这个本来看似薄利的卖水生意在当时当地成为一个巨大的"金矿",不管你能否淘到金,你都要乖乖付钱到我这里买水用。积少成多、滴水成金,小农女雅姆尔就这样成为了淘金成功的大赢家。

小故事:研究生面馆

2004年11月21日,成都市一所高校食品科学系6名研究生在成都著名景观——琴台故径边上开办的"六味面馆"隆重开业。开业当日生意火爆,仅中午时分就进账1 200多元,晚上又卖出400多碗面。"色香味美,有食则名;汤清面雅,有鲜则灵。斯是面馆,唯我独欣。窗明几上净,餐色满目新。谈笑有师儒,往来尽相亲。可以任腹求,品佳肴。无琴瑟之乱耳,无洋腊之矫情。酸甜苦辣咸,鲜字更当精。"此之谓"六味面馆"。第一家店刚开张,6位股东已经把目光放到了5年之后,一说到今后的打算,他们6位异口同声地说:当然是开分店啦!今年先把第一家店搞好,积累经验,再谈发展。他们准备五年内在成都开20家连锁店,到时候跟肯德基、麦当劳较量较量。

遗憾的是,原本想以研究生之名来制造广告轰动效应,但事情的发展却出人预料。这家当初在成都号称第一研究生面馆的餐馆仅仅经营了4个多月,就不得不草草收场。探究其原因有三点,一是管理上出现混乱,研究生老板们称功课繁忙,所以店堂内经常无人管理。而在面馆开业不久,6位研究生老板曾接到学校紧急通知,回校座谈——就他们学业和事业做出权衡。二是生意不红火,附近商家评价:味道不好,分量不足,吃不饱;面馆所在街道非繁华商业市区。三是每月支出庞大,入不敷出。

比较"淘金小农女"的成功与"研究生面馆"的失败,可见在创业实践中,准确定位比学历更重要,创业定位适合自身、迎合市场是成功的开始。

(三)谋事在先——SWOT分析法

商场如战场,创业就是个战场,为了降低失败的风险,创业之前,一定要有清楚的定位和清晰的战略规划。

美国学者费来德·R.大卫在《战略管理方法》一书中，认为定位和战略规划主要由四部分组成，即经营宗旨确定、外部环境评估、内部环境评估和战略分析与选择。通过以上四个步骤实现四个目标：

1. 明确企业的宗旨；
2. 建立起中长期的奋斗目标；
3. 选择适应自己企业的战略；
4. 制定实施战略的相应政策。

战略分析与选择阶段是企业战略形成过程中的最后一个阶段，也是最关键的一个阶段。战略分析和选择将决定着企业的发展和命运。[①]

在这里，我们不妨借用一种常用的分析方法——SWOT分析法，为自己的创业实践做一次科学的战略定位分析，然后再决定是否干、怎么干，确定自己的发展方向和实施规划。SWOT分析法又称为态势分析法，是由旧金山大学的管理学教授于20世纪80年代初提出来的，SWOT四个英文字母分别代表：优势（Strength）、劣势（Weakness）、机会（Opportunity）、威胁（Threat）。运用这种方法，可以对研究对象所处的情景进行全面、系统、准确的研究，从而根据研究结果制订相应的发展战略、计划以及对策等。

做SWOT分析并非是容易的事情，这不仅需要我们认真对待，还需要花工夫做足前期的调研，要考虑全面，也要避免复杂化和过度分析。

抛开创业的激动和兴奋，静下心来，踏踏实实进行一次详尽的创业定位和战略分析是必需的。当做完详尽的定位分析后，我们将会发现很多没有意识到的问题和机会，从而制订一个连贯可行的创业发展策略。创业成功，是每一个创业者的梦想。为了实现这个梦想，请认认真真地为自己的创业做些实事吧，成功创业从成功定位开始。

（四）发现适合自己的道路

这是每一位创业者都必须要认真思考的问题。不同的人具有不同的能力、素质和资源，而不同的创业项目需要创业者具备不一样的能力、素质和资源。而我，到底要干什么呢？

首先需要通过对自身创业条件的分析，分析"我"的基本属性是否适合

---

① 黄浩明：《国外新兴管理学科介绍——战略管理学》，《管理现代化》，1997年第2期。

创业,分析一下自己能干什么、具备什么特殊竞争条件,以及本身能够组织运用的资源有什么特殊竞争力,然后在此基础上再去考虑自己要去干什么。这也就是SWOT分析中的第一部分SW,主要用来分析创业者的内部环境和条件,并对自己的优点和缺点做一个综合、客观的分析和评价,在此基础上对自己的创业进行定位。资源可以分为有形资源和无形资源。有人对资源做了这样的分类:一是健康的身体,二是资产的存量,三是资产的流量,四是人际关系网,五是个人的心理结构与特征,六是知识结构与特征,七是个人品牌。其中一、二、三是有形资源,后面的则是无形资源。

　　"干什么?"的作用对象,是"我"所处的环境。所以这就需要我们对自身所处的环境进行分析,也就是SWOT分析法中的第二部分OT,主要用来分析外部条件和机会。我们要分析一下,环境为我们提供了什么创业机会(关于创业机会在下一节有介绍),市场需要我们干什么。"时势造英雄"、"顺天者昌,逆天者亡"的道理在创业中已经体现得淋漓尽致。这里所谓的"时势"、"天"指的就是市场需求。顺应市场需求你就能够生存发展,违背市场需求你就只能黯然退场。

　　适合自己的才是最好的。"我能干什么"或"市场需要我们干什么"中任何一个孤立的答案都不能回答"我要干什么"。只有二者的答案趋于一致的时候,才能恭喜你已经找到了答案。所有创业的成功,最终都要靠外在机会与内部条件的结合。这两股力量就好比剪刀的两片刀刃,或者是一双筷子的两根一样,不论是从哪里先着力,最后都必须是两股力量会师,才能有克敌制胜之功效。

三、创业准备

（一）创业能力准备

　　创业的本质是创业者整合资源、追逐机会的艰辛过程。要成功创业,外部的环境固然重要,但创业者自身的特质却在创业活动中起主导作用,正所谓内因是事物变化的根本原因。创业不仅需要创业者富有开创新事业的激情和冒险精神、面对挫折和失败的勇气以及各种优良的品质素养,还需要具备解决和处理创业活动中各种挑战和问题的知识和能力。创业者不仅需要受雇就业者不同的能力,同样的能力也需要创业者达到更高的水平。

　　我们依据麦可思(MyCOS)2008年的一份调查结果,分析一下创业者与受雇就业者之间所需要基本工作能力对比。

1. 创业要求的基本工作能力不同于受雇就业者

表3.4.4是创业者与受雇就业者各自需要的前四种基本工作能力排序、工作要求水平和毕业离校时掌握的水平：

表 3.4.4 四种基本工作能力的相关数据

序号	受雇工作要求的基本能力排序	工作要求达到的能力水平(%)	离校时掌握的能力水平(%)	自主创业要求的基本能力排序	工作要求达到的能力水平(%)	离校时掌握的能力水平(%)
1	积极学习	62%	55%	有效的口头沟通	64%	52%
2	有效的口头沟通	59%	51%	谈判技能	50%	41%
3	理解他人	60%	56%	理解他人	66%	56%
4	积极聆听	61%	54%	说服他人	63%	51%

（数据来源：麦可思—中国2008届大学毕业生求职与工作能力调查）

可以看出，由于创业者的工作重点偏向于管理和协调，所以有效的沟通和谈判是最重要的能力。而二者需要的工作能力的第四项，也恰恰道出了受雇工作者和创业者的一个重要区别：前者需要的是积极聆听，而创业者更多地需要去说服他人。

2. 创业者需掌握的各项基本能力高于受雇就业者

有效的口头沟通、谈判技能、理解他人、说服他人、积极学习是创业要求的前5项能力。图3-12表明大学生以创业者的身份毕业离校时掌握的水平依次是52%、41%、56%、51%、56%，而受雇就业者的这五项能力离校时掌握水平依次为51%、38%、56%、46%、55%，创业者掌握的能力都高于受雇就业者。不仅如此，创业者离校时掌握的35项基本工作能力中，有30项都高于受雇就业者掌握的能力水平，将这些工作能力综合起来所表现出的素质差别，创业者就要远高于受雇就业者。这说明愿意创业、敢于创业的是基本能力、综合素质强的大学生，也侧面反映了创业活动本身对能力的要求远远高于受雇就业。（如图3-12所示）

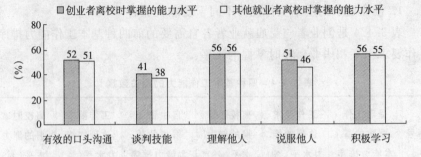

（数据来源：麦可思—中国 2008 届大学毕业生求职与工作能力调查）

图 3-12 创业者掌握的各项能力

3. 大学生创业者能力基本满足工作需要，低于受雇就业者

下表列出了大学生创业者和受雇就业者工作满意度最低的 5 项能力及其相应的满意程度。工作能力满意度反映的是自身能力与初级职业工作要求能力的差距，是在校期间掌握的能力得分与工作需要的能力得分的差值，经调查所得的能力重要性加权后转换为百分比。90％以上为良好满足，85％以上表示基本满足，75％～85％表示不太满足，而 75％以下则表示不满足。（如表 3.4.5 所示）

表 3.4.5 五项基本能力

排序	最不满足受雇工作需要的基本能力	满足程度	最不满足创业需要的基本能力	满足程度
1	说服他人	83％	有效的口头沟通	80％
2	疑难排解	85％	人力资源管理	80％
3	谈判技能	85％	时间管理	81％
4	系统评估	86％	谈判技能	81％
5	判断和决策	87％	说服他人	81％

（数据来源：麦可思—中国 2008 届大学毕业生求职与工作能力调查）

可以看出，尽管创业者掌握的所有单项工作能力超过了受雇就业者，但创业者能力的满意度总体上仍低于受雇就业者的能力满意度，这是由于创业工作难度高、要求高的原因。另外创业者需要着重提高的工作能力是管理、沟通能力，这是领导能力中的重要因素。

从上面的分析中可以看到，创业不仅提出了不同于其他工作的能力要求，更需要在各项能力上都要有高于他人的表现。因此，仅仅凭激情去创业

是远远不够的，你应该提前锻炼自己，从现在开始为创业做准备。

在大学期间又如何去锻炼自己的创业能力呢？麦可思的调查结果显示："假期实习/课外兼职"对创业帮助最大，其次是"学校和政府提供的创业培训和咨询"。所以，在大学期间，应该积极地投入实习和兼职工作中，并在这些活动中有目的地锻炼自己的创业能力，还可以通过咨询、讲座等，参加学校里的模拟创业活动和社团活动来锻炼自己的能力，为真正的创业磨砺自己。

（二）创业团队建设

创业是一个复杂的系统工程，是一个艰辛的过程，它所要求的能力涵盖技术、管理、营销、财会等各个方面，远不是某一个创业者个人能力所能全及的。要成功地创办一个企业，团队创业就显得非常必要。

创业团队就是由少数具有共同的创业目标、技能互补的创业者组成，按照一个彼此认同和担负责任的程序，各尽其能，共同为达成高品质的创业目标而尽心竭力工作的共同体。

团队创业通过成员之间的技能互补可提高应对环境不确定性的能力，降低企业的经营风险；同时，共同创业具有更强的资源整合能力。"三个臭皮匠，顶个诸葛亮。"一支精诚合作的创业团队所具有的战斗力从普遍意义上讲肯定是优于单枪匹马闯天下的孤胆英雄。

创业初期，往往资金不足，技术、市场不成熟，管理经验缺乏，组建一个高效、优势互补的团队，是在弱肉强食的商场立足发展的根本。

"落篱之下独木成林焉能存？"古今凡成大事者，都有一支金牌团队。刘邦正是有张良、韩信、萧何，才得以创建帝业；刘备正是有诸葛孔明之神机妙算，关羽、张飞之忠肝义胆，才得以三足鼎立天下。而唐三藏西天取经，若无孙悟空一路的降妖伏魔，猪悟能、沙悟净的鞍前马后，又岂能取得真经，普度众生？

现在的公司团队多为以下几种：一种是螃蟹团队，蟹被关在竹篓里，有一只想爬上去，下面的螃蟹就拼命拉住它，结果谁也上不去；另一种是野牛团队，唯头牛是瞻，头牛的方向正确了，跟着的牛也就正确了。这两种团队都不是理想的团队模式，最好的团队应该是大雁模式的团队——这种团队可以随时调整队型，任何一只大雁都可以根据天气状况和自身能力被推荐为头雁。大雁团队的合作精神体现在以下几个方面：一是形成合力，拍翅膀是大雁的本能，但只有排成人字队形共同挥翅才能提高飞行效率；二是各就其位，所有的大雁都愿意接受团体的飞行队形，而且都实际协助队形的建立,不会擅自离队;三是共担风险,大雁的领导工作是由群体共同分担的,虽然有带头雁出来整队,但是当它倦息时,便会自动退到队伍之中,另一只大雁马上替补领头的位置;四是互相鼓励,队形后边的大雁不断发出鸣叫,目的是为了给前方的伙伴打气激励;五是主动帮扶,假如一只大雁生病或被猎人击伤,雁群中就会有两只大雁脱离队形,靠近这只碰到困难的同伴,协助它降落在地面上,直至它能够重回群体,或是不幸死亡。以上五点正是一个好的团队必须要具有的特质。雁群之优在于目标一致、前后呼应、分工合作、互相扶持,团队创业也应如此。创业的过程就犹如大雁的迁徙,未来美好,但前途凶险、危机四伏。要想获得成功,只有拥有了一支具有明确目标、凝聚力、战斗力的团队,拥有一批彼此互相鼓励、支持、学习、合作的团队成员,让企业不断前进、壮大,最终实现企业的腾飞,走向个人的成功! 对共同目标和团队文化的认同感造就了创业团队坚韧的品质,也就创造了一个又一个看似不可能的商业奇迹!

(三) 创业资金筹集

俗话说,钱不是问题,问题是没有钱。在创业之初,很多创业者都会遭遇资金短缺问题,因此,很多创业者都面临着筹资这一难题。只有资金到位,创业者才有可能在尽可能短的时间内通过合理地运作,取得良好的开局。

1. 正确认识筹资

所谓筹资就是通过适当渠道、采取合理的方式筹措资金的行为。筹资的最根本目的是满足企业创建对资金的需要和满足企业发展对资金的需要。另外,筹资还有利于保证日常经营活动的顺利进行和调整资金(本)结构。

一般来说,筹资应把握好以下基本原则(如图 3－13 所示):

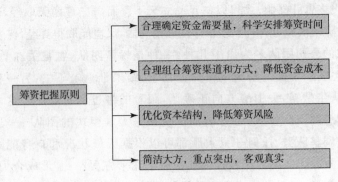

图 3－13 筹资应把握好的基本原则

创业者必须对筹资有一个客观的认识，不仅要认识到筹资的重要意义，还需要知道筹资的途径和方法。只有这样，创业者才能尽快筹集和盘活创业资金，使自己的企业步入正常的运行轨道，而不至于因为资金问题影响企业的生存和发展。

2. 筹资的渠道和方式

抛开成熟的大中小型企业的筹资问题不论，我们把筹资作为企业创业过程的一部分，实际分析一下个人创业伊始可能获得的创业所需资金的各种渠道和方式（如图 3 - 14 所示）。

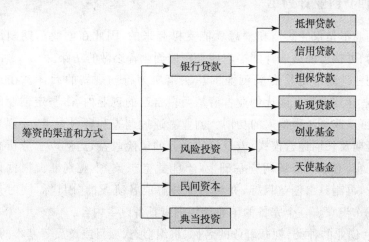

图 3 - 14 筹资的渠道和方式

（1）银行贷款。银行贷款有以下四种：抵押贷款、信用贷款、担保贷款、贴现贷款。通过银行贷款筹资，创业者要做好打"持久战"的准备，因为申请贷款除了与银行打交道，还要经过工商管理部门、税务部门、中介机构等，而且手续繁琐，任何一个环节都不能出问题。另外，贷款前创业者还应注意积累自己的诚信度，让贷款过程变得相对顺利一些。

（2）风险投资。风险投资包括创业基金、天使基金等形式，是一种高风险、高回报的投资，风险投资家以参股的形式进入创业企业。创业者可以直接向风险投资机构进行申请，或者通过中介机构进行。风险投资不会轻易从天上掉下来，而是有的放矢。创业者要提供一份思路清晰、论证充分、观点鲜明的商业计划书，来吸引风险投资者的"眼球"。

（3）民间资本。民间资本的投资操作程序较为简单，融资速度快，门槛也较低。通过民间担保公司担保向银行贷款，通常采取协议评估的形式，与国有担保公司比较，手续较为简便，服务较为灵活，贷款时效也提高了。

（4）典当融资。典当融资是一种特殊的融资方式,具有筹资方式灵活、质押范围广、贷款速度快、提供的配套服务周全等特点。但是典当融资的贷款期限较短,而且利息要高于银行贷款。因此,创业者融资前要先考虑好:需要的钱能否立即从银行得到,如果能,自然应首选银行;如果无法得到银行贷款,想"借道"典当融资,也应细算一下典当融资的成本是否划算。总之,"急用"、"即还"是典当融资的两大要点,比较适合急需融资但资金需求不大的创业者。

（四）创业计划书

创业不是仅凭热情和梦想就能支撑起来的,因此在创业前期制订一份完整的、可执行的创业计划书应该是每位创业者必做的功课。

创业计划书是将有关创业的想法落实为行动规划的载体。在某些时候,创业计划书除了能让创业者清楚明白自己的创业内容,坚定创业的目标外,还可以兼具说服他人的功用。创业者通过调查和资料参考,要规划出项目的短期及长期经营模式,以及预估企业的风险收益,当然以上分析必须建立在现实、有效的市场调查基础上,不能凭空想象,主观判断。根据计划书的分析,再制订出创业目标,并将目标分解成各阶段的分目标,同时订出详细的工作步骤。一个完备的创业计划书应具备以下内容:

1. 创业的种类:创办事业的名称、组织形态、项目或产品等基本的内容。

2. 资金规划:基金来源及比例、银行贷款等。

3. 阶段目标:阶段目标是指创业后的短期目标、中期目标与长期目标。

4. 财务预估:详述预估的收入与预估的支出,甚至应该列述企业成立后前三年或前五年内,每一年预估的营业收入与支出费用的明细表,计算利润,并明了何时能达到收支平衡。

5. 行销策略:服务市场及销售定位、方式及竞争条件。

6. 可能风险评估:全面考虑创业者可能遭受的挫折,例如:景气变动、竞争对手太强、客源流失等。

7. 其他:包括创业的动机、股东名册、预定员工人数、企业组织、管理制度以及未来展望等。

创业计划书的质量,往往会直接影响创业发起人能否找到合作伙伴、获得资金及其他政策的支持。撰写创业计划书要依目标而定,即看计划书的对象而有所不同,譬如是要写给投资者看呢,还是要拿去银行贷款。从不同的目的来写,计划书的重点也会有所不同。关于创业计划书的撰写有很多优秀的资料可以去查询。

四、回馈社会，成就自我

为什么创业？每个创业者的创业动机可能会千差万别，但是，创业必须要与社会需求相结合，没有社会需求的创业就如无根之木、空中楼阁，万难成才。从本质上说，创业就是一种社会责任。创业的社会责任，并不是在你创业成功之后才要考虑的事情，而是要贯穿创业的始终。当你在为自己的创业行为定位的时候，就要怀经国济世之心，不要只想着如何能赚更多的钱，要将自己的企业责任定位为造福大众、推动社会发展。而只有当企业的发展目标与社会的发展需求相契合的时候，企业才具有更强的生命力。"心有多大，舞台就有多大"，谋事时胸怀越宽广，您看待事物的格局就越大，您出手的手笔也就大，您的成就也就越大。

松下电器创始人，有"经营之神"之称的松下幸之助认为，经营的第一理想应该是贡献社会。以社会大众为企业发展考虑的前提，才是最基本的经营秘诀。松下曾经直言不讳地说："赚钱是企业的使命，商人的目的就是赢利。"但他同时又声言，"担负起贡献社会的责任是经营事业的第一要件"，他甚至把企业当做宗教事业来经营，彻底尽到产业人的本分，为谋求社会生活的改善，为世界文化的发展而作出贡献。

由此可见，创业行为不仅仅是个人的，而是社会的；创业的成果不仅仅是创业者的，而是整个社会的。大学生创业更应该有强烈的社会责任意识，要承担更多的社会责任。真正能够体现创业成功者特质的，不是他对财富的欲望和对名利的追求，而是他对事业的上进心和对社会的责任心。只要你已经做好了服务大众、奉献社会的心理准备，创业机会将无处不在，成功也离你不再遥远。

 作 业

1. 写一份求职简历。
2. 根据自己感兴趣的项目，试写一份商业计划书。

第四章
形势政策与职后成长

4

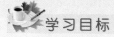 学习目标

通过本章的学习,你将能够:

一、了解大学生就业制度的历史沿革和基本现状

二、了解当前大学生就业的基本形势,树立科学的择业观

三、了解国家促进大学生就业的基本就业政策,熟悉就业手续

四、了解基本法律和维权常识,建立初步的维权意识

五、明确从学生到职场新人的基本转变

 引言: 学会靠自己

小蜗牛问妈妈:"为什么我们从生下来,就要背负这个又硬又重的壳呢?"蜗牛妈妈:"因为我们的身体没有骨骼的支撑,只能爬,又爬不快,所以要这个壳的保护!"小蜗牛:"毛虫姐姐没有骨头,也爬不快,为什么她却不用背这个又硬又重的壳呢?"蜗牛妈妈:"因为毛虫姐姐能变成蝴蝶,天空会保护她啊。"小蜗牛:"可是蚯蚓弟弟也没骨头爬不快,也不会变成蝴蝶,他为什么不背这个又硬又重的壳呢?"蜗牛妈妈:"因为蚯蚓弟弟会钻土,大地会保护他啊。"小蜗牛哭了起来:"我们好可怜,天空不保护,大地也不保护。"蜗牛妈妈安慰他:"所以我们有壳啊! 我们不靠天,也不靠地,要靠自己。"

每个即将离校的大学生都像上面故事里那个可爱的小蜗牛,天真纯洁又略带青涩。很多时候我们习惯了被呵护,而忘记了如何独立成长,离开了大学的校门,我们即将走入社会这所更大的学校。学会靠自己,从择业开始勇敢地去经历我们人生中的第一次蜕变吧!

第一节 形势政策：大学生就业形势及当下大学生就业面面观

故天将降大任于是人也，必先苦其心志，劳其筋骨，饿其体肤，空乏其身，行拂乱其所为，所以动心忍性，曾益其所不能。人恒过，然后能改；困于心，衡于虑，而后作；征于色，发于声，而后喻。入则无法家拂士，出则无敌国外患者，国恒亡。然后知生于忧患，而死于安乐也。

——《孟子·告子下》

一、国家就业制度与形势政策

大学生就业，不仅仅涉及学生个人、家庭，更是社会变迁和时代发展的晴雨表，是一个特定环境下的社会问题。不同时代下国家政治、经济环境存在着巨大的差异，与之相对应，社会对教育和人才的需求以及教育制度本身都经历着翻天覆地的变化。

（一）中国大学生就业制度的历史沿革

与我国经济体制从计划经济到市场经济转变相对应，大学生就业制度也基本上划分为三个阶段：计划经济下的统招统分阶段、过渡时期的双向选择阶段和市场经济下的自主择业阶段（如图 4-1 所示）。

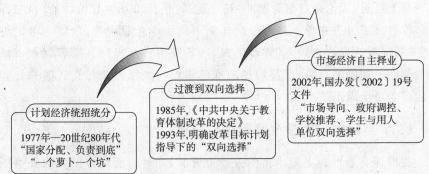

计划经济统招统分
1977年—20世纪80年代
"国家分配、负责到底"
"一个萝卜一个坑"

过渡到双向选择
1985年，《中共中央关于教育体制改革的决定》
1993年，明确改革目标计划指导下的"双向选择"

市场经济自主择业
2002年，国办发〔2002〕19号文件
"市场导向、政府调控、学校推荐、学生与用人单位双向选择"

图 4-1 我国大学生就业制度改革过程

1977 年恢复高考到 20 世纪 80 年代，大学教育体制还完全处于国家计划阶段，毕业生分配制度也处于国家统招统分阶段，那时大学生就业的状况

是"由国家分配工作,负责到底"。在那个年代,虽然大学生在社会上供不应求,学生个人无需为就业和分配工作操心,但是用人单位和毕业生都没有自主选择的权利,所谓"一个萝卜一个坑",正是当时毕业分配的真实写照。

客观地说,计划经济体制下的大学生分配制度与我国当时的计划经济体制确实是相适应的,"国家包分配"在很长一段历史时期内确实保证了国家建设的人才供给,在一定程度上缓解了我国地区之间人才需求不平衡的状况,一定程度上保障了国家的宏观调控,为国家快速均衡的发展和社会治安的稳定起到了非常大的作用。

1985年,随着《中共中央关于教育体制改革的决定》的颁布,国家做出了改革大学生分配制度的重大决策,迈开了毕业生分配制度改革的第一步。在随后的几年间,国家在毕业生分配制度上进行了多次探索和调适,直到1993年,国家才明确了毕业生就业制度的改革目标,即改革高等学校毕业生"统包统分"和"包当干部"的就业制度,实行少数毕业生由国家安排就业,多数学生"自主择业"的就业制度。因此,这一阶段是我国大学生就业制度经历的第二阶段,即过渡时期的双向选择阶段。

以"双向选择"为主要特征的毕业生就业制度,随着改革开放的深入和社会主义市场经济体制的建立和完善,逐步迈进以"自主择业"为特征、市场调节为主导的第三阶段。特别是在2002年,国务院办公厅下发《关于进一步深化普通高等学校毕业生就业制度改革有关问题的意见》(国办发〔2002〕19号)明确提出了建立"市场导向、政府调控、学校推荐、学生与用人单位双向选择"的就业机制。近年来,按照这个方向,我国建立起了基本适应社会主义市场经济体制和高等教育大众化需要的高校毕业生就业制度。

综上可见,无论是过渡时期的"双向选择"还是市场主导阶段的"自主择业",都打破了过去在单一计划分配体制下的大学生就业模式。"一考定终身"的状况被改变,"铁饭碗"逐步消失,市场竞争逐步显现并随着就业市场的规范而呈加剧的态势,日益增加的危机感促使大家逐步接受现实并开始围绕就业市场做出改变。

(二)当前国内大学生就业环境与前景

我国拥有着世界上最丰富的劳动力资源,同时也面临着巨大的失业压力。而置身全球的经济发展环境中则不难发现,就业压力大甚至失业都并不是中国独有,而是社会发展和市场经济自发调节的必然阶段。纵观世界各国的经济发展状况,客观地说,中国的失业问题仅处于世界的平均水平,较大的压力主要来源于错综复杂的就业矛盾，如失业人员和大量新成长劳动力的并存，下岗职工再就业与农村劳动力进城的碰撞，转轨型失业与经济全球化失业的交汇等，"基数大"、"矛盾多"是我国就业市场压力的主要特点。加上 2008 年底爆发的国际金融危机影响，大学生就业面临巨大的压力。

党和政府高度重视大学生就业问题，把毕业生就业当做头等大事，在十七大报告中，明确指出"积极做好高校毕业生就业工作"。2009 年，国务院进一步将大学生就业工作摆在了国家就业工作的首位，并把解决大学生就业问题作为维系社会稳定的一个重要方面，给予高度关注。各级相关政府部门都出台了切实可行的政策和措施，高校也都结合学校特色，制定了相应的措施。全力以赴，共克时艰，并积极推进和深化体制改革，努力为高校毕业生就业创造良好的就业环境。

放眼未来，缓解就业压力和增加就业机会，正是在伴随着国家的经济增长和产业结构升级而逐步实现的，拉动内需，向内挖潜，才是解决中国就业问题的根本。作为一个拥有 13 亿人口的大国，其潜在的经济需求是极大的。中国同时兼具农业社会向工业社会转型、工业社会向信息社会转型的任务，工业基础设施与信息基础设施的建设都是最为关键的经济发展平台。在未来很长的一段时间内，这都将是吸引就业需求的一个重要渠道。可以说，我国的经济发展与产业结构调整正在步入一个良性循环的状态，这为大学生就业需求的增长准备了广阔的空间。同时，政府就业政策的持续优化也将会为大学生从学校到工作的转换创造更好的就业环境。政府在全国范围内取消对高校毕业生的户口指标限制和人事指标限制以及各种显性或隐性的行政限制，打破大学生就业市场的行政分割，促进高校毕业生无障碍就业和自由流动，优化人力资源配置，维护就业市场稳定，促进经济增长。因而从国家社会经济发展的总趋势和对促进就业的决心和行动来看，我们没有理由不对未来的大学生就业前景充满信心。

（三）国家就业政策分类①

国家就业政策，是贯彻落实就业制度的有力保障，与大学生就业息息相关的政策主要可以归纳为以下几类：

---

① 参阅吴庆：《中国大学生就业政策的历史演变、现实定位及具体类型》，《当代青年研究》，2005年第 2 期。

1. 市场相关政策

市场经济下的大学生就业制度，其核心是运用市场规律调节高校毕业生与市场的人才供需，最终实现人职匹配。因此，实现充分就业的首要前提就是市场的健康发展。国家对市场的规范首要手段是立法，《劳动合同法》、《劳动法》以及《公司法》等相关法律均是高校毕业生或求职者就业过程中需要了解的基础法条。其次，国家或各地还纷纷出台一系列辅助就业和规范市场的相关规定，如《普通高等学校毕业生就业工作暂行规定》、《高等学校毕业生就业后调整办法》、《职业介绍暂行规定》、《人事争议处理暂行规定》、《人才市场管理暂行规定》、《北京市劳动力市场管理条例》、《北京市劳动合同规定》、《北京市人才市场管理条例》等。

2. 就业准入政策

就业准入政策是指大学生获准进入某些地区、专业、职业等的相关就业政策。一般就业准入又分为地区性的准入政策和职业方面的就业准入制度。地区准入政策是指某些地区或省份都会有进入本地方的用人指标，尤其以户籍方面的限制最多，相应的地方政府会出台一些具体的准入政策，如北京、上海、天津等，这些地区每年都会出台接收普通高等学校非本地生源毕业生的政策。从发展趋势来说，该类政策会随着户籍制度的改革而逐步淡化直至消失，但在一个特殊的历史时期，在一定的地区和一定的时间段，该类政策的存在具有一定的合理性。所谓职业方面的就业准入是指根据《劳动法》和《职业教育法》的有关规定，对从事技术复杂、通用性广、涉及国家财产、人民生命安全和消费者利益的职业（工种）的劳动者，必须经过培训，并取得职业资格证书后，方可就业上岗。实行就业准入的职业范围由国家人力资源和社会保障部确定并向社会发布。

3. 招考录用政策

招考录用政策主要体现在国家党政机关及事业单位等特定结构的工作人员选拔，是国家在高校毕业生入口上所制定的一系列限制性原则和措施。公务员考录的相关制度主要体现在国家公务员和选调生的招考录用的一系列政策；在企事业单位录用大学生方面主要表现为政府和企业在招考程序上制定的一系列规范。

4. 权利维护政策

权利维护政策是指在就业过程中对就业者本人和就业单位权利维护的一系列原则、规范。对于就业者本人，主要是维护其平等的就业权，对于用人单位主要是保护用人单位的一系列利益。权利维护政策有利于就业过程的规范化和秩序化,最主要的是实现对毕业生的保护。后面的章节将对此部分详细阐述。

5. 宏观调控政策

宏观调控政策最主要的是指各级政府为了促进国家和地区的人才结构平衡而出台的一系列关于鼓励大学生到基层、到中小城市企业、到农村、到西部等地区去就业的相关措施。比如国家出台的"三支一扶"计划、志愿服务西部计划和大学生"村官"等都成为了有力引导毕业生到西部和基层就业的重要渠道。

6. 创业扶持政策

自主创业不但是大学生解决就业问题的重要途径,同时是提高全社会创造性和创造能力的捷径。自主创业可以在很大程度上缓解大学生就业的压力。国家为了鼓励大学生自主创业主要提供以下三类优惠政策:税费优惠、小额贷款、政府提供创业服务以及鼓励支持高校毕业生灵活就业。2010年,教育部等四部委联合推出了《高校毕业生自主创业证》,用于扶持大学生创业,这一具有突破意义的证书的推广也标志着国家的创业优惠政策首次覆盖到毕业年度内创业的大学生。

7. 社会保障政策

人力资源和社会保障部门关于大学生社会保障的相关政策主要有以下内容:将高校毕业生就业工作纳入当地就业工作整体规划,在宏观调控和增加就业岗位等方面进行统筹安排;积极组织实施"毕业生职业资格培训工程"和多种形式的创业培训,为毕业生自主就业创造条件;发挥公共职业介绍机构的作用,加强职业指导和就业信息服务,为高校毕业生择业提供更多帮助;加强失业登记和组织管理,对未就业和生活困难的高校毕业生,在失业、求职期间给予生活和就业方面的帮助;加强劳动力市场的管理,为高校毕业生就业创造良好的环境。

8. 派遣接收政策

派遣与接收政策指在高校毕业生离开学校到就业单位报到过程中国家所制定的一系列原则。派遣和接收政策的完善有利于高校毕业生就业的最终实现,并进一步明确相关责任的主体,落实各项工作。派遣毕业生统一使用《全国普通高等学校毕业生就业派遣报到证》和《全国毕业研究生派遣报到证》(以下简称报到证),《报到证》由教育部授权省级毕业生就业主管部门审核签发。

还有一些以上没有涉及的,但与大学生就业相关的政策,例如人事代理制度、特殊毕业生就业政策、大学生入伍当兵的有关规定等。

（四）近几年国家促进大学生就业政策详解

近几年，国家有关部门多措并举、共同促进毕业生就业，形成了密切协作、齐抓共管的就业工作机制。教育部先后出台了落实就业工作的19个文件，推出了70多条促进大学生就业的新政策，其中多项举措深受广大学生群体的欢迎和社会的积极评价，以下简要介绍一些备受关注的新政策（详情请参考2009及2010年由教育部、人力资源和社会保障部和财政部等相关部门共同推出的系列文件。

1. 鼓励和引导高校毕业生到城乡基层就业

首先，鼓励高校毕业生积极参加社会主义新农村建设、城市社区建设和应征入伍。"基层"既包括广大农村，也包括城市街道社区；既涵盖县级以下党政机关、企事业单位，也包括社会团体、非公有制组织和中小企业；既包含自主创业、自谋职业，也包括艰苦行业和艰苦岗位。国家鼓励毕业生到基层就业的主要优惠政策包括：对到农村基层和城市社区从事社会管理和公共服务工作的高校毕业生，符合公益性岗位就业条件并在公益性岗位就业的，按照国家现行促进就业政策的规定，给予社会保险补贴和公益性岗位补贴；对到农村基层和城市社区其他社会管理和公共服务岗位就业的，给予薪酬或生活补贴，同时按规定参加有关社会保险；对到中西部地区和艰苦边远地区县以下农村基层单位就业、并履行一定服务期限的高校毕业生，以及应征入伍服义务兵役的高校毕业生，按规定实施相应的学费补偿和国家助学贷款代偿；对具有基层工作经历的高校毕业生，在研究生招录和事业单位选聘时实行优先，在地市级以上党政机关考录公务员时也要进一步扩大招考录用的比例。

其次，中央部门所属高校应届毕业生到中西部地区和艰苦边远地区基层单位就业、服务期在3年以上（含3年）的，其学费由国家实行补偿。在校学习期间获得国家助学贷款的，补偿的学费优先用于偿还国家助学贷款本金及其全部偿还之前产生的利息。每生每学年补偿学费和代偿国家助学贷款的金额最高不超过6 000元。在校学习期间每年实际缴纳的学费或获得的国家助学贷款低于6 000元的，按照实际缴纳的学费或获得的国家助学贷款金额实行补偿或代偿。每年实际缴纳的学费高于6 000元的，按照每年6 000元的金额实行补偿或者代偿。

第三，参加中央部门组织实施的基层就业项目，服务期满后享受的优惠政策。"选聘高校毕业生到村任职"、"三支一扶"计划、"大学生志愿服务西部计划"、"农村义务教育阶段学校教师特设岗位计划"项目服务期满的毕业生，享受以下优惠政策：

公务员招录优惠；事业单位招聘优惠；考学升学优惠；国家补偿学费和代偿助学贷款政策；服务期满自主创业的，可享受行政事业性收费减免、小额贷款担保和贴息等有关政策；各基层就业项目服务年限计算工龄；服务期满到企业就业的，按照规定转接社会保险关系。

2. 鼓励高校毕业生应征入伍，报效祖国

全国征兵工作在每年冬季进行。从 2009 年起，对普通高等学校应届高校毕业生实行预征制度，5 至 6 月份，高校所在地兵役机关会同有关部门进入高校，开展预征工作。高校毕业生应征入伍服义务兵役，除享有优先报名应征、优先体检政审、优先审批定兵及其他优待安置政策外，还享受优先选拔使用、考学升学优惠、补偿学费或代偿国家助学贷款等优惠政策。从 2009 年起，国家对应征入伍服义务兵役的高校毕业生在校期间缴纳的学费实行补偿。

3. 积极聘用高校毕业生参与国家和地方重大科研项目

由高校、科研机构和企业所承担的民口科技重大专项、"973 计划"、"863 计划"、科技支撑计划项目以及国家自然科学基金会的重大重点项目等可以聘用高校毕业生作为研究助理或辅助人员参与研究工作，此外的其他项目，承担研究的单位也可聘用。聘用对象主要以优秀的应届毕业生为主，包括高校以及有学位授予权的科研机构培养的博士研究生、硕士研究生和本科生。服务协议期限最多可签订 3 年。服务期满后，毕业生有意继续在项目单位工作、项目承担单位同意接收的，则须按正式聘用手续办理。由项目承担单位向毕业生支付劳务性费用，具体数额由双方协商确定。被聘为研究助理时间计算为工龄。项目承担单位应当为毕业生办理社会保险。

4. 鼓励和支持高校毕业生自主创业及到中小企业、服务外包企业就业

2009 年，国家要求各地取消落户限制，鼓励高校毕业生自主创业，同时鼓励各类企业招用高校毕业生，优惠政策有：

小额担保贷款和贴息支持：(1)登记失业的高校毕业生自主创业，自筹资金不足的，可向当地指定银行申请不超过 5 万元的小额担保贷款；对从事微利项目的，还可获得贴息支持。(2)自愿到西部地区及县以下的基层创业的高校毕业生，自筹资金不足时，也可向当地经办银行申请小额担保贷款；对从事微利项目的，可获得 50% 的贴息支持。

享受减税优惠:持《高校毕业生自主创业证》从事个体经营(除国家限制的行业外)的大学生,在3年内按每户每年8 000元为限额依次扣减其当年实际应缴纳的营业税、城市维护建设税、教育费附加和个人所得税。具体政策享受流程是:毕业年度内高校毕业生在校期间创业的,可持《高校毕业生自主创业证》向创业地县以上人力资源和社会保障部门提出认定申请,由创业地人力资源和社会保障部门核发《就业失业登记证》,一并作为当年及后续年度享受创业税收扶持政策的管理凭证。毕业年度内高校毕业生离校后创业的,可凭毕业证书直接向创业地县以上人力资源和社会保障部门提出认定申请。县以上人力资源和社会保障部门在对有关情况审核认定后,对符合条件毕业生核发《就业失业登记证》,并注明"自主创业税收政策"。

免收有关行政事业性收费:高校毕业生从事个体经营,且在工商部门注册登记日期在其毕业后2年内的,自其在工商部门首次注册登记之日起3年内免收管理类、登记类和证照类行政事业性收费。

享受培训补贴:离校后登记失业的毕业生,参加人力资源和社会保障部门举办的创业培训,可享受职业培训补贴。

免费创业服务:有创业意愿的高校毕业生,可免费获得公共就业服务部门提供的创业指导服务,包括项目开发、方案设计、风险评估、开业指导、融资服务、跟踪扶持等内容。

5. 就业指导服务与就业援助

高校毕业生在校期间,可以到学校就业指导中心等部门获得就业咨询、用人单位招聘及实习实训信息、求职技巧及实用技能培训、职业生涯辅导、毕业生推荐、实习实践能力培训和就业手续办理等多项就业指导和服务。目前,高校已普遍建立了毕业生就业指导机构。

为帮助困难家庭的高校毕业生求职就业,高校一般都会安排经费作为困难家庭毕业生的求职补助,或对已成功就业的困难家庭毕业生给予奖励。困难家庭的毕业生可向所在院系书面申请。学校也应根据平时掌握的情况,对困难家庭的毕业生给予主动帮助。

回到原户籍所在地报到的未就业高校毕业生,能够享受当地政府部门所属的公共就业服务机构、人才交流服务机构和高校毕业生就业指导服务机构提供的就业指导和服务。就业指导与服务内容包括:就业政策法规咨询,职业岗位供求信息、市场工资指导价位信息、职业培训信息查询,职业指导和职业介绍,以及办理求职登记、失业登记等。

离校后未就业回到原籍的高校毕业生可与原籍所在地人力资源社会保

障部门联系,主动参加就业见习。高校毕业生就业见习期限一般为六个月,最长不超过一年。高校毕业生就业见习活动结束后,见习单位对高校毕业生进行考核鉴定,出具见习证明,作为用人单位招聘和选用见习高校毕业生的依据之一。

二、当下大学生就业面面观

(一) 就业面面观

随着中国社会城市化、人口结构转变、劳动力市场转型、高等教育体制改革等一系列结构性因素的变化,大学生就业也呈现出一些典型的结构性失衡。从 20 世纪末流行的"孔雀东南飞"到后来的"北漂",再到目前大家热议的大城市"蚁族",无不折射出当代高校毕业生的择业瓶颈(如图 4-2 所示)。

图 4-2　大学生的就业观

1. 根深蒂固的"铁饭碗"观念

在计划经济时代,大学生的就业国家一包到底,上大学就意味着当国家干部,一毕业就有固定的工作,如同端上了"铁饭碗"。由于这种观念持续时间较长,因而导致现在有些学生或者学生家长仍抱着老观念不放,难以接受"双向选择"的现实。随着国家市场经济的确立,严格意义的"铁饭碗"已经被打破。即便是国家公务员这样的岗位也要面临各方面的考核竞争才能上岗。

2. 无处不在的"精英"观念

长期以来,在我国高校毕业生一直是社会稀缺资源,是社会精英,很多人根深蒂固地认为上了大学就可以"鲤鱼跳龙门",改变命运。但随着教育体制改革的快速推进、高等教育规模的扩大,这一情况在很短的时间内已经发生了巨大变化。一时间很多人还不能适应这种市场调节的结果,仍抱有这种"精英"观念不放,放不下架子,故而不愿考虑基层的工作,目标定位比较高,而导致"错位式"的就业难。更令人无奈的是,"精英"情结不仅体现在学生身上,还体现在很多学生家长的身上。很多家长不了解市场的变化,跟不上形势,"官本位"的思想还比较严重,他们往往把自己的希望和整个家族的荣辱全寄托在子女身上,更希望他们大学毕业后找一份轻松、体面、待遇又好的工作,做"人上人"。殊不知父母的这种良苦用心给孩子施加了很大的心理压力,缩小了视野,从而直接影响了就业。

3. "十全十美"的初始工作

第一份工作是每个人职业生涯的开始,固然十分重要,但要想一步到位地找到一份"收入高、压力小、有休假、有发展、有福利、有宿舍"等能够实现你和家人所有对工作的完美期望,几乎是不可能的。应届毕业生不能对自己的第一份工作期望过高,一个新人的职业生涯起点应该更多地考虑行业的变化和未来的发展。至于薪资,随着工作经历的不断积累,上升是个必然的结果。即便不能找到理想的工作行业,也不用太在意,不论行业如何、公司如何、老板如何,我们要更多地聚焦在未来的发展空间上。要把职业生涯初期作为一种历练和积淀的阶段。

4. 追随人潮的"盲目从众"

从众是大学生就业过程中的一个普遍状况。如果在择业过程中,毕业生从众的直接表现是"千军万马挤独木桥",大家不能根据自己的情况做出有效判断,而盲目追随人流。这样从众的直接后果是,一旦在竞争过程中遇到挫折、失落,就很容易引发精神压力过大、心理状态失衡,也很容易产生对自己价值观和择业观的迷茫,找不到自己的择业方向。我们应该认识到,在大学生择业过程中每个人生活的环境、家庭背景以及能力、性格、所碰到的机遇是不尽相同的,因而在择业目标上是不具可比性的,对自我客观正确的分析应首要考虑求职目标是否适合自己。总想找到一份比别人强的完美工作,这种从众引发的攀比心理使得不少毕业生"有业不就"。

 延伸阅读

"蚁族",是对"大学毕业生低收入聚居群体"的典型概括,是继三大弱势群体(农民、农民工、下岗职工)之后的第四大弱势群体:受过高等教育,主要从事保险推销、电子器材销售、广告营销、餐饮服务等临时性工作,有的甚至处于失业半失业状态;平均月收入低于两千元,绝大多数没有"三险"和劳动合同；平均年龄集中在 22～29 岁之间，九成属于"80 后"一代；主要聚居于城乡结合部或近郊农村，形成独特的"聚居村"。他们是有如蚂蚁般的"弱小强者"，他们是鲜为人知的庞大群体。

走进房间，20 平方米左右，墙壁斑驳，三张高低铺占据墙角，桌子、床头堆着一摞摞的司法考试辅导丛书、GRE 词汇、注册会计师资格考试辅导书等。床底下、柜子顶上放着大小不一的箱子。地上堆放着塑料盆、垃圾桶等杂物。入住只需要登记身份证号，住宿长短随需而定，住的时间越长越便宜，半年 1 500 元一个床位。由于流动性大，每年的 9 月要租到这样一个床位并不容易。

住在这里的年轻人都来自外地，没有北京户口，大多在北京各类中小企业或者小型外企驻京办事处工作，不工作的则是在准备法硕、注会等热门考试。人员流动频繁，有的住了三年，有的刚来一个月，"性价比高"是他们选择这里的一致理由。

在北京，他们拥有的很少，站着是两个脚印大小的地方，躺下是一张小小的床。然而他们每个人都乐观、积极，相互鼓励着，坚持着"高低铺"的日子，追寻心中的梦想。

城市的每一天都在发生变化，人的命运捉摸不定。"大学村落"的年轻人游离在城市和大学的边缘，在他们青春弥漫的气息背后，是无知无畏还是精打细算，并不能简单下定论。他们会笑着告诉你，王宝强曾经就住在附近的某个公寓，却不愿多说自己在寻觅着的东西，只谈现在正在做什么，比如备考、工作、跳槽。

（节选自廉思：《蚁族：大学毕业生聚居村实录》，

桂林：广西师范大学出版社 2009 年版。）

（二）钢铁是怎样炼成的

是让时代适应自己还是让自己尽快适应时代？恩格斯的答案是——要最充分地适应自己的时代。对于即将走出象牙塔的时代青年们，面临的是青春的蜕变和抉择，只有顺应时代，直面而上，才能走好自己的生涯路（如图 4 - 3 所示）。

1. 先定位，再行动

定位包括对自己现状及目标的定位。定位是择业的先决条件。应届毕业生在开始求职行动前，要对自己的兴趣、性格、技能和价值观等全方位的条件和主观要求进行梳理，力求明确自己的社会定位。由于社会的多样性，

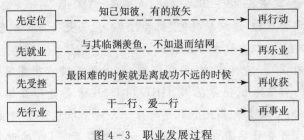

图 4-3　职业发展过程

我们总能找到适合自己的工作。学会定位，是大学生走上社会的第一次检验；准确定位，是同学们求职行动获得成功的重要捷径。

李耕是北京科技大学 2006 届机械工程专业本科毕业生，毕业后放弃了在京就业的机会，就职于辽宁省大连重工有限公司。他在自己的文章《当千里马开始寻找伯乐》中讲道："选择在自己喜欢的地方从事最适合自己的职业是最重要的。每个人都有自己不同的喜好，有的人喜欢大城市的喧嚣与压力；有的人喜欢小城的宁谧与自在。这都没有错，我们要做的就是要选择一个自己今后的生存空间。另外，职业，或者说是一份工作将是伴随我们终身的一个亲密朋友，今后朝夕相处日子里，我们彼此互相'喜欢'、'钟情'，只有自己真正热爱的东西，或者只有自己真正擅长的东西时间久了才不会觉得枯燥。"

2. 先就业，再乐业

"与其临渊羡鱼，不如退而结网。"在理想与实现之间，最容易被忽略的也是最重要的，即怎样迈出扎实的第一步。当你在抱怨就业难的时候，当你在对自己的人生无限憧憬的时候，积极的行动才是最有意义的。有人说，先就业再择业是一种无奈的选择。但作为应届毕业生来说，有什么比先有一份实实在在的工作更重要呢？没有"就业"打下的基础，没有"就业"开辟的视野，没有"就业"沉淀了心绪，没有"就业"理清了方向，又何谈去"择业"呢？所以我们倡导"先就业再乐业"，从"就业"的过程中认识自我，思考自己的生涯目标，再从"乐业"中发现价值，从"乐业"中实现自我。

许建柱是北京科技大学 2003 届机械工程专业硕士毕业生，毕业后就职于 SMC（中国）有限公司，从一名普通技术工人成长为公司的技术骨干，短短三年的时间被评为北京市技能标兵。当回忆起自己的求职历程，他说："那时候，研究生毕业进企业首先想到的至少应该是白领吧，但白领岗位一位难求！"从来没有想过，自己在经历了十年寒窗之后，等待他的是进工厂和开机床当蓝领。许建柱来自农村，父亲最希望他当公务员，所以，当父亲得知他在工厂干车工认为工人没什么发展前途，面子不好看。那时的许建柱一想到好不容易找到的工作，便既来之则安之，先做好自己的事再说。由于许建柱头脑灵活、动手能力强，随着对业务的熟悉，他深知，如果不熟悉现代化制造业生产第一线的情况，不了解产品加工工艺，不熟悉现代化的数控设备的使用和维修，就好像不打地基就盖楼，是根本行不通的。抱着学习的心态，他老老实实地从一个数控机床的操作工做起，诚心诚意地做了蓝领。进厂第二年，许建柱就被评为公司先进员工。2007年，他代表公司参加北京市组织的数控大赛，获得了全市第一名的好成绩。此后的许建柱，工作热情被激发，他深厚的专业知识功底和一线的工作经历开始发挥作用，他如鱼得水，为公司的设备维护提出了很多合理化建议和改良方案，他的一些提案不但获得日方的特别奖励，更重要的是为公司节省了数以十万计的维护费用，现在的许建柱已经成为SMC制造技术领域名副其实的领军人物。

3. 先受挫，再收获

拿破仑说，最困难的时候也就是离成功不远的时候。困难是每个青年成长道路上不可或缺的。正确面对择业期间和生涯发展上的困难，是获得成功的必要前提。应届毕业生在若干年的寒窗苦读后要面对社会竞争，面对就业和生活的压力，困难、压力和挫折都是难免的。而如何去面对它、解决它，是每个人的必修课。当我们去看若干成功人士走过的道路，无不是一部艰难的奋斗史。高永涛是北京科技大学教授，曾经入选"新世纪百千万人才工程"国家级人选。先后获得国家科技进步二等奖等奖项。他在给学生谈起自己的成长经历时总提到自己年轻时的一段经历：

1992年，年轻的高永涛所工作的矿山的一条风井在掘进过程中发生了严重的淹井事故。矿山先后请了3家队伍，用了近一年的时间花了数百万元也未能将水堵住，到了1993年整个风井濒临完全报废的边缘。高永涛抱着试试看的想法，决定把工程作为科研项目承包下来。在没有资金买设备，没有技术储备的情况下，带着一些人一切从零开始，怀着极大的热情投入了工作。但是做任何工作仅靠热情是不够的，由于没有经验，他们一连干了20多天，消耗了20多吨水泥，却一滴水都没堵住，课题组笼罩在沉重的气氛中。高教授形容那时的自己，是"经常两眼发直看不到前途，但却没有回头路"。最后，他们终于发现问题出在浆液流量不够上，必须对现有设备进行改造。于是他们便现场设计、现场加工，苦战了几个昼夜之后，制造出了一台后来获得国家专利、被称为"双泵双液多功能混合器"的装置。1993年4月30日凌晨1点——一个让高永涛终生难忘的时刻，当这套装置投入使用10分钟后,咆哮的涌水瞬间鸦雀无声。高永涛激动得泪流满面!此后,他们又经过了两个多月的奋战,克服了种种困难,成功完成了该风井的全部注浆堵水任务,在国内外创造了成功的范例。

"没有谁能随随便便成功"。用坦然的心态去接受挑战,用积极的视角去直面挫折,才是大学生奋斗和青春的最好体现。困难与挑战并存,奋斗与收获同在。

4. 先择行业,再干事业

俗话说,"男怕入错行",而怕入错行的又岂止只是男生,所有的毕业生在做选择时,都会面临着行业选择的问题。进入什么样的行业开始自己的职业生涯,希望在哪一行业发展自己的事业,确实是个既遥远又紧迫的生涯问题。很多毕业生在初入职场的时候,只关注眼前的薪资待遇,而忽略了以后可能的事业发展,缺乏对行业的认识往往是这些同学的通病。我们提倡以专业的视角,从事业管理的角度去寻找适合自己的行业。要正确看待初入某一行业时的困难,切忌急于求成、好高骛远,要坚定地确立"干一行,爱一行"的思想,"脚踏实地",又不忘"仰望星空"。

曾任太原钢铁(集团)有限公司总工程师的中国工程院院士王一德在做客"北京科技大学杰出校友讲坛"时讲道:"高考那年,出于对钢铁事业的热爱,我坚定不移地把北京钢院作为第一志愿。因为百废待兴的新中国,特别需要钢铁。第二次人生的重要选择在1968年的毕业选择。由于我是以教授身份考的研究生,理所当然地应该留校,但我似乎不想教书,特想到工厂去。我在学校学的是硅钢片专业,当时只有太钢有冷轧硅钢片,于是我就选择了太钢。当时环境也不好,叫做'下雨水泥路,天晴扬灰路'。我在太钢一待就待了39年。从当工人开始,然后当技术员,当工程师,当主任工程师,当副总工程师,当总工程师,我从课题组的一般组员开始,到当课题组组长,到当重点课题组负责人,到当国家重大项目的课题负责人,到最后当重大技术改造的负责人,一共取得15项省部级二等奖以上成果,其中4项国家奖,5项省部一等奖,6项省部二等奖。特别是'九五'、'十五'期间,完成太钢50万吨的不锈钢系统改造。现在,太钢不锈钢,粗钢产量世界第八,不锈钢冷轧90万吨世界第一。所以今天我可以说,这个选择我不后悔。"

第二节　手续办理：大学生就业基本常识

> 合抱之木，生于毫末；九层之台，起于垒土；千里之行，始于足下。
>
> ——《老子　第六十四章》

很多毕业生"眼高手低"的最直接体现就是缺乏对一些基本小事的关注。毕业生的就业手续关系到一个学生从学校到社会的转变，因为毕业生不同的职业选择，所以涉及的职能部门多，手续相对较多，因而需要每个毕业生用足够的耐心去面对，用平和的心态去对待。

一、与就业相关的五份重要材料

在学校就业指导中心，会经常遇到对自己的就业手续办理一头雾水或置之不理的毕业生。然而，毕业生经历了招聘会、面试、笔试、择业选择等一系列的求职过程，就业手续的办理是成就你的求职梦想的重要内容。伴随你的求职过程、与就业相关的有以下几份主要材料（如图 4-4 所示）：

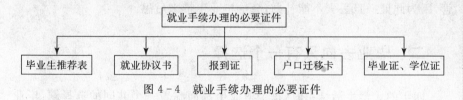

图 4-4　就业手续办理的必要证件

1. 毕业生推荐表

毕业生推荐表是由省级就业主管部门统一印制并通过各高校发放给毕业生的重要推荐材料，它是学校正式向用人单位推荐毕业生的书面材料。推荐表每人只有一份，可以证明你的应届毕业生身份。应届毕业生一般在每年的 11 月初就可以领到。

2. 就业协议书

就业协议书是普通高等学校毕业生和用人单位在正式确立劳动人事关系前，经双向选择，在规定期限内就确立就业关系、明确双方权利和义务而达成的书面协议；是用人单位确认毕业生相关信息真实可靠以及接收毕业生的重要凭据；是高校进行毕业生就业管理、编制就业方案以及毕业生办理就业落户手续等有关事项的重要依据。

3. 报到证

也就是大家常说的"派遣证",它既是用来记载毕业生就业历史的重要证件,又是用来办理落户和档案转寄等相关手续的关键凭证。此外,因为只有国家教育部门列入招生计划的大学生才有派遣资格,才有报到证,所以,在相当长的历史时期内,报到证是毕业生"干部身份"的标志,是大学生档案里面的必备材料。报到证一式两份,分别称为"就业报到证"和"就业通知书",毕业生手持"就业报到证"到单位报到,"就业通知书"放入档案内封存,并随寄往用人单位。用人单位以就业报到证为依据接转毕业生的档案,毕业生凭就业报到证到公安部门办理户口的迁移手续。

4. 户口迁移卡

学校户籍管理部门会为毕业生出具户口迁移证件(户口迁移卡或户口卡)。持证人到达迁入地后,需在有效期内将户口迁移证件交给户口登记机关申报入户。特别需要注意的是,毕业生需要及时落户,否则会对毕业生毕业后结婚、买房贷款等事情的办理都有影响。

5. 毕业证、学位证

对大学生来说,最重要的证件莫过于此了,这是你接受四年高等教育的见证。毕业生到单位入职报到时就会被"验明正身"。因此一定要特别保管,因为此证一旦丢失不能补办,会给毕业生带来后患。

二、毕业去向只有一个选择

四年的大学生活结束时,每个毕业生都面临着一个共同的选择题:毕业了,我要去哪里,我应该办理什么样的就业手续?就业手续办理取决于你所选择的毕业去向。毕业去向一般分为签约、升学、出国、灵活就业和回省待就业5种。所谓"一个选择",就是说每个毕业生离校的时候,必须也只能选择其中一种毕业去向,并办理对应的手续。

1. 签约

签约的"约"就是我们常说的毕业生就业协议书即三方协议。当毕业生在校期间找到了工作单位,工作单位能正常接收毕业生户档关系的情况下,毕业生就可以和单位签订三方协议。在签约的过程中,毕业生和工作单位应该就工作地点、工作性质、薪酬、服务期限、违约金等基本就业问题进行协商并达成一致。这些内容一般可以在协议书的附加条款体现,如果不行可以另外再签订补充协议。

一般的签约程序如下：毕业生把个人信息先填写完毕后，拿至用人单位，与用人单位面谈后当面在协议上签字盖章，最后同学须将双方签订完毕的协议书返回学校就业中心处盖章，最终完成后三方各执一份。签约的同学毕业离校时，学校会向上级就业主管部门申请为其制作就业报到证，毕业生持就业报到证到工作单位办理报到手续（如图4-5所示）。

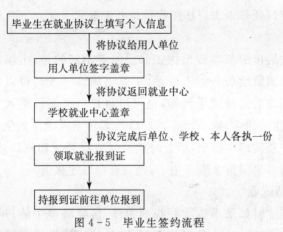

图4-5 毕业生签约流程

在签约的过程中，特别注意的是，"三方协议"和"推荐表"是毕业生持有并且也只有一份的重要材料，因此需要同学们妥善保存。

2. 升学

毕业生考取了研究生（考研）、双学位（考双）、博士或博士后，应及时到学生就业指导中心说明升学的具体情况并登记，以便学校能及时为大家办理户口及档案迁移的相关手续。

有很多同学认为，考上研就什么手续都不需办理，这是不对的，升学的同学仍需要办理调档和户口迁移手续，不同于签约的同学。但是升学的毕业生没有报到证。毕业生凭录取通知书和户口迁移卡等证件去录取院校报到并办理入学手续。

3. 灵活就业

所谓"灵活就业"是相对于传统就业模式而言的，主要是指用人单位由于特定的原因，在不能与毕业生签订三方协议的情况下产生的特殊的就业形式。一般是指因用人单位不能办理户口且无法接收档案等原因，不能签订三方就业协议书而只签订劳动合同的情况。

灵活就业还包括两种特殊的就业情况，即自由职业和自主创业，自由职业者一般没有固定的签约单位,但是有短期工作所以一般无法签订长期的劳动合同;而自主创业者因为公司起步的特殊情况,签约手续也不能正常办理。

灵活就业的同学离校时,毕业生的档案、户口一般需要迁移到毕业生生源地教育或人事部门。在校期间,除了要向就业中心出示具体情况的证明办理户口迁移和档案转寄手续外,还要注意毕业时应同签约的同学一样,领取报到证和户口迁移卡去户档接收单位办理报到手续。

4. 出国

包括毕业后出国留学或出国工作。二者不同的是,出国留学的毕业生可与教育部出国留学服务中心联系,了解出国留学人员可以办理哪些手续包括学成回国之后的派遣手续等,也可以将户口档案转至入学前的生源地区;而出国工作的同学,则必须要将户口档案转至入学前的生源地区。出国同学如果把户档转回生源地,毕业时就要领取报到证和户口迁移卡;如果把户档转到教育部出国留学服务中心,则只有户口迁移卡。

5. 回省待就业

在学校毕业时如果不能顺利找到工作,需要将学生的户档关系转回生源地区的人力资源和社会保障部门保管,学校不能继续保管毕业生的户口档案。各省人力资源和社会保障部门会按照国家政策,继续为未就业的大学生提供就业信息、就业帮扶、见习推荐等相关服务,以便帮助同学们继续择业。未就业同学离校时,一方面要注意领取回省待就业的报到证和户口迁移卡回家乡报到,另一方面,需要保管好自己的空白三方协议,一般两年内能够落实可以办理派遣手续的工作单位的,仍可通过签订三方协议,在学校办理直接到工作单位的派遣手续。

三、就业手续办理过程中的三个重要概念

1. 关于"派遣"与"二分"

学校为签约的毕业生办理的是派遣手续,而为没就业或需要户档回家的同学办理回省"二分"的手续。所谓"派遣",即学校按照三方协议约定为毕业生办理就业报到证和户档迁移,而毕业生执报到证和相关手续去单位报到的过程;"二分"则顾名思义,原是"回生源省份二次分配(派遣)"的简称。由于毕业生在学校读书期间未能就业,所以学校将为毕业生办理就业派遣的手续转交至其生源所在的省级毕业生就业主管部门。两年内这些机

构都可以为毕业生办理就业派遣。

随着近些年灵活就业在毕业生群体中所占的比重越来越高，"二分"回家的同学当中，有相当一部分人属于有工作、只是需要通过办理"二分"的手续，将户档等相关手续办理回家。所以，"二分"的实质已经发生了变化和延展，更多的只是侧重于户档手续的签转。

2. 关于"违约"

大学生签约最应讲求的是诚信和谨慎。诚信是每个人应当秉承的一种人生信条，不但择业过程要讲诚信，将来的事业生涯都要诚信。

初入职场的大学生，社会经验不足，签任何协议都要谨慎为之，签约不是儿戏，不能朝令夕改，因此当你郑重地在协议上属下你的名字的时候，所承担的责任则伴之而生。在毕业生求职的阶段，很多毕业生"这山看着那山高"，"吃着碗里、看着盆里"。追求更理想的选择本无可厚非，但是只是从自己的角度出发，采取一些欺骗的手段达到违约目的是不可取的。大学生择业有黄金周期，用人单位选择同样如此。所以，毕业生随意违约的行为既为自己的职业生涯树立了一个不好的开端，又给用人单位带来了无法估量的损失。

如果确因各种现实原因不得不违约的时候，建议毕业生一定要妥善处理好跟用人单位的关系，该承担责任的坚决承担责任，并严格按照学校对于违约行为的相关程序规定办理手续。

3. 关于"户口指标"

随着中国户籍制度的改革，目前大多数城市对于吸收应届毕业生落户都已经实施非常宽松的政策。但是，仍有一些大城市因为特殊的原因保持应届毕业生入户审批制度，如北京、上海、天津、深圳等。这些省份绝大多数都对毕业生的"硬件"提出了明确的要求，比如学历、专业、英语水平、计算机水平等。因此，应届毕业生针对心仪的地区，应该了解相关手续的具体办理细节，早着手、早准备。比如上海市采取"入沪打分"制度。

除了应届毕业生的入户申请以外，往届生也有相应的途径申请户口。"条条大路通罗马"，事业成功以及人生幸福跟户口都没有绝对的关系，建议毕业生在初次择业时不要把户口看得过重。

延伸阅读

北京、上海接收应届毕业生相关流程

北京市海淀区2010年非北京生源应届毕业生引进接收工作的通知（节选）

一、引进范围和条件

用人单位按照学用一致、专业对口的原则，在下达的引进控制数内，接收符合下列条件的应届高校毕业生：

1.列入国家统一招生计划的普通高等学校的硕士以上学历研究生培养方式为定向或委培的毕业生，成人教育、自学考试、远程教育、在职进修班、函授班及其他各类同等学力毕业生均不在引进范围；

2.应届毕业并正常参加当年就业派遣；

3.所学成绩全部合格，主修课程无补考记录，能按时取得相应学位；

4.所学专业与接收单位主营业务一致。

二、办理程序

用人单位应通过网上审核和材料申报的程序办理非北京生源毕业生引进接收。

1.网上审核。用人单位与毕业生达成就业意向后，签署《非北京生源高校毕业生引进协议书》，登录"北京市毕业生就业管理系统网络版"（网址为jygl.bjbys.com），注册单位信息，选择申报渠道，设置主管单位，如实填写毕业生信息（所有项目均不得为空），详细填报引进理由，提交海淀区人力社保局审核后，报市人力社保局审批。

2.材料申报。用人单位网上提交毕业生信息审批通过后，打印《非北京生源进京审批表》（一式三份），与所需其他申报材料一并提交区人力社保局审核。审核合格的，报市人力社保局进行审批。由市人力社保局出具《接收函》（一式两份）后，用人单位方可与毕业生签订就业协议。

注：网上审核和材料申报的具体要求详见附件。

三、办理时间和地点

自2010年5月4日起，网上信息提交截至5月31日；申报材料报送到6月30日截止。

申报材料报送至海淀区人力资源和社会保障局（西院）二层政务大厅毕

业生接收窗口(19 号窗口),地址:海淀区西四环北路 73 号(中关村人才发展中心),联系电话:88498991。

四、注意事项及工作要求

1.用人单位要规范申报渠道,不得多头申报,并按照"谁接收,谁申报"的原则,由毕业生实际接收单位办理申报。批准引进的非北京生源毕业生,户口均应落在用人单位集体户口中。没有集体户口的单位不具有接收非北京生源毕业生的资质。

2.用人单位在区人力社保局下达的引进控制数内办理非北京生源毕业生引进。对于用人单位未使用的引进指标,由区人力社保局统一调剂使用。

3.各用人单位按照规定的时限和要求,完成网上信息填报和申报材料组织报送,并保证网上信息和申报材料的齐全、规范、真实、准确。报送的纸质材料与网上信息不符的,视为不合格,不予上报。

4.各用人单位务必妥善保管好所领取的公文批件。

5.各用人单位不得同已与北京市各乡镇签订了《聘用高校毕业生担任京郊村党支部书记助理、村委会主任助理劳动合同书》的毕业生签订劳动合同。

附件(略)

二○一○年四月三十日

2010 年非上海生源应届普通高校毕业生进沪就业办理本市户籍受理办法(节选)

一、基本条件

非上海生源应届普通高校毕业生进沪就业申请办理上海市户籍的,须同时具备下列基本条件:

(一)非上海生源应届普通高校毕业生须具备下列基本条件

1.品行端正,身心健康,在校期间无违法违纪记录和行为;

2.学习成绩优良,具备规定的外语和计算机应用能力;

3.一般为应届毕业研究生或上海普通高校、国务院各部(委、办、局)所属普通高校、列入"211 工程"的地方普通高校的应届本科毕业生;

4.已与第(二)款规定的用人单位签订就业协议的(一般应为直接录用协议)。

(二)用人单位应具备的条件

用人单位一般为在本市行政区域内注册登记的党政机关、事业单位、社会团体、民办非企业单位(法人)以及符合本市产业发展方向、注册资金达到人民币 100 万元(含)以上且在 2009 年 3 月 1 前注册登记的各类企业(应届普通高校毕业生自主创办的企业不受此限制,非法人企业须满足第三部分第七款的有关条件)。

不符合上述条件的用人单位,如需引进非上海生源应届普通高校毕业生,须在 2010 年受理工作启动后 1 个月内向上海市高校毕业生就业工作联席会议办公室提出申请,经审核同意后予以受理。

二、学业基本要求

申请办理上海市户籍的进沪就业非上海生源应届普通高校毕业生,在学习成绩、外语与计算机应用能力方面须达到以下要求:

(一)学习成绩基本要求:应取得相应的学历证书和学位证书。

(二)外语能力要求:获得大学外语四级证书或四级成绩达到 425 分(含 425 分)以上证书。

(三)计算机应用能力要求:获得省(市)级及以上教育行政部门颁发的计算机应用能力水平考试合格证书(文科专业学生为"一级",理工科专业学生为"二级"。毕业研究生及数学类、电子信息科学类、电气信息类、管理科学与工程类专业本科毕业生可免于提交)。

所学专业为体育学类和艺术学类毕业生,其外语和计算机应用能力不作上述要求。

三、申请材料

申请办理上海市户籍的进沪就业非上海生源应届普通高校毕业生,须由用人单位向上海市学生事务中心(上海市高校毕业生就业指导中心)递交下列申请材料:

(一)填写完整的《非上海生源应届普通高校毕业生进沪就业办理户籍申请表》(含《学习成绩评定表》,毕业研究生须在评定表中由研究生培养部门明确毕业生就读的二级学科代码和名称),可从上海高校毕业生就业信息网(www.firstjob.com.cn)下载。

(二)由学校(或培养单位)的毕业生就业工作部门盖章的毕业生推荐表。

(三)填写完整的就业协议书(如该协议书含有毕业生未能办妥落户手续将解除就业协议内容的,不予受理)。

(四)由学校(或培养单位)教务部门盖章的成绩单(按学期分列)。

(五)由学校(或培养单位)教务部门或就业工作部门盖章的外语和计算

机等级证书复印件。

（六）由学校（或培养单位）就业工作部门盖章的毕业生在其最高学历学习阶段所获各类奖项证书的复印件（验原件），包括以下两个方面：

1.校级（含校级）以上"优秀学生"、"三好学生"、"优秀毕业生"、"优秀学生干部"等。受理截止日前尚未领到有关证书的，须提供发证机构出具的相关证明，并应在 2010 年 6 月 30 日前交验证书原件。

2.国际性和全国性竞赛（含地方赛区）获奖证书。

（七）用人单位的企业营业执照复印件（验原件）。非法人企业须另提供以下材料（已连续 3 年获准受理落户申请的，只需提交下述第 4 项材料）：

1.上级法人的营业执照复印件，且注册资金一般不低于 1 000 万元人民币；

2.上级法人的自主招聘授权书；

3.上年度在职员工缴纳社保证明；

4.上年度在沪缴纳营业税税单原件。

（八）其他材料：

1.毕业生父母双方或一方为本市"支边"、"支内"职工的，须提供：

（1）由父母当年迁出地公安派出所出具的户籍证明；

（2）父母双方或一方"支边"、"支内"工作经历证明；

（3）毕业生入学前户籍所在地公安派出所出具的亲属关系证明。

2.毕业生父母双方户口已迁入上海市的，须提供：

（1）父母双方户籍所在地公安派出所出具的户籍证明；

（2）公安派出所出具的亲属关系证明。

3.毕业生已婚且在申报截止日期前夫妻分居已满一年（不含未满一年）的须提供：

（1）夫妻另一方上海户籍所在地公安派出所出具的户籍证明；

（2）结婚证书复印件（验原件）。

4.在本市创办企业（不含股份制转让、后期补注入资金的创业企业）的非上海生源应届普通高校毕业生，应与其创办的企业签订就业协议，并须提交公司非零注册验资证明、学校或培养单位出具的自主创业证明（获得上海市大学生科技创业基金资助的高校毕业生，只需提交由基金管理机构出具的相关证明）。

5.毕业生在本人最高学历学习期间获得或申请专利的，须提交专利证书复印件或专利申请受理证明（验原件），并须提供经校级就业主管部门在本校网站上公示无异议的书面证明材料原件。

除上述材料以外,如毕业生和用人单位认为确有必要,可提交其他相关材料或有关说明。

四、受理期限

2010 年进沪就业非上海生源应届普通高校毕业生落户申请,自本文件发布之日起受理。受理截止时间为 2010 年 5 月 31 日(不含双休日及法定节假日)。各类加分材料在受理截止期后不再受理。

五、受理单位

上海市学生事务中心(上海市高校毕业生就业指导中心)

六、受理地点

上海市徐汇区冠生园路 401 号,交通:公交 224 路、43 路、92 路、92 路 B、122 路、131 路、712 路、732 路、755 路、775 路 B、763 路、764 路、830 路、909 路、946 路、953 路,轨道交通 1 号线、9 号线

七、审核结果查询

2010 年 4 月上旬起可在上海高校毕业生就业信息网(www. firstjob. com. cn)查询首批春季毕业研究生申请审核结果,其余审核结果可在受理截止日期后 20 个工作日开始查询。

二〇一〇年二月二十日

第三节 法律与维权:如何用法律保护自己

法律就是法律,它是一座雄伟的大厦,庇护着我们大家。

——约翰·高尔斯华绥

大学生在求职择业及最终入职完全步入社会的过程中,必然会涉及协议、合同等诸多法律问题。学习必要的法律知识,既是对劳动者们应有权益的保护,也是对就业市场的规范接轨,掌握必要的法律知识,是大学生在校期间必须提前学习的一课。

一、常见协议书与合同

大学生择业期间常见的协议类型有五种,分别是:就业协议书(俗称"三

方协议")、劳动合同、双向协议、实习合同与劳务合同等,其中,在校期间学校必然参与签订的重要协议是就业协议,而毕业后对劳动者来说最重要的是劳动合同(如图4-6所示)。

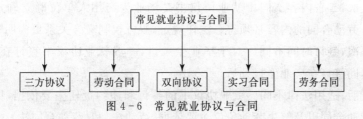

图4-6 常见就业协议与合同

(一)就业协议书的法律效力

就业协议书是普通高等学校毕业生和用人单位在正式确立劳动人事关系前,经双向选择,在规定期限内就确立就业关系、明确双方权利和义务而达成的书面协议;是用人单位确认毕业生相关信息真实可靠以及接收毕业生的重要凭据;是高校进行毕业生就业管理、编制就业方案以及毕业生办理就业落户手续等有关事项的重要依据。

就业协议书属于毕业生与用人单位签订的意向性协议,它具有法律效力,但不能替代劳动合同。从法律性质上说,就业协议属于民事合同,它从签订完毕起生效,在毕业生到用人单位报到之后即告终止。除了就业协议书上约定的有关条款以外,毕业生还可要求用人单位将双方约定的关于工作地点、工作岗位、福利待遇以及带薪休假等内容写进备注条款,毕业生报到后按照约定执行。

(二)重要的劳动合同

毕业生在入职报到后要与用人单位依法签订劳动合同,劳动合同是劳动者与用人单位确立劳动关系、明确双方权利和义务的书面协议。据《劳动合同法》规定,劳动合同必须含有以下几方面的内容:劳资双方的基本信息、劳动合同期限、工作内容和工作地点、工作时间和休息休假、劳动报酬、社会保险、劳动保护、劳动条件和职业危害防护等基本条款。劳动合同保障了劳动者的基本权益,在签订劳动合同和形成事实劳动关系后,劳动者的权益主要受《中华人民共和国劳动合同法》保护。

需要注意的是,大学生在校期间不具备签订劳动合同的主体资格,因而必须也只有离开学校走上工作岗位后,才能依法签订劳动合同。

就业协议书与劳动合同存在明显的区别：

首先,主体不同。就业协议书的主体一方必须是毕业生。毕业生的身份是在校学生,不具有劳动者的资格,劳动合同的主体一方必须是劳动者。

其次,二者内容不同。就业协议书是毕业生与用人单位确立确定工作意向。劳动合同的内容必须符合法律规定,双方权利义务关系更为明确。

再次,签订时间不同。对于毕业生来讲,一般就业协议书签订在前,而劳动合同签订在毕业生报到后。

最后,适用法律不同。就业协议书的签订和违约责任主要依据《民法》,签订劳动合同以及解决劳动争议主要依据《劳动法》和《劳动合同法》。

(三) 其他协议与合同

因为社会用工形式的多样化,需要签订的协议书与合同也会多种多样。总体需要同学们本着诚信、谨慎和负责的态度,认真对待自己签订的任何一份协议或合同。

1. 双向协议

如果用人单位不具有接收毕业生户口档案的能力,但可以为毕业生提供就业机会,用人单位和毕业生可以签订双方的意向性协议。双向协议没有了学校的协议内容,只要毕业生和用人单位协商一致即可完成,因而缺少了学校的监管环节。双向协议视同一般的民事合同,因而同样具有法律效力,待毕业生离校去单位工作后,即可依法签订劳动合同。

2. 实习合同

大学生跟实习单位之间签订的合同,一般不是无偿劳动,用人单位要支付给学生一定的劳动报酬。实习协议的签订,填补了三方协议和劳动合同在毕业生实习阶段的法律空白,保障了同学们在实习期间的基本权益,明晰了具体的责任义务。

实习合同或协议的内容一般应参照劳动合同的相关条款,所以它也应以书面形式订立,并具备以下内容:实习合同期限、工作内容、劳动保护和劳动条件、劳动报酬、劳动纪律、劳动合同终止的条件、违反合同的责任等。除以上规定的必备条款外,当事人可以协商约定其他内容。

3. 劳务合同

首先要清楚"劳务"的概念,劳务是指以劳动形式提供给社会的服务,所以劳务合同即当事人各方在平等协商的情况下达成的,就某一项劳务以及劳务成果所达成的协议。

同学们经常会困惑，劳务合同和劳动合同究竟有什么不同呢？通俗地说，首先签约主体不同，劳动合同的签订双方必须是人和单位，而劳务合同可以是人与人的协议，也可以是人与单位的协议等；其次，适用法律不同，劳务合同受《民法通则》和《合同法》的调整，而劳动合同受《劳动法》、《劳动合同法》调整；再者，协议的内容不同，劳务合同内容主要是双方协商后的一致约定，而劳动合同的内容则更多的是法定性条款；最后争议处理方式不同，劳务合同一般通过法院诉讼解决，而劳动合同必须先通过劳动争议仲裁委员会进行仲裁。通过上面的分析，我们不难发现，劳务合同更多地适用兼职、勤工助学等社会短期用工的形式。

二、就业过程中的常见陷阱

　　所谓就业陷阱，是指将要从事的工作内容，与雇主及求职者双方原先的约定不一致，或者是借着工作机会的诱因，违背求职者个人意愿，用骗术使之付出不在原订立劳动契约内容的额外财务支付，或是诱骗胁迫求职者违背道德法律的行为等。由于社会经验的缺乏，大学生往往很容易掉进就业陷阱，苦不堪言。日前，大学生面临的就业纠纷呈上升趋势。大学生们急于求成、没有风险意识和维权意识，使得某些不法单位或个人有机可乘。

（一）押金陷阱

　　当今大学生就业市场供大于求，有些用人单位利用求职学生急于寻找工作这一心理，打着招人的幌子骗取大学生的"押金"或"培训费"，对此，求职的毕业生要有风险意识，要多看、多问、多想，不能因工作难找，就忘记了维护自己应有的合法权益。

　　在求职的过程中，一些公司要求收取培训费、工本费、服装费、保证金等，却很少开出收据。很多求职的大学生因迫切需要得到工作，纷纷上当。也有一些公司规模不大、薪水不高，但是开出了一些诱人的条件。比如说，在某些大中城市工作，或者能解决这些大中城市的户口问题。希望留在大中城市工作的学生很容易被这样的条件迷惑。等双方谈得差不多了，公司又表示：为了增加双方的信任，学生在工作之前必须交押金。然而在学生交完押金、工作一段时间后，公司的有关人员就表示，聘用之初说定的工作岗位要有些调整，可能把求职者派到偏僻地区或冷僻部门，而这些地方是学生肯定不愿意去的，于是学生只好主动毁约放弃这个岗位，之前所交的押金自然也收不回来了。

（二）工资陷阱

工资是一个很模糊的概念，所以毕业生在找工作的时候，不要只看表面工资多少，最好还是要问清楚具体内容。工资包含的内容很多，比如福利、保险、奖金等。有的单位在招聘的时候，只说基本工资，其他如奖金、福利、保险等根本不包括在内；而有的单位尽管开的工资不低，可是保险等需要扣除的项目也都包括在内，在东扣西扣之后，最后剩的钱并不多了。

（三）就业歧视

《中华人民共和国就业促进法》第五条规定："劳动者依法享有平等就业和自主择业的权利。劳动者就业，不因民族、种族、性别、宗教信仰等不同而受歧视。"《中华人民共和国劳动法》中也明确规定，妇女享有与男子平等的就业权利。在录用职工时，除国家规定的不适合妇女的工种或者岗位外，不得以性别为由拒绝录用妇女或者提高对妇女的录用标准。《劳动法》还进一步指出，残疾人、少数民族人员、退出现役的军人的就业，法律、法规有特别规定的，从其规定。

虽然国家相关法律法规明确规定了平等就业和自主择业的权利，但现实社会中就业歧视现象屡见不鲜。特别是近几年大学生就业形势严峻，用人单位在选才的过程中抬高一些不合理的门槛，比如身高要求、相貌要求，甚至明确要求"限男生"。对于大学生来说，虽然作为"弱者"很无奈，但当自身权益受到损害时，要敢于利用法律的武器维护自身权益。

（四）"五险一金"

人们常说的"五险"包括养老保险、医疗保险、工伤保险、失业保险和生育保险，其中养老保险、医疗保险、工伤保险由用人单位和劳动者共同缴纳保费，失业保险和生育保险完全由用人单位承担。"一金"则是住房公积金，即国家机关、国有企业、城镇集体企业、外商投资企业、城镇私营企业及其他城镇企业、失业单位、民办非企业单位、社会团体及其在职职工缴存的长期住房储金，由用人单位和劳动者共同缴纳。劳动者享受社会保险待遇的条件和标准由国家相关的法律法规规定，同时劳动者享受的社会保险金必须按时足额支付。

三、涉及劳动合同的常见法律问题

由于毕业生对签订劳动合同的过程和一些法律问题不甚关注，容易引起纠纷。遇到纠纷时，首先要知道通过何种渠道解决。现实生活中，常常遇到不知所措的毕业生或执拗赌气的同学，这些态度都是不理智的，一方面要诚信谨慎地签约，一方面要依法保障自己的权益，同时一旦发生纠纷要合理合法、有理有据地解决问题。

（一）签订劳动合同时应该注意什么？

建立劳动关系，应当订立书面劳动合同。用人单位招用劳动者时，应当如实告知劳动者工作内容、工作条件、工作地点、职业危害、安全生产状况、劳动报酬，以及劳动者要求了解的其他情况；用人单位有权了解劳动者与劳动合同直接相关的基本情况，劳动者应当如实说明。在实际工作过程中，经常会发生针对工作内容、工作地点和报酬等方面的争议。

案 例

黄某是北京××大学 2007 届毕业生，2007 年 4 月黄某参加某公司招聘，顺利签约成为驻上海销售分公司的销售员。2008 年 4 月 30 日，分公司经理陈某通知黄某，根据工作需要将其调至西安工作，如不同意，可以向公司递交辞职信，公司给予员工 15 日时间寻找工作。黄某当场表示不同意，也未递交辞职信，双方不欢而散。"五一"长假后黄某在正常工作时间也未到公司上班。5 月 12 日，公司通知黄某解除劳动合同，黄某认识到自己的权益受到了侵害，因而向公司提出经济补偿金的要求，分公司经理当场予以拒绝，并指出合同解除原因在于黄某不服从公司工作调配。

点评：

本案例中，工作地点是双方纠纷的焦点。调整员工工作地点是否构成对劳动合同的修改，取决于双方的约定。如果劳动合同中明确包含"员工应当服从工作地点调配"的条款，则调整工作地点是企业正常的劳动组织行为，根本不构成对工作内容的调整。但是，大多数情况下双方并未对此项内容进行明确约定，本案例即是此种情形。但有一个方法仍然可作为判定的依据,即企业以何种岗位的名义招聘员工。如在此案例中是以上海销售分公司的名义进行招聘的话,很显然其工作地点为上海。因此,劳动者有必要保存企业招聘时的宣传资料。

同时,需要提醒刚参加工作的大学生,在被通知解除劳动合同后,不要意气用事。劳动合同法规定"在劳动合同订立时所依据的客观情况发生重大变化,致使原劳动合同无法履行,经当事人协商不能就变更劳动合同达成协议的,用人单位提前30日以书面形式通知劳动者本人或者额外支付劳动者一个月工资后,可以解除劳动合同"。案例中,黄某没有与公司就工作地点的变更达成协议,用人单位并没有以书面形式并提前30天通知黄某解除合同。但是黄某在与公司协商未果后赌气不上班,根据公司规定可能被视做旷工,可以直接辞退。当然,就提前30天通知问题,很多企业有诸多变通的做法,比如直接支付1个月的工资让员工终止工作,这当然没有侵犯员工权益,也是完全可以接受的。有些企业则提出提前15日终止合同,既不要员工上班,也不支付当月工资。所以,如果继续上班,企业必须支付当月工资。

(二) 该如何面对"一无边际、二无保障"的试用期?

试用期是指用人单位和劳动者双方相互了解、确定对方是否符合自己的招聘条件或求职条件而约定的不超过6个月的考察期。在劳动合同中规定试用期,既是订立劳动合同双方当事人的权利与义务,同时也为劳动合同其他条款的履行提供了保障。《劳动合同法》第十九条规定:"劳动合同期限三个月以上不满一年的,试用期不得超过一个月;劳动合同期限一年以上不满三年的,试用期不得超过二个月;三年以上固定期限和无固定期限的劳动合同,试用期不得超过六个月。"同时,《劳动合同法》第三十七条、第三十八条和第三十九条规定,在试用期内,劳动者可以提前三日向用人单位提出解除劳动合同,且不无须承担违约责任;用人单位对被证明不符合录用条件的劳动者也可以随时解除劳动合同,无须支付经济补偿金。

 案例

小赵毕业后一直在上海的一个贸易公司工作,由于刚毕业,公司和小赵约定试用半年后才能签劳动合同,半年试用结束,公司签订了劳动合同,但合同中规定了还有半年的见习期,在见习期间公司不负责办理社保等手续,

工资发一半。小赵很苦恼,不知道种情况是不是正常的。

点评：

试用期是用人单位和劳动者为相互了解、选择而约定的考察期,是劳动合同期限中一段特殊的期间。试用期也是用人单位和劳动者协商确定劳动合同内容之一。试用期应包括在劳动合同期限内,将试用期排除在劳动合同期限之外的做法是错误的。试用期没有签订劳动合同的,应当视为事实劳动关系,那么事实劳动关系同样受劳动法的保护,应当依法为劳动者缴纳社会保险,故单位不缴纳社会保险的行为也是严重违反法律规定的。先试用再签订劳动合同,是违反《劳动合同法》、故意拖延不订立劳动合同的行为,其目的是为了逃避责任和义务。对于劳动者来讲,保障自身利益最根本的前提是首先要注意与用人单位签订劳动合同,如果对劳动者造成损害的,用人单位应赔偿劳动者损失。按照规定,用人单位从用工之日起即与劳动者建立劳动关系,建立劳动关系即应依法订立劳动合同,劳动者与用人单位签订劳动合同的时间应在试用期之前。在试用期内,用人单位和劳动者依法享有劳动合同解除权。

小赵在合同签订或者履行过程中,用人单位还故意混淆实习期、见习期、试用期、服务期的概念,六个月的试用期约束后甚至以见习期的名义继续试用毕业生,或以实习生名义替代试用期等,从而达到使用廉价劳动力的目的。

（三）公司收我保证金合法吗？

依据国家法律规定,用人单位招用劳动者,不得扣押劳动者的居民身份证和其他证件,不得要求劳动者提供担保或者以其他名义向劳动者收取财物。但是仍然有部分用人单位在用工过程中以入职培训等名义收取押金或定金,毕业生要有风险意识。

案 例

2008年4月,毕业生邓某经过笔试、面试后与河北一家公司达成工作意向。在签订就业协议书前,公司提出为了保证邓某在7月份报到时能有统一的工作服上班,提出收取工作服押金300元,入职后公司将退还押金。邓某对此公司很满意,不打算另找工作,因此缴纳了押金。7月份入职报到后,公司再次提出为了防止邓某提前解除合同,公司要先收取500元的保证金。邓某意识到自身权益受到侵害,遂与公司协商,公司提出要么缴纳保证金,要么不签订劳动合同也不退还工服押金,邓某不服,向有关部门寻求帮助。

点评:

目前由于严峻的就业形势,面对部分用人单位要求应聘者在签订合同的同时缴纳风险抵押金、违约金、培训费、置装费、建档费等不合理要求时,毕业生为了得到一份工作放往往就"认"了。此案例中,邓某没有意识到公司在签订就业协议书时提出工服费是不合理的。根据有关法律规定,入职后签订劳动合同时公司不得收取培训费和保证金等。

(四)与公司解约需要付违约金吗?

《劳动合同法》第二十二条:用人单位为劳动者提供专项培训费用,对其进行专业技术培训的,可以与该劳动者订立协议,约定服务期。劳动者违反服务期约定的,应当按照约定向用人单位支付违约金。违约金的数额不得超过用人单位提供的培训费用。

案 例

2009届某高校艺术设计专业的研究生李某于2009年7月18日应聘到某广告艺术公司主持市场部工作,并签订了为期四年的劳动合同。2009年8月,公司送其到日本培训三个月,当时签订了培训协议,规定李某在研修后二年内不能辞职。李某回国后为公司仅仅服务三个月,即辞职到另一家广告公司担任副总经理职务;公司多次与李某通过各种途径接触,但他始终回避违约责任问题,交接工作也未积极配合,造成公司多种业务工作陷入混乱,使工作处于被动状态。在双方协商未能达成一致的情况下,申诉方向劳动争议仲裁委员会申请仲裁,要求依照法律程序追究被诉方违约责任。

点评:

根据《劳动合同法》第二十二条对劳动合同的订立中的服务期的规定,劳动者违反服务期约定的,应当按照约定向用人单位支付违约金。劳动争议仲裁委员会认为:在社会主义市场经济条件下,鼓励提高人才流动,这样可以更大限度地发挥人才的潜在能力,使人尽其才,人尽其用。但是人才的

流动,不是随心所欲、不受任何限制的。双方签订了合法、有效的劳动合同,
又达成了培训协议、明确了双方的责权利,双方理应自觉按协议、合同履行。
现被诉方视劳动合同为儿戏,随意离开,是一种严重违约的行为,理应承担
相应的法律责任。经劳动争议仲裁委员会调解,双方达成了共识,形成以下
协议:1.李某向公司赔偿培训费 6 000 元;2.李某主动配合企业将未了结业
务事宜交接清楚。至此案件处理完毕。

李某与某广告艺术有限公司签订的劳动合同规定:由甲方出资培训乙
方,培训期满后,乙方在两年内不得辞职或擅自离职。否则,甲方有权要求
偿付培训费。在培训协议中,双方对违约后应当赔偿的金额又做了具体规
定。这说明,李某违约是毫无疑问的,必须承担相应的法律责任。李某的
"跳槽"行为损害了企业的利益,向企业赔偿一定的损失是合法合理的。

（五）公司有权单方面变更合同吗？

《劳动合同法》第三十五条:用人单位与劳动者协商一致,可以变更劳动
合同约定的内容。变更劳动合同,应当采用书面形式。变更后的劳动合同
文本由用人单位和劳动者各执一份。

2009 届毕业生王某三个月前同公司签订了两年期限的劳动合同,合同
中约定小陈从事研发助理的工作,合同还约定"合同的变更需经甲、乙双方
协商一致","乙方有权拒绝甲方安排合同规定以外的工作"等内容。可是,
陈某干了三个月后,公司突然通知他,要调他到销售部门做业务员。陈同学
认为自己不适合做销售,于是申请仲裁。

点评:

无论是何种原因变更劳动合同,都要遵循一个原则:用人单位与劳动者
协商一致才可以变更。另外,《劳动合同法》规定,变更劳动合同应当采用书
面形式。如果变更劳动合同没有采用书面形式,将来在申请仲裁或诉讼的
时候,将对用人单位不利。其结果是,公司没有经合同双方协商同意,单方
面变更劳动合同,属违约行为。因此,公司应与小陈继续履行原劳动合同。
同样类似情况,还适用于毕业生签订的三方协议。协议签订时,同学们都应
有强烈的法律意识,任何人或公司都不能单方面变更协议。

（六）劳动合同可以随意解除吗？

《劳动合同法》第三十七条：劳动者提前三十日以书面形式通知用人单位，可以解除劳动合同。劳动者在试用期内提前三日通知用人单位，可以解除劳动合同。

案 例

毕业生小赵于 2005 年 4 月 15 日应聘到大连某公司，月薪人民币 4 000元，劳动合同每年一签。工作两年后，公司与小赵又签订了一年期限的劳动合同，合同期限自 2007 年 4 月 15 日至 2008 年 4 月 14 日。但是，新合同签订不足一年后，小赵被公司强行解除劳动合同。现在小赵有一些疑惑，公司解除劳动合同是否合法，自己是否应该得到经济补偿？

点评：

用人单位解除与小赵的劳动合同，按照新法和旧法都应当支付经济补偿，且用人单位解除合同是违法。《劳动合同法》规定，如果劳动者要求继续履行劳动合同的，用人单位应当继续履行；劳动者不要求继续履行劳动合同或者劳动合同已经不能继续履行的，用人单位应当依照本法第八十七条规定支付赔偿金，即依照《劳动合同法》第四十七条规定的经济补偿标准的二倍向劳动者支付赔偿金。

第四节　职后成长：角色转换与职后成长

当一个人用工作去迎接光明，光明很快就会来照耀着他。

——冯学峰

一、转变与适应

作为刚跨出大学校门的毕业生，往往面临着角色转换与适应新环境的问题，要从一个校园人转变为一个能独立开展工作的职场人，还需要一个对职业社会、职场环境不断了解、学习和感悟的过程。

案例

经过了艰难的求职过程，小李以出色的表现进入了一家自己心仪已久的公司，而且一到工作岗位就受到了大家的关注：一是因为他是名校毕业的研究生，而且是优秀毕业生；二是因为他是以非常强的实力获得这份工作的。他在大学期间做过大量的英语翻译工作，而且还做过一些会议的同声传译。在大学里，他就已经定位好了自己的发展方向，虽然专业不是英语，但是他努力发掘英语相关的机会进行自我锻炼。

但进公司不久的小李，就感觉到自己仿佛有了"职业倦怠"：虽然也做大量的与英语相关的工作，但是还夹杂有大量的文字信息的搜集和整理工作。公司准备等他经过一段适应期，对公司有一些全面了解后，再让他参与市场策划方面的工作。然而，在这段适应期，他就已经难以忍受这种不被"重视"的状况了，开始以自己名校毕业的状态自居：他的上司从来无法说服他放弃自己的某些想法；他经常把同事辩论得哑口无言；他从来都是准点下班离开；他经常对自己的工作失误找"充分"的理由；他经常搞不清楚公司的目标，却做出许多大文章。

小李的经历体现了由学校毕业生转变为职场人所出现的适应问题：一方面，环境发生了改变，就要对环境进行重新分析：人随时都处于一个系统中，环境改变了，系统也改变了，则新系统的规则也会有不同，人需要清楚这些规则到底是什么；另一方面，需要准确把握自己的特征，从而进行重新定位。在职场游走的核心就是：把握游戏规则并运用之。

（一）认识变化

当毕业生经历一番激烈竞争最终得到一份工作，满怀憧憬地打算大干一场时，往往会发现现实与理想之前存在着很大的差距，很多从未想过的问题都会出现在自己面前。这个时候，了解环境的变化才能帮助毕业生更好地适应职场环境。适者生存，创建良好的职业生涯开端就从认识变化开始。

1. 环境的不同

相比较宽松的校园环境，工作环境是更为严格的时间安排和更为规范的制度约束：突然失去了假期，失去了考试；工作上不会再有人告诉你明确的答案，也不单单是以个人的能力来判断成功……伴随着这些不可避免的变化,也意味着你有了独立的经济能力,社会经验也呈加速度增长,从而你会逐渐失去校园里的稚嫩,逐渐拥有职场人的成熟。尽快适应新的环境,是高校毕业生走上社会的第一步。大学环境和工作环境的比较如表 4.4.1 所示。

表 4.4.1　大学环境和工作环境的比较①

大学	新的工作环境
大学文化	工作文化
弹性的时间安排	更固定的时间安排
你能够选课	你不能缺工
更有规律、更个别的反馈	无规律和不经常的反馈
长假和自由的节假休息	没有寒暑假,节假休息很少
对问题有正确答案	很少有问题的正确答案
教学大纲提供清晰的任务	任务模糊、不清晰
分数上的个人竞争	按团队业绩进行评估
工作循环周期较短	持续数月或数年的更长时间的工作循环
奖励以客观性标准和优点为基础	奖励更多以主观性标准和个人判断为基础

2. 领导风格的不同

校园里,你的"领导"是你的老师,而职场,你的"领导"是你的老板。老师传授给你的是知识,他以成绩来考核你的学业;老板支付你的是薪水,他以绩效来衡量你的工作。老师是那个你犯了错第一时间提醒你如何改正,并且能够原谅你的人;而老板是那个你犯了错第一时间考虑错误带来后果及如何弥补的人。老师会鼓励你做决策,老板会直接做决策。不同领导风格比较如表 4.4.2 所示。

---

① ［美］罗伯特·C.里尔登等:《职业生涯发展与规划》,侯志瑾等译,高等教育出版社 2005 年版。

表 4.4.2　不同领导风格的比较

你的老师	你的老板
鼓励讨论	通常对讨论不感兴趣
规定完成任务的交付时间	分派紧急的工作,交付周期很短
期待公平	有时很独断,并不总是公平
知识导向	结果(利益)导向

3. 学习过程的不同

大学的学习过程与职场的学习过程是不同的。大学学习阶段,有老师教导你该如何学习;而在工作中,不是每个人都会有师傅的带领,自学并在实践中掌握和巩固知识是新入职的大学生必然要面对的,有师傅带领要学好,没有师傅带领工作依然要做好。如何化知识为力量,变能力为实践是需要每个人从细节做起的。学习中的困难会成为进步的基石,而工作中的困难则是成长的起步。积极地面对这一过程的转变,才能顺利度过职场"过渡期"。两个学习过程的比较如表 4.4.3 所示。

表 4.4.3　不同学习过程的比较

大学的学习过程	工作的学习过程
抽象性、理论性的原则	具体的问题解决和决策制定
正规的、结构性的和象征性的学习	以工作中发生的临时性事件和具体真实的生活为基础
个人化的学习	社会性、分享性的学习

(二) 实现角色变换

了解客观环境的不同是自我认知转变和适应的前提,毕业生告别校园,踏上社会进入职场,无论是在心理上还是行为上都涉及角色的转换问题,角色不同意味着我们的心态承受、工作方式、行为习惯等都需要根据环境的变化而变化。那么角色的转变需要我们及时进行哪些调整呢?

1. 面对现实

大学毕业生往往有着远大的理想和抱负,对未来职业生活充满了憧憬。但大学毕业生应清醒地认识到理想与现实之间的差距。也许你憧憬的是窗明几净的工作环境,而现实是充满油泥的设备现场;也许你梦想工作氛围是变化和快乐的,而现实是巨大工作压力下的重复劳动;也许你向往的是白领的从容淡定,而现实是紧张无休……这些,都是现实! 现实的教育意义远高于学校里老师们的说教,现实的工作中没有影视剧中的那些甜美和温情,更多的是压力和紧张。正确认识自己在工作环境中的位置和所承担的角色,正确认识该角色的性质、职责范围和自己所承担的义务,摆脱不切实际的幻想,充分接纳现实。置身现实,不消极不回避,学会用积极的态度去面对现实,学会用思考的方式去解析现实,学会用计划和行动去驾驭现实。

2. 融入团队

团队合作是社会工作中一个典型的特点,工作中的团队成员既是合作伙伴又是竞争对手。处理好团队成员间的关系,融入团队,信赖团队,从团队中学习,在团队中成长,对每个人的职业生涯来说都是十分重要的。刚毕业的大学生比较单纯,进入新环境后往往还以学生的方式处理问题,结果周围同事可能不理解、不支持。要学会从融入团队文化开始去融入集体,主动成为团队的一分子;要学会多从团队成员的角度出发分析问题,从团队的利益去考虑问题;要学会以团队的力量去解决问题,用团队的合力去获得集体成功;要学会在失败的时候,与朋友共同坚持,成功的时候与同事一起分享。快速融入团队,还要着重锻炼自己的心理承受能力、独立生活能力以及应对挫折的能力。要相信,只有在团队成员的支持和帮助下,自己才能成长得更快,发展得更好。

3. 不断提升主要技能

(1) 提升写作能力。无论是一名技术员工,还是管理员工,出色的写作能力是你晋升的必要手段。公司每年都会撰写工作计划,年末撰写工作总结等。即使你的工作表现非常出色,如果无法准确表达你的工作绩效,还是无法获得肯定。

(2) 培养沟通能力。沟通既包括与同事间的交流,也包括向领导进行工作汇报。同事之间的沟通如同同学之间的沟通一样,这是你良好的人际关系的基本保证。跟领导的沟通难度就更大,值得提醒大家的是汇报工作最重要的是提出解决问题的方案而不是简单地提出问题。要记住,汇报问题的实质是求得领导对你的方案的批准,而不是问你的上司如何解决这个问题。

4. 培养良好的心态

一位伟人曾说过:"你的心态就是你真正的主人。"对于高校毕业生而言,最重要的心态莫过于谦虚谨慎和积极乐观。

初入职场，毕业生往往觉得自己多年所学终于有了一展所长的机会，立志要干出一番宏图伟业。但进入工作岗位，才发现所做的事情大多是与自己的理想相去甚远的琐事，于是，失落、困惑的情绪油然而生。其实，从进入社会的那一天开始，毕业生就应该有从基层做起的意识，踏踏实实地从小事、实事、琐事做起。能把平凡小事认真做好的人一定是一个敬业而又有责任心的人。"不积跬步无以至千里"，毕业生要切忌眼高手低，好高骛远，忽视身边的小事。要摆正自己在新岗位上的位置，从零开始。同时每一个职场新人都会遇到这样的问题，此时，应有积极乐观的态度坦然面对。千万不能悲观失望、自暴自弃或怨天尤人，必要的时候可以求助于有经验的前辈和专业人员，这样才能尽快摆脱困境，走出低谷。

二、培养良好的职业道德

1. 忠诚地对待工作

2001 年初，李嘉诚同香港中文大学行政人员工商管理硕士课程的学生座谈，提到了好员工的标准："在我公司服务多年的行政人员，有的已工作了很多年，有的更长达 30 年，什么国籍都有。无论是什么国籍，只要在工作上有表现，对公司忠诚，有归属感，经过一段时间的努力和考验，就能成为公司的核心员工。"

刚刚毕业的大学生，面对第一份工作时，往往会觉得不尽如人意，于是就轻易地和工作再见，重新选择。如此反反复复，当别人在一个公司已经晋升到一个理想的职位时，往往这些人还是在城市中奔波、劳碌却默默无闻。

忠诚是职场中最值得重视的美德，每个企业的发展和壮大都是依靠员工的忠诚来维持的，如果人员的流动性很大，对于公司的稳定会有很大的影响。相反，如果你能忠诚地对待工作，就能赢得老板的信任，从而得到晋升的机会，在一步步的前进中，你就提升了自己的能力，终会取得成功。

社会学家指出，现代人一生当中平均要换 5～6 次工作。尽管如此，是否跳槽是检验一个人忠诚度的重要依据。当工作遭遇不如意时，不要希望通过换工作来改变问题，因为在任何工作上都会遇到挫折，遇到问题，逃避不是解决问题的途径。

所以当遇到合适的职位首先要对职业表现出高度的忠诚感，忠诚能使你更快地与公司融为一体，真正地把自己当成是公司的一分子，更有责任感，对将来更有自信。

2. 培养爱岗敬业的精神

北京市人才交流协会会长韩光耀为合格的人才画了一个三角形：两腰分别是能力、知识，底边是职业道德、敬业精神。他表示："任何企业都需要敬业、真诚、诚信、协作的人才。如果只有学历，而没有良好的职业素质，没有哪一个企业敢用他，因为没有人愿意拿企业的未来作赌注。"

敬业，就是要重视自己的职业，把工作当成自己的事业，并对此付出自己全心的努力，抱着认真负责的态度，即使付出再多也心甘情愿，并且能够克服各种困难，做到善始善终。

敬业是强者出类拔萃的重要方面，也是由弱者到强者应该具备的职业品质，如果能守住敬业这一职业道德，那职业生涯之路将会平坦许多。

3. 培养合作的意识

现代社会的发展越来越需要依靠集体的智慧和力量，越来越需要发挥团结协作的精神，在知识经济的大背景下，各行业之间及行业内部既存在竞争更存在合作，单枪匹马、孤军奋战已经不再适应当今形势，也就很难获得成功。大学生虽然专业知识比较丰富，但在组织中，如果没有一个和谐的人际关系环境，个人才能也难以发挥。

缺乏合作精神，企业内耗会增多，不只是个人间的内耗加大，就连部门间也会随之出现很多内耗。试想，如果一个企业50%的精力都在处理内耗上，还如何谈得上高速推进？还如何谈得上良性发展？

从就业工作的实践中发现，许多单位对那些具有从众、沟通、合作意识的大学生较为欣赏，而以下两类毕业生是非常不受用人单位欢迎的：恃才自负，孤芳自赏，不善于集体协作，不能与他人合作的毕业生；不善于社会交往，对集体活动采取拒绝的态度，感情淡薄，不懂得关心体谅他人，人际关系紧张的毕业生。这两类学生的共同特点就是缺乏合作意识。

4. 有效时间管理

对于职场新人来说，养成守时的工作习惯是非常重要的。守时能反映一个人的工作态度和生活态度。多次不守时的人就会失去他人的信任。如果在已约定的事情上，实在是遇到意外而无法准时的话，一定要提前向对方说明和道歉，否则别人就会记住你了——一位不守时的人；如果你忘记了日程，根本没有前往的话，那么，人们更记住你了——一位可能会失信的人。

延伸阅读

杜拉拉的职场启示

职场中从来不缺乏故事，也不缺乏斗争。《杜拉拉升职记》描述杜拉拉在辛勤工作，升迁途中的种种细节事件、主人公对世界级公司政治斗争的感悟之外，也穿插了她的爱情经历，她的生活理念和处世哲学。《杜拉拉升职记》让我们感受到了自己的职场次序，自己在职场中的不足与优势，也让我们更多、更逼真地看清和理解了我们的上司和老板们的许多作为，同时，也让我们懂得了更多的职场规则！

规则1：做一头让上司看得见的"老黄牛"

在书里，杜拉拉教给我们许多精辟的"方法论"。比如，我们经常奇怪，跟上级抱怨最多的同事，却莫名其妙地很受器重和偏爱，有好的活儿也多半会摊到他们头上。自己天天熬夜加班，打碎了牙往肚子里咽，在堆满工作任务的隧道里发足狂奔，却捞不到一点油水。

幸好，杜拉拉教育了我们，要善于表达自己的痛苦！特别是在工作繁杂不容易量化的时候，一定要让上级了解你所遭遇的困难，等他听得头大的时候，你再告诉他自己的解决之道，这样才能使他对你另眼相看，否则你永远只能当个廉价的劳力者。

启示：芸芸众生，一个人被淹没于人海的可能性太大了，所以要奋力出位，得到上司甚至是高层的赏识才是硬道理。

规则2：随时要有升职意识

杜拉拉在作为销售助理的时候，她的英文能力在广州办事处数一数二，她平时人缘甚好，对办事处的人和事非常熟悉，这让公司领导在有办事处行政主管职位空缺时想到了她。在广州办担任行政主管期间，杜拉拉又扛下上海总部行政经理的职位，出色完成700余万办公大楼的装修工作（工资只增加3%，区区几百块，无偿加班700多小时）。在这两个关键升迁时期，她优先考虑的是职业前景，具体能多学到什么，多做出什么成绩，而与上级关于报酬方面的讨价还价，则思考甚少。

启示：对于一个新人来说，在体现出你的价值之前，过于势利、斤斤计较都可能成为职场前行的绊脚石。在一定程度上说,在升职的第一阶段,单纯能促进你的成功。

规则 3:别向老板抱怨你的上司

玫瑰是拉拉的上司,而李斯特是玫瑰的上司,当李斯特来到广州办,问及拉拉对玫瑰的看法时,拉拉回答玫瑰教给她很多东西,感到工作非常充实。李斯特听后便频频点头,表示认可。

启示:对于上司,要有高度的执行力,高度的责任心,尽可能地帮他解决问题而不是向老板抱怨。

规则 4:将温顺进行到底

拉拉在广州办一上任,就要承担一个装修任务。经过对比和谈判,她挑出其中最满意的方案报给玫瑰。谁知玫瑰不由分说地从上海指定了一个供应商来做,而在此过程中,由于供应商做活粗糙,始终与她的理解达不成共识。最后,拉拉采取了双赢的策略,直接采用上海办的格式取代广州办原先的报告格式。

启示:在没有搞清游戏规则之前,将温顺进行到底。拉拉使用玫瑰惯用的格式,玫瑰有获得被追随的满足感,报告自然顺利通过。不能让别人觉得你不合群,高高在上。否则,后果只能是被边缘化。

规则 5:培养良好人缘

拉拉十分明白人缘的重要性。开始时,行政助理玫瑰总是刁难她,并且用不带任何脏字的语言讥讽她,但是她却不像北京办行政主管王蔷一样,直面冲突,并直接越级向上告状,而是摸出规律,只要不触及利益,就按照玫瑰的方法去做,使原本紧张的关系变得和谐起来。成为海伦的上司后,拉拉也没有指使她干这干那,还鼓励说让她多努力,早日获得提升。良好人缘的建立,使拉拉平步青云。

启示:人缘是良好的人际关系和积极有效的人际互动。在职场中,它是一种可利用的社会资源,悄无声息地左右着人们的成就、推动着事业的发展。

TIPS:必知的"拉拉法则"

No1. E-mail 要慎用

E-mail 的记录全在服务器上存着呢,公司可能随时调记录;另外,当你要与上司谈一件重要的事时,别用 E-mail,而要通过面谈来表示你的诚意和决心。

No2. 不要轻易越级

不能越级汇报,不能跨级指挥,在组织里任何人都只有一个主管,越级申诉在得到公正结论的同时也可能要付出赔上职业生涯的代价。

No3. 适时激励

如果你要把糖果给部属,一定要在他需要情绪的顶峰之前给他,千万不能等他皮了再给,否则他会认为这是他早该应得的,不会感激,失去激励效果。

No4. 做老板的贴心人

在和上司一起工作的时候,要特别注意清晰简洁而主动的沟通,尽量考虑周到。写 Mail 或者说话都要小心,不出现有歧义的内容,这样老板才会有踏实的感觉。

(资料来源:王燕:《杜拉拉的职场启示》,
《中国大学生就业》2008 年第 7 期,第 62 页。)

 作 业

....

1. 通读《劳动合同法》,并理解相关法条内容。

2. 采访本学院的两名已经毕业工作的学长,记录下他们对在校生的建议,和走上工作岗位后的感触。

附录一 高校毕业生常见就业问题及解答

2009 年,北京科技大学就业信息网改版,推出了全新的就业答疑栏目"在线咨询指导"。该栏目一经推出受到了广大毕业生的关注,短短几个月时间,在该栏目提问留言的同学就达到近千人。以下精选了 50 个毕业生常见的就业相关问题,以飨读者。

一、户档类问题

1. 北京市户口审批的流程是什么?

一般情况,北京市人力资源和社会保障局会在每年 3 月到 7 月完成非京生源户口进京申请的审批。各个单位首先把学生的情况报到区县人保局,然后再由区县人保局汇总到北京市人保局,一般每年 5 月份以后,毕业生才能陆续拿到北京市局的户口批件,为了慎重起见,单位一般会在户口审批成功后才与学生签订三方协议书。

2. 北京市户口审批都需要准备什么材料?

申报材料以单位要求为准,一般情况下主要有如下几种:

《非北京生源毕业生进京审批表》:由单位提供。

《就业推荐表》:由毕业生提供,学院和学校就业中心均需签字盖章。《就业推荐表》应明确标注毕业生的培养方式、学号、学制和毕业时间。

毕业生已修全部课程成绩单(原件),由校级教务主管部门出具并盖章。

《毕业生品行鉴定》:由毕业生申请,所在学院出具并盖章。

《非北京生源高校毕业生引进协议书》:用人单位提供,毕业生要认真阅读并承诺遵守协议书有关要求,用人单位人事部门盖章、负责人签字,毕业生本人签字,署明协议日期。

申报本科毕业生应同时附报毕业生英语四、六级或相关考试成绩证书(原件及复印件一份)。

3. 应届毕业时进京户口审批只有通过北京市人保局一个渠道吗?

隶属北京市的单位通过北京市人力资源和社会保障局审批,一般当年 7 月之前结束;隶属国家部委的单位需要通过国家人力资源和社会保障部进行户口审批,一般在当年 12 月底结束。

4. 如何确定我的生源地？

本科生生源地一般情况下是指大学入学前常住户口所在地。研究生生源地有两种情况，一是上研之前没有任何其他经历，直接由本科一次升学成功的，这类学生的生源地是本科入学前的常住户口所在地；而本科毕业后工作过或者有其他工作经历没有直接读研的学生，生源地为研究生入学前的户籍所在地。

5. 如何确定我的北京市户口指标已经拿到？

一般户口审批结果以见到国家人力资源和社会保障部或北京市人力资源和社会保障局的批件为准。部委户口批示的函件是绿色的三联单，需要学校盖章并有一联返回学校就业中心；而市局的批件是有"北京市人力资源和社会保障局"红色抬头和盖章的函件，同样有一份需返回学校保留。

6. 单位不能解决户口，学校可以保管户档吗？

不可以。国家有明确的规定，毕业生离校后的就业归人保部门负责，未就业毕业生户档应及时迁回生源地人保部门。

毕业生如有特殊原因的，户口、档案可以暂缓一段时间（一般在9月1日之前）迁出学校，但应根据学校要求办理相关申请手续；在缓迁期间学校只负责办理就业相关事宜，也就是说那时候，学生的户口和档案是"冻结"的状态，只办理派遣手续。

7. 公司不解决户口，我是否能将户档放在北京的人才机构？

北京的人才机构只接收北京生源的毕业生，如果你不是北京生源就必须将户档转回生源地区的相关部门。

8. 单位目前不能解决应届生户口申请，是否能在未来几年办理人才引进呢？

人才引进确实是户口申请的另一个渠道，具体政策可参照各地区的相关规定。一般而言，人才引进对"人才"的界定都有明确要求，如工作年限、职称、职务等，所以说人才引进的办理相对应届生户口审批而言，要求更多审批过程，相对更严格。

9. 非北京高校的非京生源毕业生能申请北京户口吗？

按照北京市人保局的规定，在审批外地生源进北京时会优先考虑北京高校的毕业生。"双外生"即外地高校的非京生源户口申请的难度要比北京高校的毕业生大。

10. 单位不解决户口，可以不签三方协议吗？

一般说来，不能解决户口的单位不应该签订三方协议。但是目前一些单位即便不解决户口也要求毕业生签订三方。因此,在这个问题上需要毕业生跟公司协商,不签三方只签劳动合同是否可以。如果要签三方协议,可在备注里面注明"此协议不作为派遣依据"及户口档案的迁转地址。

11. 离校时未就业,户档由什么地方接收?

每个省市都有专门接收未就业的本省生源的大学生就业工作部门,有的省市是人力资源和社会保障局,有的省市是教委或教育厅,毕业生同学可以访问学校就业中心或相关省份人保部门的网站,以便明确具体单位。

12. 未就业的学生必须要填写《选择去向表》吗? 应如何填写?

是的。学校要根据毕业生填写的《选择去向表》来办理未就业或灵活就业同学的就业手续,因此表上填写的相关内容一定要准确无误,以免造成麻烦。《选择去向表》中的派遣单位应该与档案迁移单位一致,一般是生源地的人保局或者主管毕业生档案的"毕分办";档案迁移地址就是档案迁移单位的具体地址;户口迁移地址要写家庭户口本上的地址。

13. 未就业的毕业生有报到证吗?

户档回家的未就业同学,毕业时会有回生源地的报到证,办理这个手续需要在离校前填写选择去向表。毕业生同学凭着回家的报到证回生源相关部门落实户档问题。

14. 毕业时,户档可以分开保存吗?

户口和档案一般情况是不允许分开跨省保存的,但可以保存在同一省的不同市,或同市的不同区县。如果灵活工作单位能接收档案,则需毕业时将户档转回同一地区,一年以后再单独调档到工作单位。

15. 灵活就业后,户档回家会有转正定级吗?

回生源地报到、落户,一年后才涉及转正定级。具体的操作手续各省市情况不见得一样,因此要以当地相关规定和办理办法为准。

16. 不解决户口的工作,有工龄吗?

工龄的概念在机关、事业单位、国企还比较明显,如果在民营企业等中小企业可能关系都不太大,只要缴纳保险就行了。是否承认工龄与你所在的工作单位有很大关系,并非不解决户口就一定没有工龄,只要你的档案或人事关系在公司,公司就可以对你的工龄进行认定了。

17. 签约上海的单位,不能解决户口,需要办理什么手续?

已经办理了派遣手续的同学需要回学校申请改派。改派时需提交用人单位的不能解决上海户口的证明和学生个人申请(要写清楚户口档案迁出的具体地址)。没有派遣的,需要提交单位出具的户口档案解决意见,并由学生个人同意签字后交学校办理相关手续。

18. 应届毕业生申请上海户口不能解决的话,还有其他渠道吗?

如上海户口申请不能通过,应及时申领人才类《上海市居住证》,按照上海市的规定持有《上海市居住证》满7年有资格申请上海户口。

19. 考上了研究生,需要办什么手续?

需提供录取通知书的复印件或调档函交就业中心。离校时,只领取户口迁移卡没有报到证。

20. 出国留学,需要办什么手续?

需将空白三方协议和推荐表交回至就业中心,并填写《出国留学申请表》。出国留学的毕业生可以将户档托管至教育部出国留学服务中心或者转回生源地的人力资源和社会保障部门,出国留学的同学没有报到证。国家公派出国的毕业生户档均保留在学校。

21. 出国工作,能把户档托管到教育部出国留学服务中心吗?

不能。出国工作的,只能将户档二分回生源地区。

22. 毕业时工作单位还没有办完手续怎么办?

如果确因单位原因暂无法签约的,可由工作单位出具相关证明说明情况,毕业生可向学校申请将户口档案冻结在学校,暂时不办理户档二分回家。

23. 户口档案冻结在学校的毕业生,可以来年继续考研吗?

不能,如果考研需要提前将户档转回生源地区,以便办理来年考研的相关事宜。

二、签约类问题

24. 签三方协议需要注意什么?

首先要想明白自己到底要选择什么样的工作。其次,要在签约前把自己关心的问题一一了解,比如薪酬、服务期限、户口办理、违约金等,最好是在公司通知你签约的时候当面和单位问清楚再决定是否马上签约。最后,签约了就要讲诚信,没有十全十美的工作,任何选择都会有缺憾的,要用长远的发展的眼光去看问题。

25. 签约之前公司会主动谈待遇吗?

在择业的过程中,一般说来用人单位不会不跟你谈待遇,除非有两种情况:一个是他觉得你对企业特别了解,不用谈你也知道;一个就是公司有既定的统一的标准,不会因为你不谈而降低你的薪资水平。

26. 单位说"不承诺解决户口"，我应该签约吗？

签约要慎重，你首先要考虑你对工作的最低要求是什么，你的基本标准是什么。目前很多单位在申请户口结果出来之前都与学生说不能保证解决户口，这种说法是一种相对谨慎客观的表述，因为对于单位而言，户口审批的权力不在自己手中，所以不能打百分百的保证。这样，同学们就需要根据了解单位的实际情况权衡工作等各方面因素综合决定。切不可为了户口赌博似的签约，当然也不该不调查考虑就直接拒绝签约。

27. 单位要求实习数月结束后再签约，可信吗？

目前多数单位选聘应届毕业生都会有实习或者试用的阶段，这是为了方便用人单位进一步了解应聘者的基本情况以便更好地做选择，同时也方便了毕业生近距离接触和深入了解所聘的公司。实习或试用结束才和同学签订三方协议，这样的情况也比较普遍，这样一来，就需要根据公司的实际实习情况，及时谨慎地作出自己的判断。实习期间公司应当和毕业生签订适当的实习协议以保障同学的利益。

28. 单位不解决户档不签协议，三方协议还有用吗？

尽管灵活就业单位暂时不需要签订三方协议，但协议的作用可以持续到毕业后一到两年。如果未来的时间内你找了新的工作并能够解决户档问题，就需要签订三方协议办理其他手续，所以还是应该好好保管的。

29. 公司是外资企业，户档都委托代理公司办理，我的三方要和谁签呢？

用人单位户档关系委托代理公司办理的，需按照公司要求和代理公司签订三方协议，劳动合同一般由用人单位直接和劳动者签订；也有部分单位劳动合同也由代理公司和劳动者签订，这种情况需要在签订劳动合同前同用人单位明确权利义务关系，以免发生纠纷。

30. 单位不解决户档，那我需要签什么约呢？

不解决户档的单位一般不签三方协议。毕业生在毕业前，可和单位签订特殊的双向协议，一旦毕业可立即与单位签订劳动合同来保障自己的切身利益。

31. 工作单位不理想，可以改派吗？

解约改派的事情请慎重考虑。"不理想"可能是多方面的因素，也可能是你自己的片面感觉，同学要知道任何一个单位不可能完全符合你想象中的单位状态，再改派任何一家也都未必，理想和现实就是这样。一年以内你可以申请改派京外单位。如果改派不成，你还执意要走，可以工作一年转正定级以后申请辞职，这样就只是你和原用人单位的问题了。

32. 签约了但是不能毕业,算违约吗?

如果不能按期毕业,请跟用人单位沟通,有两个结果:如果用人单位认可延期毕业后三方协议继续生效;如果不认可,三方协议作废。这两种情况你都要给就业中心出具证明。这种情况不能算是毁约,请跟就业单位好好沟通。

33. 应届生身份应该怎么算?

应届毕业生的身份是从前一年的 9 月 1 日开始的,因为从毕业班的第一个学期开始进入找工作的阶段。7 月 1 日是夏季毕业生离校的时间,按照国家政策,毕业生离校以后相关的就业工作属于地方人保部门负责,学校不再负责毕业生的派遣手续。同时,绝大部分用人单位当年的招聘计划已满,人保局对于外地生源进京审批结束。所以,7 月 1 日到 12 月 31 日期间,虽然你可以是应届毕业生的身份,但是你的求职已经不再具备应届生的优势。到 7 月 1 日,如果没有用人单位出具正在给你办理相关手续的证明,你的户档关系只能转回生源地。所以,还是建议你能在 7 月 1 日之前把就业手续落实好。

34. 违约怎么办理,要交违约金吗?

首先学校是不支持学生单方面的违约行为的,因为违约行为对学校毕业生就业市场的破坏性很强,学校毕竟要维护大部分同学的利益;其次,如果有特殊情况要违约,一定要征得原签约单位的书面同意,是否要交违约金、交多少等这要根据你跟原单位商定的条件,学校不加干涉;最后,还是提醒你在违约的过程中一定妥善处理和原单位的关系。

35. 报考了公务员能先签个其他公司保底吗?

首先,公务员的录取比例比较低,你可以准备公务员,但是不能将所有的希望放在考公务员上,而且公务员录取的时候也会比较晚,这样会错过其他找工作的机会,所以建议你应该利用这段时间好好找工作。如果签约了又考上公务员还是算违约的,所以签约一定要慎重。

36. 签约后又考上研究生,怎么办?

本科生在签约时最好能够跟单位说明正在准备考研的情况,大部分用人单位会比较理解,做出"考上研究生后协议自动失效"的决定;但是也有一些用人单位会把此类情况认定为违约,要求学生支付一定数额的违约金。所以,学生在有考研的打算后最好能针对此问题跟单位事先有明确的约定。学校会尊重学生和用人单位的决定。

37. 用人单位要我交保证金怎么办?

首先,这种情况是不合法的,你有权利对这种情况进行质疑。其次,如果你不愿放弃这个工作,建议你从各个侧面对公司情况进行考察,并对以往录用人员进行咨询,是否有类似情况。综合考量后再做决定。最后,要保留好相关收据,为维权留好证据。

38. 公司不解决户口,要和我直接签劳动合同,我需要注意什么?

对于应届生而言,在签约之前应就户档处理问题与公司进行协商,并达成一致形成备注条款等。劳动合同的基本内容一定要仔细阅读,如有异议要当面澄清。

39. 公司没有能力解决户口,说通过代理公司做,可靠吗?

这种情况很常见。一些外企或民企由于没有人事能力,会将自己公司的人事手续委托给代理公司办理,一般代理公司代为办理户口审批和人事档案保管以及人才定级等相关人事手续。一般情况,三方和解决户口的代理公司签,劳动合同和工作的公司签,但也会遇到三方和劳动合同都和代理公司签的情况,因此在签订三方之前一定要就这些具体情况和相关部门进行咨询,进而明确办理过程。

三、择业类问题

40. 怎么衡量一个公司的潜力?

我们认为对于应届毕业生而言,你对企业的关注最重要的是企业给你怎样的岗位,这个岗位是不是适合你,这个岗位的成长空间有多大,工作性质你是不是喜欢等,而不是公司的潜力。因为对于毕业生而言,前三年都是经验积累、个人能力提升的时期。所以,公司是“大池塘”还是“小池塘”,或者今天的“小池塘”能不能迅速成为“大池塘”都不是那么重要。至于如何判断一个公司的潜力,等你进入了这个行业,对行业发展状况、公司背景有了了解,自然会有自己的判断。

41. 我该就业还是考研?

考不考研是个因人而异的问题。你考研的目的是什么?是缘于对学科的热爱、希望在这个领域继续深造,还是因为逃避本科生就业难度大的现实?如果是前者,建议你在研究生期间努力学习相关专业知识、提升个人专业能力;如果是后者我觉得你还是好好想想。因为相对于一个学历而言,你在实践中积累的经验、工作能力更容易得到社会的认可。现在倡导终身教育,以后深造的机会也会很多。

42. 我该怎样摆脱“不签犹豫,签了还犹豫”的困境呢?

“不签犹豫,签了还犹豫”几乎是 70% 以上的毕业生就业时的心理状况,反映了同学们一个普遍的状态:面对选择时,不知道自己最想要什么,不知道自己该怎么选。告诉你一个事实：没有任何一个选择是十全十美、完全符合你的所有意愿的，总有一些遗憾。所以你要明白你最在乎什么，是专业对口度、个人发展空间还是薪酬待遇？不要贪图样样齐全，关键的问题是"那里有适合你的岗位，你能胜任那个岗位，你去了有发展机会，人家要你"就足够了。

43. 为什么女生就业就这么难呢？

首先特别理解同学的心情，因为这两年的确目睹了太多的女生仅仅因为性别就被拒了。至于"为啥单位不喜欢要女生"这个问题的答案很明确：很多女生，特别是研究生一工作就到了婚育的年龄，肯定会因为家庭因素影响工作。但女同学不应着急或灰心，更不应对社会丧失信心，而应以实际的能力来证明自己不比男生差。

44. 国企和私企应该怎么选择？

这两种企业的企业文化可能会有比较大的差异，你要根据自己的职业目标和自身的性格特点作出选择，而不要只看地域或者是眼前的工资待遇，更重要的是自己以后的长期发展。

45. 为了户口签了一个工作，上班后发现对这个工作本身不感兴趣，完全没有激情。我现在很迷茫，感觉特没方向感，是不是应该换个工作呢？

这种状态是很多应届毕业生刚刚走上工作岗位时容易有的：新工作的现实和理想状态差距很远；对工作内容不感兴趣，没有激情；刚刚工作就想着违约跳槽等。这个时候，建议你不要着急，静下心来考虑清楚以下的事实：(1)能够找到一份解决北京户口的国企，已经很不容易，这也许是相当一部分应届生的梦想；(2)任何一个环境不可能完全满足你的兴趣要求，再理想的工作也有枯燥的一面，因为工作首先的目的绝对不是为了满足兴趣，而是养家糊口，也就是能够自立；(3)刚刚走上工作岗位，对工作内容非常不熟悉，没有资格评价这份工作是否适合你自己，况且你现在既没有熟悉环境，也没有通过努力工作为自己争取更好的环境，所以在这个时候，不应该放弃；(4)应届毕业生在一年以内如果违约，用人单位有权把你的户档退回学校，那么你只能回生源地就业。最后，还有一点：走上工作岗位以后不同于在学校，面对困难和挫折不能轻易放弃，要试着去解决。多和已经有职场经历的前辈聊聊，你可能就会豁然开朗了。

四、政策类问题

46. 什么是"流向合理"？

"流向合理"就是优先满足国家建设重点行业、重点单位、人才紧缺地区的需要。北京市教委及学校在处理学生违约改派等问题时会对从大城市到中小城市、西部省份、生源省份以及艰苦行业就业的毕业生优先考虑等。

47. 定向生解约了能留京吗?

定向生的相关文件明确要求"定向生毕业时应执行原来的定向协议。"所以,如果非特殊原因比如定向的单位已经破产等,定向生不能解除原来的定向协议,本科生考上研究生的可以继续升学。但是,即便解除了定向协议,也只能回生源地就业,不能在京内就业。

48. 北京市大学生村官的优惠政策有哪些?

村官报名没有专业限制。

劳动合同期为3年,期满后可根据工作需要和本人意愿续签合同或进入人才市场自主择业。被聘任为村官的本科毕业生,一般工资水平为第一年平均每人每月2 000元,第二年平均每人每月2 500元,第三年平均每人每月3 000元。村官工作期间正常缴纳保险,工作年限可计入工龄。在校期间已通过北京市国家公务员公共科目笔试的,笔试合格证书有效期可以延长至其3年合同期满后的6个月。

合同期满可优先录入为北京市公务员;工作满两年经考核合格报考研究生的,入学考试总分加10分,并在同等条件下优先录取;3年合同期满并作出突出贡献的,可推荐免试入学。

聘用两年连续考核合格者,可申报北京市户口。

49. 除了村官,还有哪些基层就业渠道?

除了大学生村官以外,与村官的报名和考核方式类似,毕业生还可以在毕业离校前选择报考北京市的社区工作者和学校的科研助理,每年的具体政策同学可关注学校的就业网站。

50. 学校对去西部工作的毕业生有什么奖励?

学校设立了"志愿服务西部奖"(1 000元)和"启航奖励金"(4 000元),需要毕业生根据自己的情况向所在学院进行申请,学院接到申请后初审合格报送校级部门审核和公示。其实,奖金只是一种表现形式,真心希望你们到西部的大舞台上有自己的发展,成就自己的事业。

(注:以上所有问答摘编自北京科技大学就业信息网"在线咨询指导"栏目)

附录二　高校毕业生择业时间表

时间	择业阶段	所做工作（内容）	特别提示
8—10月	基础准备	个人求职材料的整理与收集（如：简历制作、获奖证书、发表论文或作品、参加各种重要活动的照片等）。	用人单位多数需要提供四、六级证书。
10—11月	就业信息的收集和科学分析	①了解就业政策；②分析就业形势；③锁定就业去向；④参加毕业生就业指导讲座；⑤领取就业协议书，并按照要求填写。	协议书由学院统一发放。
11月—明年1月	第一次择业高峰	①参加大型双选会；②面试物质准备（如服饰和资金等）；③了解就业协议和劳动合同的异同。	大型招聘会机会难得，不能轻易错过。
1—2月	择业调整期	与有意向的单位密切联系；没有得到就业机会要及时自我调整，降低期望值。	利用假期稍作修整，总结和反思不断提高。
3—5月	第二次择业高峰	①再次为择业成功而努力；②"考研"失利的同学应更多关注此阶段的就业信息。	珍视就业机会，为离校做初步准备。
6—7月	办理就业手续	①根据已确定的职业角色要求，做好岗前准备；②办理毕业离校手续；③领取报到证。	户档回家的同学也需要办理报到证的相关手续。
7—8月	毕业生报到、落户	①带齐报到证、毕业证、学位证、就业协议书（个人存）、身份证到落户地办理相关手续；②与用人单位签订劳动合同。	报到证相关手续有效期一个月，因此需尽快办理。

参 考 文 献

[1] 石新明. 大学生素质拓展指导手册. 北京:冶金工业出版社,2006.

[2] 共青团北京科技大学委员会. 走进匡迪学长. 北京:高等教育出版社,2008.

[3] 里尔登,等. 职业生涯发展与规划. 教育部高校学生司组织编译,侯志瑾等,译. 北京:高等教育出版社,2005.

[4] 萨克尼克,等. 职业指导:职业生涯规划教程. 李洋,张奕,小卉,译. 北京:中国劳动社会保障出版社,2005.

[5] 方伟. 大学生职业生涯规划咨询案例教程. 北京:北京大学出版社,2008.

[6] 张辉,张宪国. 北京地区高校毕业生就业实用手册. 北京:中国宇航出版社,2009.

[7] 吕一枚. 生涯规划与职业指导. 北京:北京理工大学出版社,2010.

[8] 彭贤,马恩. 大学生职业生涯规划活动教程. 北京:清华大学出版社,2010.

[9] 史广政. 大学生就业指导教程. 北京:经济日报出版社,2005.

[10] 陆红,索桂芝. 大学生职业生涯规划与职业素质培养. 大连:东北财经大学出版社,2009.

[11] 鲁宇红. 大学生职业生涯规划与就业指导. 南京:东南大学出版社,2008.

[12] 胡志强. 大学生职业生涯规划与就业指导. 北京:中国传媒大学出版社,2009.

[13] 钟谷兰,杨开. 大学生职业生涯发展与规划. 上海:华东师范大学出版社,2008.

[14] GCDF 中国培训中心. 全球职业规划师 GCDF 资格培训教程. 北京:中国财政经济出版社,2006.

[15] 胡鹏. 简历:让你脱颖而出. 北京:机械工业出版社,2008.

[16] 北京纽哈斯国际教育咨询有限公司. 求职胜经. 北京:机械工业出版社,2006.

大 学 生 生 涯 辅 导 教 程

［17］孙晓林,张杰. 大学生创业指南. 南京:南京师范大学出版社,2009.

［18］李华强. 创业的革命. 长沙:湖南人民出版社,2010.

［19］理查德·尼尔森·鲍利斯. 你的降落伞是什么颜色? 刘宁,译. 北京:中信出版社,2010.

［20］许轶,陈少晖,等. 剪裁人生. 北京:机械工业出版社,2004.

［21］王保义. 大学生职业生涯设计之我见,黑龙江高教研究,2005(8):137.

［22］邱峰. 大学生职业生涯规划教育论略,江苏高教,2010(5):99.

［23］陈家才. 浅谈职业生涯规划教育对大学生职业生涯的作用. 中国成人教育,2010(16):141.

［24］王新驰,风良志. 决策分析中的 SMART 方法及其应用,数量经济技术经济研究,1999(9):42.

［25］蒋谦,李天,李廷轩,刘涛. 学分制下教材管理信息系统的构建与实践,中国大学教育,2010(4):90—92.

［26］薛国仁,赵文华. 专业:高等教育学理论体系的中介概念,上海高教研究,1997(4):1—6.

［27］黄浩明. 国外新兴管理学科介绍——战略管理学,管理现代化,1997(2):26—29.

［28］吴庆. 中国大学生就业政策的历史演变、现实定位及具体类型,当代青年研究,2005(2):7—14.

［29］周东兰. 大学生市场化就业政策的历史变革及其评估,广东外语外贸大学学报,2006(7):97—100.

后　记

2008 年是北京科技大学就业工作历史上具有里程碑意义的一年。这一年，"大学生职业发展与就业指导"作为学校一门必修课列入了本科生的教学计划，从此，大学生生涯辅导作为学校人才培养的一个重要环节贯穿同学们的大学四年。而战斗在就业工作一线战线的老师们，有幸成为这门必修课的第一批实践者和探索者。三年来，我们广泛学习、借鉴国内外前辈们在大学生就业指导和职业生涯规划教育方面的研究成果，努力整合校园内外资源，紧密围绕国家经济建设对高素质人才的需要与当代大学生的成长发展需要，把大学生就业服务、就业管理、就业指导工作与职业生涯教育融合到一起，帮助同学们理解学业、就业、职业与事业，启迪大学生学习与发展的目标与动力。能够将工作中的精华、经验、感悟记录下来凝结成册，让更多的同学受益是所有编者最大的心愿。这本教材将职业发展理论与求职实践相结合，融知识性、实用性、科学性于一体，相信能够成为受广大学生欢迎和喜爱的教材。

书籍的编写过程得到了教育部、北京市教委以及兄弟院校有关领导的关怀和鼓励，教育部部长助理、党组成员林蕙青同志还在百忙之中为本书撰写了序言。全书由北京科技大学党委副书记陈曦、谢辉同志策划，共分为导论和四个章节。导论部分由韩经、尹兆华执笔，第一章由尹兆华、苏栋、王捷、倪宇、李晓光执笔；第二章由刘彦、康军艳、刘志韬和吴长旻执笔；第三章由刘金辉、王丽红、牛犁和张晓媛执笔；第四章由刘晓杰、张静、邓波、刘斌斌、孙长林、王玺宁编写，全书最后由尹兆华、苏栋和刘晓杰负责统稿。由于编者水平、经验有限，书中难免有疏漏之处，敬请谅解。

"关注大学生的学业、就业与职业发展，帮助大学生成就梦想"是我们这些在一线工作的教师们的梦想，这本书的完成是梦想实现的开头一步！梦想的实现离不开教育部、北京市教委相关领导同志的热情鼓励，离不开北京科技大学各级领导的关注和支持，离不开大学生就业工作一线同仁们多年辛苦的探索和积淀，离不开高等教育出版社同仁的认可和肯定，同时还有那些目前奋斗在祖国各地各行各业的杰出校友们为本书提供相关素材以及一些网友朋友的倾力奉献，在此一并致以诚挚的谢意！最后，还要特别感谢北京北森测评技术有限公司朱伦等几位老师对于北京科技大学就业工作教师们的系统培训。

编者

2011 年 3 月

郑重声明

高等教育出版社依法对本书享有专有出版权。任何未经许可的复制、销售行为均违反《中华人民共和国著作权法》，其行为人将承担相应的民事责任和行政责任；构成犯罪的，将被依法追究刑事责任。为了维护市场秩序，保护读者的合法权益，避免读者误用盗版书造成不良后果，我社将配合行政执法部门和司法机关对违法犯罪的单位和个人进行严厉打击。社会各界人士如发现上述侵权行为，希望及时举报，本社将奖励举报有功人员。

反盗版举报电话　（010）58581897　58582371　58581879

反盗版举报传真　（010）82086060

反盗版举报邮箱　dd@hep.com.cn

通信地址　北京市西城区德外大街 4 号　高等教育出版社法务部

邮政编码　100120